O Duque mais Perigoso de Londres

DECADENT DUKES SOCIETY - 1

MADELINE HUNTER

AUTORA BESTSELLER DO NY TIMES

Copyright © 2017. The Most Dangerous Duke in London, by Madeline Hunter.
Direitos autorais de tradução© 2018 Editora Charme.

Todos os direitos reservados.
Nenhuma parte desta publicação pode ser reproduzida, distribuída ou transmitida sob qualquer forma ou por qualquer meio, incluindo fotocópias, gravação ou outros métodos mecânicos ou eletrônicos, sem a permissão prévia por escrito da editora, exceto no caso de breves citações consubstanciadas em resenhas críticas e outros usos não comerciais permitido pela lei de direitos autorais.

Este livro é um trabalho de ficção.
Todos os nomes, personagens, locais e incidentes são produtos da imaginação da autora. Qualquer semelhança com pessoas reais, coisas, vivas ou mortas, locais ou eventos é mera coincidência.

1ª Impressão 2018

Produção Editorial - Editora Charme
Imagens - Shutterstock
Criação e Produção Gráfica - Verônica Góes
Tradução - Alline Salles
Revisão - Elimar Souza e Sophia Paz

Esta obra foi negociada por Bookcase Literary Agency e Kensington Publishing.

CIP-BRASIL, CATALOGAÇÃO NA PUBLICAÇÃO
SINDICATO NACIONAL DE EDITORES DE LIVROS, RJ

Hunter, Madeline
O Duque mais perigoso de Londres / Madeline Hunter
Título Original - The Most Dangerous Duke in London
Série - Decadent Dukes Society (Livro 1)
Editora Charme, 2018.
ISBN: 978-85-68056-68-4

1. Romance Estrangeiro CDD 813
CDU 821.111(73)3

www.editoracharme.com.br

O Duque mais Perigoso de Londres

DECADENT DUKES SOCIETY - 1

TRADUÇÃO: ALLINE SALLES

MADELINE HUNTER
AUTORA BESTSELLER DO NY TIMES

Editora Charme

Este livro é dedicado ao meu marido Warren, cujos amor e apoio possibilitaram tudo isso.

Warwickshire, Inglaterra, abril de 1822

A Condessa viúva de Marwood conseguia ser uma inimiga formidável quando queria. Sua mera presença desafiava alguém a tratá-la com gentileza para que ela pudesse ter uma desculpa para causar destruição, apenas por diversão.

Adam Penrose, Duque de Stratton, soube imediatamente o que encontraria nela.

Ele tinha sido chamado pelo seu neto, o conde da propriedade rural, que se encontrava ao seu comando. *Vamos tentar enterrar o passado*, ela havia escrito, *e permitir que o que passou fique no passado entre nossas famílias.*

Ele fora, curioso para ver como ela esperava conquistar isso, considerando que alguns desses acontecimentos não tinham terminado. Um olhar para ela, e ele sabia que qualquer plano que ela tivesse maquinado não *o* beneficiaria.

A senhora o deixou esperando por meia hora, antes de aparecer no aposento. Enfim, ela entrou na sala de estar, inclinada para a frente, cabeça erguida, seu peito amplo guiando o caminho, como alguém na proa do navio.

O luto pelo filho, o conde mais velho, a obrigava a usar roupas pretas, mas seu traje em crepe deve ter custado uma fortuna. Cachos grisalhos abundantes decoravam sua cabeça, sugerindo que ela também estava de luto pela moda ultrapassada das perucas. Olhos superficiais, grandes e de um azul pálido examinavam a pessoa que a chamou com um olhar crítico enquanto um sorriso artificial aprofundava as rugas de seu rosto comprido.

— Então, o senhor retornou — ela anunciou o óbvio quando eles se sentaram em duas cadeiras robustas, após a reverência curta dele e a reverência ainda mais curta dela.

— Estava na hora.

— Alguém poderia dizer que estava na hora há três anos, ou dois, ou ainda muitos anos antes.

— Alguém poderia, mas eu não.

Ela riu. Seu rosto inteiro franziu, não apenas seus lábios.

— O senhor ficou na França por bastante tempo. Até parece francês agora.

— Pelo menos metade, eu presumo, considerando meu parentesco.

— E como está sua querida mãe?

— Feliz em Paris. Ela fez muitas amigas lá.

As sobrancelhas da viúva se ergueram apenas o suficiente para expressar a diversão irônica.

— Sim, acredito que tenha feito. É um milagre ela não o ter casado com uma amiga dela.

— Acho que uma união britânica me serviria melhor. Não acha?

— De fato. Vai ajudá-lo enormemente.

Ele não queria falar sobre a mãe ou os motivos pelos quais uma união sólida o ajudaria.

— A senhora escreveu sobre o passado. Talvez possa me esclarecer quanto a isso.

Ela abriu as mãos, com a palma para cima, em um gesto de confusão.

— A animosidade entre nossas famílias é tão antiga que as pessoas ficam imaginando por que começou. É tão desnecessária. Muito lamentável. Nós somos vizinhos, afinal de contas. Certamente podemos passar por cima disso, se quisermos.

Incapaz de ficar sentado ouvindo suas referências alegres àquela história, ele se levantou e foi até as janelas altas. Tinham vista para um jardim espetacular e para as colinas além dele, não muito longe. A casa e seu terreno ocupavam um vale baixo.

— Como sugere que façamos isso? — ele fez a pergunta enquanto encurralava a amargura em sua mente.

A viúva sabia muito bem por que a recente animosidade havia começado e provavelmente sabia sobre a história antiga também. No entanto, reconhecer um dos dois tornaria sua oferta de paz peculiar. *Nós roubamos sua propriedade, atacamos sua mãe e ajudamos a levar seu pai à morte, mas o senhor deveria passar por cima disso agora.*

Ele se virou e a viu observando-o. Ela parecia confusa, como se ele tivesse feito algo inesperado e ela não conseguisse determinar se ele havia chegado a uma solução sem que ela soubesse.

Ele ergueu as sobrancelhas para encorajá-la a falar.

— Proponho que resolvamos isso da forma antiga. Da maneira que dinastias políticas fizeram ao longo do tempo — ela disse. — Acredito que nossas famílias devam se unir por meio do casamento.

Ele mal evitou revelar sua perplexidade. Não esperara isso, de todas as propostas. Ela não sugeriu apenas uma trégua, mas uma aliança unida pelos laços mais fortes. O tipo de aliança que poderia impedir que ele buscasse a verdade sobre o papel daquela família na morte de seu pai, ou que procurasse vingança se descobrisse que suas suspeitas sobre o último conde estavam corretas.

— Já que eu não tenho uma irmã para seu neto, presumo que a senhora tenha me escolhido.

— Meu neto tem uma irmã que vai combinar perfeitamente com o senhor. Emilia é tudo que qualquer homem poderia pedir e será uma perfeita duquesa para o senhor.

— A senhora fala com muita confiança, mas não faz ideia do que *este* homem pediria.

— Será que não? Como se eu tivesse vivido tanto e não aprendido nada? Bela, graciosa, reservada e elegante. Essas qualidades são prioridade na sua lista, como na de todos os homens.

A tentação em adicionar outras exigências, umas que iriam chocá-la, quase dominou seu autocontrole. Ele só ganhou a batalha porque havia aprendido a nunca informar o inimigo de seus pensamentos.

— Posso encontrar isso em muitas outras jovens. Devemos ser sinceros um com o outro? O que teria de particular nessa união que seria de minha vantagem?

— Pergunta ousada, mas justa. Nós seremos aliados em vez de inimigos. Vai beneficiar o senhor assim como a nós.

— Bom, Condessa, nós dois sabemos que isso não é verdade. Fui convidado para negociar a paz quando meu pai nunca foi, no passado. Seria tolo se não imaginasse por que a senhora pensa que eu concordaria. Considerando os boatos em relação às minhas atividades na França, suponho como a senhora pode achar que isso protegerá seu neto, mas não como me ajudará.

Seus olhos se estreitaram. As rugas de sua pele congelaram como esculturas de pedra. Ela não demonstrou medo. Adam admirava sua postura forte, mas, na verdade, ela não achava que estava em perigo.

Ela se levantou.

— Vamos até o terraço. Vou lhe mostrar minha neta. Assim que a vir, vai entender como será beneficiado.

Ele a seguiu para o ar fresco de abril. O jardim se espalhava abaixo deles como uma tapeçaria marrom e vermelha, decorada por novas folhinhas e flores amarelas, rosadas e roxas. Bulbos, ele pensou. Elas ainda não haviam começado a florescer quando ele foi embora de Paris.

Uma garota estava sentada no meio da plantação revivendo, em um banco de pedra a nove metros. Ela tinha um livro aberto, segurado para cima a fim de não precisar olhar para baixo. A viúva devia ter lhe concedido uma pausa do luto porque a garota usava um vestido azul-claro. Ela era bonita e talvez tivesse dezesseis anos de idade. Seu cabelo loiro brilhava no sol, e sua pele clara e seu rosto adorável atrairiam qualquer homem. Adicione uma elegância e ela serviria muito bem.

A viúva estava ao lado dele, e sua expressão era de extrema confiança. Ele não confiava nela, mas admirava sua habilidade naquele jogo. Ele admitia para si mesmo que sua oferta realmente tinha suas vantagens, e não porque a garota era linda. O nome de seu pai e a honra de sua família haviam sido manchados nos melhores círculos e, se ele quisesse alterar esse cenário, aquele casamento definitivamente ajudaria. Significaria esquecer os motivos pelos quais ele dera as costas à Inglaterra assim como seu único bom motivo para finalmente retornar. Era por isso, ele presumia, que a viúva o tinha convidado.

— Emilia é a menina mais doce que já conheci. Tem bom humor também e uma boa inteligência, não precisa se preocupar de ela ser lenta — a condessa disse.

A doce Emilia fingia não vê-los, assim como fingia ler, em uma posição na qual ele conseguia ver seu rosto e seu corpo.

Não havia nada a esquentando, e nenhum chapéu protegia aquela pele clara. Ele imaginou por quanto tempo ela estaria sentada ali, esperando seu futuro pretendido inspecioná-la.

Ele não sabia por que ela não era sedutora. Talvez porque, apesar de ser adorável e graciosa, fosse jovem demais e, como parecia ser submissa às instruções da avó, provavelmente faltava clima.

As portas se abriram e o conde saiu apressado. Alto e loiro, ele ainda não tinha passado da fase magra desengonçada da adolescência. Olhou de forma zangada sua avó ao passar por ela. Ela enrugou o rosto em resposta. A chegada dele aparentemente não fazia parte dos planos da viúva.

Ele avançou em Adam como um homem que cumprimentava um amigo, mas sua recepção apressada e calorosa e o brilho de suor na testa diziam outra coisa. Theobald, Conde de Marwood, estava com medo de seu convidado. Muitos homens mostraram a mesma reação desde que Adam voltou à Inglaterra há duas semanas. Ele tinha uma reputação e, aparentemente, a sociedade esperava que ele desafiasse todos que pensassem em provocá-lo.

Adam não havia feito nada para corrigir essas suposições. Primeiro, talvez ele desafiasse muito bem um ou dois, dependendo do que descobrisse sobre os eventos de cinco anos atrás. Segundo, havia homens, como o próprio Marwood, que ficavam mais flexíveis quando motivados pelo medo.

— Vejo que Vovó já abordou a ideia dessa união — Marwood disse cordialmente. Ele olhou para sua irmã Emilia, ainda parada no jardim. Eles eram muito parecidos: pálidos, claros, bonitos e jovens.

O conde não poderia ter mais do que vinte e um anos. Adam pensou se Marwood sabia sobre o boato que havia assombrado o pai de Adam até seu túmulo. O medo de Marwood sugeria que talvez soubesse, e que as suspeitas antigas sobre esses velhos inimigos pudessem ser verdade.

— O senhor concorda com a ideia? — Marwood perguntou.

A avó dele chegou mais perto.

— Perdoe meu neto. Ele ainda é muito jovem para não ponderar que a impaciência impetuosa é uma virtude forte.

Marwood olhou para o céu como se rezasse e pedisse por essa paciência.

— Ele já sabe se a ideia é atraente ou não.

— A ideia é atraente, de uma forma geral — Adam disse. Ele não mentiu. Ainda pesava as implicações do plano da viúva. Essa oferta de simplesmente virar a página do passado o tentava mais do que esperava.

O jovem conde lançou um olhar cheio de otimismo para a avó. A viúva demonstrou mais circunspecção. Adam concentrou seu olhar na garota. A viúva recuou. O conde se aproximou andando de lado. Ansioso para finalizar as negociações, o conde exaltou os atrativos da irmã, de homem para homem. Do canto de olho, Adam viu a viúva balançar a cabeça para a falta de *finesse* do neto.

Uma movimentação na colina além do jardim chamou a atenção de Adam. Uma faixa preta riscou o cume, voou por cima de uma árvore grande caída, depois parou de repente. Uma mulher inteira de preto, em um cavalo preto, olhava para baixo para a casa.

— Quem é aquela? — ele perguntou.

Marwood semicerrou os olhos e fingiu não reconhecer. Olhou de canto de olho para Adam e pensou melhor.

— Aquela é minha meia-irmã, Clara. Filha da primeira esposa de meu pai.

O ponto preto chamado Clara conseguia demonstrar uma boa dose de arrogância mesmo ao longe. Ela andava com seu cavalo para a frente e para trás no pico da colina, observando o quadro abaixo como se o resto deles estivesse em um espetáculo para sua diversão.

Ele se lembrou de Lady Clara Cheswick, embora nunca tivessem sido apresentados. Mas ela apareceu na sociedade antes de ele deixar a Inglaterra. Com olhos brilhantes e cheios de vida. Essas eram suas impressões absortas no momento.

— Ela não permite que o luto interfira em seu prazer de andar a cavalo — Adam disse.

— Provavelmente diria que honra nosso pai assim. Eles gostavam de andar a cavalo juntos.

— Como ela é mais velha, por que não estão me oferecendo sua mão?

Marwood olhou desconfiado para a viúva, depois deu um sorrisinho.

— Porque o objetivo é impedir que o senhor me mate, não é? — ele falou em voz baixa com uma franqueza inesperada. — Não quero lhe dar outro motivo.

MADELINE HUNTER

Adam escolheu não tranquilizar Marwood sobre a parte de matá-lo. Deixou aquele projeto de conde se preocupando.

— Agora está me intrigando, não me desencorajando.

Marwood inclinou a cabeça para mais perto e falou em confidência.

— Estou lhe fazendo um grande favor agora, falando sinceramente. Meu pai a mimava, satisfazia todos os seus desejos e lhe permitiu criar ideias descabidas para mulheres. Ele nunca exigiu que se casasse, e agora ela pensa que isso está abaixo dela. Ele deixou uma boa parte da propriedade em seu nome, um bonito trato com ricos fazendeiros. — Sua voz ficou um pouco amarga na última frase. — Ela é minha irmã, mas eu não seria seu amigo se a elogiasse quando, na realidade, é uma boa de uma megera.

Clara era a filha preferida do velho conde, aparentemente. Adam pensou se o pai recém-falecido tinha a habilidade de se virar em sua cova. Com uma ou duas cutucadas, talvez.

— Quantos anos ela tem?

— Passou muito da idade de se casar. Vinte e quatro.

Idade suficiente para se lembrar. Ela talvez soubesse uma boa parte, se seu pai a mantivesse perto.

— Chame-a aqui. Gostaria de conhecê-la.

— Sinceramente, o senhor não quer...

— Chame-a. E diga à sua outra irmã para baixar o livro. Os braços devem estar parecendo chumbo agora.

Marwood apressou-se até a avó a fim de compartilhar o pedido. A viúva foi correndo até Adam enquanto tentava parecer calma.

— Temo que tenha entendido errado. Para essa união ter uma conclusão satisfatória, a noiva deve ser Emilia. O caráter de Clara é além do alcance, mas ela não é apropriada para nenhum homem que deseje harmonia doméstica.

— Só pedi para conhecer Lady Clara. E ainda não concordei com nenhum casamento.

— Antes de morrer, meu filho conversou especificamente comigo sobre essa união. Estou apenas executando suas intenções. Ele disse que deveria ser Emilia...

— Ele quer conhecê-la, Vovó. — Desesperado, Marwood ergueu o braço e acenou para sua irmã Clara se aproximar.

O cavalo parou de andar. A mulher tinha visto e entendido a instrução. Estava naquela colina, seu cavalo de perfil, a cabeça dela virada para eles, olhando para baixo. Então puxou forte as rédeas. Seu cavalo empinou tão alto que Adam temeu que ela escorregasse da sela. Em vez disso, ela se segurou perfeitamente enquanto girava seu cavalo. Virou-se de costas para eles e galopou para o lado contrário. A moça acabara de lhe dar um tapa na cara a quinhentos metros.

A expressão da viúva mostrava um triunfo presunçoso debaixo da camada de desânimo.

— Que pena ela não ter visto o sinal do meu neto.

— Ela viu muito bem.

— É um pouco teimosa, vou admitir. Avisei ao senhor — Marwood disse.

— Não mencionou que ela é grosseira, desobediente e rapidamente insulta outros quando quer.

— Tenho certeza de que ela não quis insultá-lo. — Ele lançou um olhar desesperado para a avó.

— Tem certeza? Então, por favor, peça aos criados para trazerem meu cavalo ao portal do jardim imediatamente. Vou lá e me apresento para Lady Clara, assim não fico com rancor de sua grosseria não intencional e não permito que isso interfira na nova amizade de nossas famílias. — Adam fez uma reverência para a viúva. — Por favor, dê minhas lembranças para Lady Emilia. Estou certo de que ela e eu nos conheceremos logo.

Dois

Clara galopou até uns bons três quilômetros da casa. O que Theo estava pensando, chamando-a e acenando para ela ir até lá? Ela nem estava vestida para receber o convidado dele. Pela postura rígida de Vovó, suspeitava que apenas Theo pensara ser uma boa ideia.

Incentivou seu cavalo e o levou a um bosque. Tirando Theo de sua mente, desmontou de sua sela em um toco de árvore, desceu e pegou uma folha de papel da bolsa. Encontrou um bom lugar debaixo de uma árvore, sentou-se e voltou sua atenção às páginas. Sua amiga Althea havia enviado no dia anterior, e ela precisava ler e enviar de volta com seus pensamentos incluídos.

Fez uma imersão no texto, fazendo alguns comentários com um lápis que guardara em seu corpete. Absorta pela leitura, não olhou para cima por, no mínimo, meia hora. Quando o fez, viu que não estava mais sozinha. Um homem a observava a uns trinta metros. Seu cavalo branco contrastava com sua capa preta e o cabelo escuro. Esse último chegava à sua gola e não demonstrava nenhum sinal de ter sido cortado por um cabeleireiro consciente da moda atual de Londres.

Ela o reconheceu do terraço. Um pensamento a incomodou de que talvez já o tivesse visto. O visitante de Theo a seguira. Ela pensou que isso era muito ousado. A forma como ele estava ali sentado e observando-a apenas confirmava que ele não tinha boas maneiras.

Pensou em voltar a ler, depois decidiu que poderia não ser sábio. Uma coisa era fingir que não tinha visto o aceno de seu irmão para se aproximar, e outra era fingir que não via um homem bem à sua frente.

Ele levou seu cavalo para mais perto. Ela conseguia vê-lo melhor agora. A desaprovação endurecia a boca dele, o que enfatizava seus lábios carnudos sensuais. Olhos escuros a mediam quase que por completo. Sua capa preta não estava na moda para Londres, mas ela conhecia muito bem a moda francesa para reconhecê-la como mais apropriada para Paris. Ele usava uma gravata escura amarrada casualmente.

Achou-o muito bonito de forma chocante e poética. Por ter conhecido alguns homens com humor negro no passado, ela não tinha nenhum interesse em conhecer outro, independente do quanto ele fosse bonito.

Ele parou seu cavalo a três metros. Não desmontou, mas ficou acima dela. Ela pensou em se levantar, a fim de encurtar a distância, mas decidiu não o fazer. Se ele queria assustá-la, teria que fazer melhor que isso.

— Bom dia, senhor. — Ela permitiu que sua voz transmitisse o quanto achava inapropriada sua intrusão.

Ele desceu do cavalo.

— Por favor, perdoe-me a falta de apresentação formal, mas duvido que irá se importar, já que é uma mulher que não se incomoda muito com tais coisas.

— Tenho certeza de que não entendo o que quer dizer.

Os cantos daquela boca se ergueram o suficiente para indicar que ele sabia que ela estava mentindo. De fato, aquele meio sorriso implicava que ele sabia tudo sobre ela.

— A senhorita me ignorou lá, Lady Clara. É isso que quero dizer.

— É impossível ignorar alguém que não conhece.

— Parece que a senhorita pensa que é a mesma coisa.

Arrogante seria muito gentil para descrevê-lo.

— O senhor mencionou uma apresentação — ela disse através de um sorriso rígido.

Ele fez uma curta reverência.

— Sou Stratton.

Stratton? O Duque de Stratton? *Aqui?* Será que Theo havia enlouquecido?

Por isso ele era vagamente familiar. Ela o tinha visto há anos, em bailes, antes do pai dele morrer e ele ir embora da Inglaterra. A última vez que foi a Londres, dez dias antes, ela tinha ouvido um ou outro falar que ele havia retornado, mas ia além da sua compreensão o fato de Theo tê-lo permitido entrar na propriedade.

Ele andou de lado e adotou uma postura casual bem ao lado dela, com um de seus ombros apoiados no tronco da árvore. Ele cruzou os braços como um homem que esperava uma conversa longa.

Ela se levantou, juntando os papéis perto de seu peito para que não voassem pela colina.

— Eu não sabia quem o senhor era. Mesmo que eu tivesse que

adivinhar a identidade do homem com meu irmão, seu nome nunca teria passado por minha cabeça.

— Com certeza, não. Nossas famílias são inimigas há décadas.

— Theo está deixando o título subir à cabeça dele se o recebeu. Minha avó deve estar apoplética.

— Foi sua avó que me convidou para vir aqui.

— Não é possível.

— A carta era dela, escrita à mão. Foi bem inesperado — ele disse em um tom sarcástico.

Ela estreitou os olhos para ele.

— E mesmo assim aceitou o convite.

— Sua avó é um dos baluartes da sociedade há mais tempo do que estou vivo. As padroeiras do Almack tremem na presença dela. Eu nunca insultaria alguém com tal influência.

Agora ele zombava dela. Ela duvidava que ele se importasse o mínimo com a influência social de sua avó. Não parecia ser um homem que deixaria de lado o orgulho de sua família e obedeceria a sua avó. Ela deveria organizar o artigo de Althea e sair dali. Mas a curiosidade foi maior.

— Por que ela o convidou?

— Ela propôs um casamento dinástico com sua irmã a fim de acabar com a animosidade. A fim de enterrar o passado. — Aquele meio sorriso de novo. — Pode imaginar meu espanto. Foi bem parecido com o seu agora.

Espanto mal fazia jus à sua reação. Isso ficava cada vez mais esquisito. Também mais irritante. Ela se sentia duplamente traída. Primeiro, no lugar de seu pai, que nunca teria aprovado essa ideia. E, segundo, por si mesma, porque não contaram para ela nem a consultaram. Vovó deve ter usado toda a sua força de vontade para manter isso um segredo, se até Emilia não confessou isso a ela.

— Então, quando o noivado será anunciado? — Ela deixou seu máximo ceticismo se expressar em seu tom sarcástico.

— Ainda não concordei com a união.

— Minha irmã é adorável e brilhante. Daria uma esplêndida duquesa, claro, só que não para o senhor. Estou aliviada por ainda não ter decidido.

— Não culpe a mim pelo atraso, sabendo o que penso sobre o assunto. Lá estava eu, tomando uma decisão sobre uma pomba branca adorável, quando um corvo preto voou e me distraiu.

Corvo? Por que o...

— Então o corvo bateu as asas na minha cara e virou o rabo para voar para longe. — Ele se aproximou até estar acima dela. — Nunca fujo de um desafio, Lady Clara.

Se ele pensava que ela iria tremer e ruborizar, estava enganado. Só que ela tremeu, sim, um pouco, enquanto reparava que o comportamento dele exalava uma boa quantia de mistério e empolgação e que seus olhos escuros e suas profundezas tinham camadas que a atraíam, chegando ao ponto de quase se afogar. A proximidade dele e seu olhar a deixaram incapaz de falar algo por um instante constrangedor. Talvez tivesse ruborizado um pouco também.

— Teria sido melhor agarrar o pombo branco enquanto podia — ela disse. — Agora tenho tempo para lembrar à minha avó que o senhor nunca o fará.

— Cumprirei muito bem aos propósitos dela.

— E quais são?

— A senhorita não sabe? — Ele inclinou a cabeça de lado. — Talvez não saiba.

Ficou ainda mais bizarro estar tão perto dele. Ela sentia uma mistura de alarme e... exultação. Deu um passo para trás e se atrapalhou com a pilha de folhas nos braços.

— Com licença.

Ela foi até seu cavalo. Sua estrutura alta e esguia logo aqueceu a lateral dela e os passos dele acompanharam os dela.

— Está indo embora sem nem desejar um bom dia? Penso que está determinada a me insultar.

— Estaria em meu direito atirar no senhor; insultá-lo é pouco. O senhor está invadindo esta propriedade, não importa o que minha avó aflita pelo luto tenha lhe dito. Ultrapassou o limite entre a terra de meu irmão e a minha há quatrocentos metros.

— E eu estaria no direito de segui-la em resposta ao seu comportamento.

Ela parou de andar e olhou desafiadoramente para ele.

— Tal ameaça é inaceitável. Tente fazer isso e, certamente, vou atirar no senhor. Não duvide disso. Não sou uma mulher que treme quando encontra a estupidez masculina. E cavalheiros com educação adequada teriam permitido passar o mal-entendido em relação às instruções de meu irmão. É ultrajante que o senhor se sinta no direito de me seguir e, depois, me censurar. Agora, seguirei meu caminho, e o senhor pode seguir o seu.

Ela acelerou o passo até o cavalo. Ele andou ao seu lado de novo. Ela queria bater nele com o manuscrito de Althea, estava irritando-a muito.

— A senhorita é escritora? — Ele esticou o braço e tocou no canto das folhas. Isso fez o braço dele se aproximar do corpo dela. Um sobressalto interno quase a fez pular para longe.

— Uma amiga escreveu isso. É um texto sobre... — Parou de falar. — Tenho certeza de que não lhe interessaria.

— Talvez interesse.

— Então tenho certeza de que *não é da sua conta*.

— Não é uma escritora, mas uma sabichona.

— Oh, detesto essa palavra. — Ela enfiou as páginas em sua bolsa. — O senhor acabou de passar anos na França. Eles são famosos por louvar mulheres cultas. Se me dá esse apelido simplesmente porque me viu lendo, aparentemente, não aprendeu muito enquanto esteve lá, exceto como ser irritante.

Ela pegou as rédeas e posicionou o cavalo.

— Permita-me ajudá-la. — Ele se aproximou.

— Por favor, só vá embora. — Rapidamente, ela pisou no toco de árvore. Com um pulo e uma puxada, montou de novo na sela.

— Admirável, Lady Clara. Vejo que é independente em todas as coisas.

Ela engoliu um gemido com o comentário dele.

— Acha que sou tola por descer de um cavalo se não houvesse como subir de volta?

Quando ela se virou para cavalgar, viu a expressão do duque. O humor suavizava aquele rosto de alguma forma, mas, dentro da mente atrás daqueles olhos escuros, os planos se formavam.

Adam observou Lady Clara cavalgar para longe.

Que mulher provocadora. De olhos brilhantes e muito vivos, mas também mais adoráveis, com uma pele cremosa e mechas claras no meio de seu cabelo castanho.

Espirituosa. Espirituosa demais, a maioria dos homens diria. Ele não era um deles. Gostava de mulheres altamente espirituosas e senhoras de si. Claro que preferia que elas não o tratassem com desdém. Ele a desculparia. Dessa vez. Os planos da viúva tinham pego Lady Clara desprevenida — assim como a ele — e a inimizade entre suas famílias tornava a grosseria dela compreensível.

Também a desculparia porque a quis imediatamente ao vê-la debaixo daquela árvore, e a quis mais no momento em que se separaram. O desejo sempre encorajou a generosidade.

Ele montou, mas cavalgou para leste, não de volta à casa de Marwood, a oeste. Não havia necessidade de retornar para lá, depois para a estrada. Se continuasse nesse caminho por muitos quilômetros, logo chegaria em sua própria terra.

Passou por fazendas bem cuidadas e por um vilarejo. Será que ainda era propriedade de Lady Clara? Se era, o legado de seu pai tinha sido significativo. Por isso Marwood falou disso com ressentimento.

Só quando ele alcançou o pico baixo da propriedade, percebeu exatamente onde estava. Reconheceu a cidade da qual se aproximava por seu moinho. Mal conseguia estabelecer o riacho que serpenteava de norte a sul. A propriedade de Marwood encontrava a dele em lugares ao longo do rio.

Ele avançou trotando com seu cavalo, pensando sobre a oferta da viúva, como ditado pelo último conde. O conde tinha motivos para buscar um tratado de paz. Adam pensou que sabia quais eram. Mas parecia que, até perto da morte, o caráter de um homem não mudava.

O último conde havia esquematizado para garantir que ganhasse uma velha batalha, até quando pediu à sua mãe para oferecer um ramo de oliveira na esperança de proteger o filho.

Clara amarrou uma fita no manuscrito de Althea e colocou sua folha de anotações em cima. Althea era uma boa escritora. No entanto, quando se importava profundamente com uma causa ou evento, ela desviava de sua opinião e entrava em polêmicas. Não precisaria de muito para mudar isso, então não demonstrou aquele defeito.

Ela o guardou em uma gaveta debaixo da escrivaninha que usava na biblioteca. Enquanto o fazia, seu irmão Theo entrou no aposento e a olhou com desconfiança. Então foi até o decanter e se serviu de um pouco de conhaque.

— Você arruinou tudo — ele disse entre dentes cerrados. — Tudo estava sob controle, e precisava insultá-lo ao ponto de ele esquecer todo o resto.

Ela nem tinha visto Theo ou sua avó ao retornar, então essa era a primeira vez que seu irmão tinha chance de repreendê-la. Não que ela fosse permitir.

— Se tivesse me contado que receberia Stratton, eu teria permanecido longe, asseguro a você.

— Foi ideia de Vovó, mas parece estar seguindo o próprio caminho.

— Papai nunca teria aprovado. Se é para haver uma reaproximação entre nossas famílias, deixe-os dar o primeiro passo.

Ele deu um sorrisinho para seu conhaque, depois para ela.

— Você não esteve muito em Londres esse último semestre. Não esteve participando nem um pouco da sociedade enquanto está de luto. Então não soube dele, não é?

— Não teria prestado atenção, de qualquer maneira, porque ele não tem nada a ver comigo. Com nenhum de nós. É assim que acontece desde, pelo menos, a época de nosso avô. — Ela crescera com essa lição. Seu pai, o papai querido, não precisara falar muito disso para passar a tradição da amargura da família.

— Infelizmente, ele não é como o pai dele. Ou nenhum dos outros. Ele é... perigoso.

Ela deu risada.

— Não pareceu perigoso para mim.

Só que parecera, sim. Todo aquele mistério tinha muito a ver com isso. Se ela um dia o visse de novo, ficaria tentada a fazer cócegas nele até ele rir como um tolo, apenas para derrotar aquela força do humor negro que carregava.

— Ele não é perigoso para *mulheres*. — A voz de Theo se aprofundou com sarcasmo.

Bom, agora ela não tinha certeza se concordava com isso também.

— Ele duela, Clara. Matou dois homens, e quase um terceiro. Na França. A menor provocação e ele desafia os homens. Ele não vai ceder. Estão dizendo que voltara à Inglaterra porque as autoridades francesas disseram para ele deixar o país. — Theo engoliu o resto do conhaque. — É um assassino.

A postura de Theo encolheu enquanto ele falava. Sua testa franziu. Seus olhos azuis olharam para longe em direção ao nada. Clara era três anos mais velha do que Theo e o observara crescer. Sabia que seu irmão estava com medo.

Ela se levantou e foi até ele.

— Ele não vai matar *você*, Theo. Não por causa de uma briga de família que começou antes de você nascer.

— Que melhor forma para ganhar essa batalha? Uma palavra errada, um olhar ruim, e ele terá sua desculpa.

— Está sendo muito dramático.

— Vovó concorda. Zombe de meu julgamento, se quiser, mas vai zombar tão rápido do dela?

A explicação de Stratton quanto à sua visita fazia sentido agora, mas da maneira mais ridícula. O luto de Vovó havia tomado um rumo infeliz se ela viu tal ameaça no duque. Quanto a Theo... Ele era corajoso quando havia um pouco de perigo, mas menos quando era seguido de ameaça.

— Presumo que a estratégia foi que, se fosse o cunhado dele, ele nunca iria querer duelar com você — ela disse. — É um preço alto a pagar pela paz, irmão. E quanto a Emilia? Se ele tem esse comportamento, é justo uni-la a ele?

— Eu disse que ele não é perigoso para mulheres, não disse?

— Você não tem certeza. Se nem nos sentamos à mesa com aquela família, não deveríamos planejar uniões com eles.

— Vovó...

— Você é o conde agora. Precisa pensar por si mesmo.

— Que conselho ridículo, Clara. Ele mal saiu da escola — Vovó entrou na biblioteca falando. — Não quero que complique ainda mais o assunto ao incentivar Theo a uma independência imprópria de meu conselho.

— Tenho vinte e um anos — Theo murmurou, ruborizando.

— Tem? Bom, um ano a mais ou a menos não significa nada.

— Não estou complicando nada — Clara disse.

Sua avó se sentou. Costas eretas e cabeça angulada exatamente para assumir a postura de rainha de tudo que supervisionava. No momento, isso incluía Clara.

— Seu comportamento hoje fez o duque partir antes de eu... nós podermos combinar as coisas. Se isso não é complicação, o que é?

— Uma prorrogação. Para Emilia. Para todos nós, enquanto a senhora reconsidera essa ideia extraordinária de casá-la com aquele homem.

— Ele pareceu bem adequado para mim. Francês demais, mas é o que se pode esperar com aquela mãe dele, e a forma como ele morou fora todo esse tempo. Mesmo assim, algumas semanas e ele vai assumir seu papel correto na vida e fazer o que precisa para reivindicar seu lugar entre nós. Ele sabe que precisa se casar com uma garota com a educação impecável como a de sua irmã, e nós vamos nos beneficiar ao tê-lo por perto, onde podemos ficar de olho nele para que o passado não consiga prejudicar Theo.

— A senhora não pode também pensar que ele é perigoso para meu irmão. Será que todo mundo perdeu o senso por aqui?

— Como sempre, você presume saber de tudo por causa de como meu filho a favorecia. Entretanto, há muito que não entende. Não estou brincando. Não vou deixar nada acontecer a Theo, principalmente com seu herdeiro presumível sendo aquele primo insuportável. Deixe comigo, Clara. Emilia vai se casar com Stratton, e tudo ficará bem.

Para que Clara não discutisse sobre a última palavra, sua avó ergueu um livro, abriu-o, colocou os óculos no nariz e começou a ler.

Clara olhou para Theo, esperando encontrar um aliado para suas objeções.

Ele se virou e se serviu de mais conhaque.

Adam entregou seu chapéu e seu chicote ao criado na porta do White's, e caminhou pelo salão do clube. Olhares voaram em sua direção. Cabeças se curvaram. Houve tanto silêncio que ele escutou o burburinho baixo de sussurros.

Ele continuou, assentindo e cumprimentando homens que não conseguiam resistir a olhar mais diretamente. Alguns reagiam com sorrisos simpáticos demais para apenas conhecidos.

Saiu do salão por uma porta no fundo e subiu as escadas para o piso superior.

— Sir, temo que todos os cômodos estejam ocupados. — A reprimenda gentil do funcionário o alcançou no meio das escadas.

Ele se virou. O funcionário viu seu rosto e ficou vermelho.

— Peço desculpas, Sua Graça. Não percebi que era o senhor. Bem-vindo de volta, sir.

— Presumo que eles estejam lá em cima.

O funcionário assentiu. Adam subiu. Sons saíam de trás de uma das portas. Vozes masculinas e risada. Ele abriu o ferrolho e entrou.

Dois homens o encararam, mudos pela surpresa.

— Caramba — um deles finalmente murmurou. — Brentworth aqui especulou que você pudesse aparecer hoje, mas eu disse que você nunca viria.

— Então ele estava certo, Langford, e você, errado.

Adam se jogou em uma cadeira e olhou em volta.

— Parece que nada mudou muito.

— Muito pouco. — Gabriel St. James, Duque de Langford, jogou-lhe um charuto. Ele sorriu com prazer e seus olhos azuis brilharam. — Droga, mas é bom vê-lo. Disseram que voltou há um mês. Por onde esteve?

— Colocando meus negócios em ordem. Analisando os registros da propriedade. — Ele pegou uma vela e a segurou em seu charuto. — Demitindo o administrador que estava me roubando. Esse tipo de coisa.

Ele também tinha feito outras coisas. Uma foi investigar uma mulher chamada Clara Cheswick. Descobrira algumas coisas sobre ela que eram apenas de seu interesse.

— Na fazenda, então. Por isso que a única indicação de seu retorno eram as fofocas e os boatos. — Eric Marshall, Duque de Brentworth, levantou-se para pegar o decanter de uísque. Aproximou-se com um copo, serviu Adam, depois encheu o próprio e o de Langford. Nenhum sorriso dele, apenas um sorriso deprimido em seu rosto severamente esculpido. Sem brilho em seus olhos escuros, mas escrutínio bem profundo.

Ambos eram a epítome da moda, mas em maneiras diferentes como seus comportamentos. Os cachos cortados do agradável Langford sempre pareciam que ele havia acabado de ficar ao vento, enquanto as ondas mais sérias de Brentworth nunca ousavam tal exuberância. Langford usava uma gravata casual escura naquela noite, enquanto o lenço de linho branco de Brentworth parecia ter sido engomado por seu criado cinco minutos antes.

Não que Brentworth não fosse espirituoso ou fosse escravo de convenções comparado a Langford, mas ele valorizava a discrição e não desprezava seus desejos ou pensamentos. Não se podia dizer o mesmo de Langford.

Adam gostou de como seus dois amigos interpretavam velhos rituais e o receberam com tranquilidade. Não ignorou o fato de que a cadeira em que se sentava — sua cadeira de sempre — não havia sido usada por nenhum deles, apesar da sua proximidade ao fogo reconfortante. Bebeu um pouco de uísque, soprou o charuto e permitiu que a nostalgia e a familiaridade o inundassem. Voltara à Inglaterra há mais de um mês, mas, naquele momento, finalmente sentia que tinha voltado para casa.

— Que tipo de fofocas e boatos? — ele perguntou, deixando o último comentário penetrar sua paz.

Seus amigos trocaram olhares misteriosos.

— Enquanto você esteve fora, sua reputação chegou à Inglaterra, mesmo que você não tenha voltado — Brentworth disse.

— Está falando dos duelos.

— Um é compreensível para qualquer cavalheiro. Dois podem ser desculpados. Três, no entanto... — Langford explicou.

— Nenhum homem no salão lá embaixo teria permitido qualquer daqueles insultos à família passar sem um desafio. Fiz o que qualquer um faria.

— Claro, claro — Langford acalmou. — A pergunta, porém, é se voltou para fazer isso aqui também. Há alguns camaradas que estão se lembrando de cada pequena desavença que podem ter tido com você, e qualquer crítica sussurrada à sua família ou a você. Tenho certeza de que, em algumas semanas, assim que voltar à sociedade e propagar seu charme, isso tudo será esquecido.

— Talvez seja melhor se não for.

Isso surpreendeu Langford.

— Não pode querer ser visto como perigoso. Sinceramente, ninguém vai ameaçá-lo.

— Se ser visto como perigoso impedir homens estúpidos de dizer coisas estúpidas que me obriguem a desafiar em nome da honra, então deixe-os pensar que sou perigoso. — Ele colocou o copo na mesa como uma forma de finalizar aquela linha de pensamento. — Estou feliz por ter encontrado vocês dois aqui.

— Onde mais estaríamos na primeira quinta à noite do mês? — Brentworth disse. — Continuamos como sempre foi. Você pode ter nos abandonado, mas nós ainda somos a Sociedade dos Duques Decadentes.

Adam sorriu. Eles três frequentavam a escola quando se deram esse nome. Todos herdeiros de ducados, haviam formado uma conexão imediatamente. A escola os separou, e os outros garotos também. Eles aprenderam rápido que a única pessoa que trataria um duque normalmente era outro duque. Portanto, uma amizade rápida e duradoura foi formada.

Aquele cômodo, e as reuniões mensais, começou assim que todos deixaram a universidade e foram para a cidade aproveitar seus privilégios. Por um bom tempo, a Sociedade dos Duques Decadentes fora mais do que um título inteligente que seguia os garotos de escola. Muitas vezes, encontravam-se ali, mas logo saíam para explorar quão decadentes conseguiam ser.

Langford havia encontrado seu segundo dom naquelas perversões. Um estilo de vida. Famílias decentes o recebiam agora apenas porque ele era um duque, embora seu charme considerável pudesse ter lhe dado algumas aprovações de qualquer forma. Brentworth, por outro lado, superara tais excessos primeiro, pelo menos em relação ao comportamento que outros pudessem ver ou relatar. Era mais um exemplo de como ele administrava tudo sem esforço para a ideia pública de duque, em aparência e comportamento. Superior, arrogante e confiante em seus privilégios, ele estava acima do mundo em estatura e indiferença. Adam não se importava com o quão duque seu amigo havia se tornado. Conhecia Brentworth muito bem para compreender como ele era realmente diferente de sua pessoa pública.

— Então, por que voltou? — Brentworth perguntou. — Depois de tantos anos, achei que nunca mais voltaria.

— Gostaria de dizer que simplesmente resolvi que era hora, mas não foi tão simples. O governo francês também decidiu que era hora. Foram feitas reclamações e, como resultado, o rei decidiu que era hora. Recebi uma intimação para comparecer.

Langford deu risada.

— Que antiquado. Quase charmoso.

— Já que estava na mão do rei, e as coisas estavam começando a esquentar na França... bem, cá estou.

— Já cumpriu sua parte com ele? — Langford quis saber.

— Assim que cheguei. Bebemos bastante vinho juntos. Ele perguntou sobre as mulheres de Paris. Posso ter exagerado um pouco, e o encontro foi amigável e cheio de conversa.

— Então sua metade inglesa respondeu ao comando de seu rei inglês — Brentworth disse. — Se não foi por isso... foi tempo suficiente?

— Sim. — E foi. A fúria que o levou embora tinha finalmente acabado há um ano, substituída por pensamentos mais deliberados, e responsabilidade de suas obrigações.

Havia deveres que não poderiam ser conduzidos eternamente de longe da França. Um em particular.

— É bom que finalmente veio à cidade — Langford falou. — Vamos pedir para fazer novos casacos para você amanhã. Uma visita ao barbeiro também pode ser organizada. Não pode andar por aí parecendo um desses franceses que seduzem viúvas para seu arrependimento eterno.

— Algumas não me deram tanto arrependimento, como me lembro. — Adam olhou para sua sobrecasaca. Cortada ao estilo francês, um pouco mais comprida e justa do que a moda inglesa, provavelmente o fazia parecer

MADELINE HUNTER

estrangeiro.

— Vamos nos embebedar, e você pode me contar sobre elas e me deixar com inveja — Langford disse.

— A menos que algo tenha mudado, há pouco que possa contar a vocês sobre viúvas.

— Então, quais são seus planos? — Brentworth perguntou.

— Espero que sejam bem parecidos com os de vocês agora. Cuidar da minha propriedade. Votar no Parlamento. Como disse, o tipo de coisa comum.

— Isso é tudo? — Brentworth questionou. — Você vai embora da Inglaterra e fica fora por quase cinco anos, e com seu retorno tudo que quer é ser um cavalheiro que vem à cidade para as votações?

— Pretendo encontrar uma esposa rica e sensual também. Chegou a hora de me casar.

— Fale por si mesmo — Langford rebateu.

— Ignore-o — Brentworth disse. — Há duas mamães que estão de olho em Langford, e ele está correndo dos lugares para se esconder. Infelizmente, é duvidoso que ambas as garotas sejam sensuais o bastante, ou tenho certeza de que ele iria entregar uma para você de bom grado.

— Se há duas, deveria enviar uma na sua direção — Adam respondeu.

Estranhamente, mães quase nunca miravam em Brentworth. Diziam que ele aterrorizava tanto as ingênuas que suas mães olhavam para outro lado.

— Quanto à parte sensual, já descobriu, Langford?

Langford deu risada.

— Talvez na França todo tipo de exploração seja feita quando o assunto é mulher, mas não se esqueça de que, aqui na Inglaterra, nós só esperamos o melhor e nunca conseguimos nada.

Por ser metade francês, Adam achava bizarra e curiosa a sensualidade sufocada que havia atormentado os ingleses nessas últimas décadas. Era como se todas as mães e avós tivessem se reunido no começo da guerra e decidido que, a fim de rejeitar todas as coisas francesas, suas filhas não deveriam se divertir tanto quanto elas se divertiram na juventude.

Uma rigidez pairou sobre o cômodo. Ele olhou para cima e viu

Brentworth observando-o, e de uma forma não gentil.

— Fale — Adam exigiu.

— Inferno, isso, vou dizer que...

— Deixe quieto, Brentworth — Langford sugeriu.

— Não, eu insisto — Adam disse.

Brentworth se levantou e foi até o decanter de uísque de novo. Demorou-se tanto ali que Adam pensou que o rancor tivesse passado, ou que tivesse sido engolido agora. Brentworth se virou de repente para ele.

— Entendo que estava de luto. Entendo que havia coisas sendo ditas que eram sujas e prejudiciais e...

Adam se levantou e jogou seu copo no fogo. As chamas se sobressaltaram.

— Sujas e prejudiciais? *Ele se matou* por causa disso!

— Eu sei. Mas você nunca conversou conosco. Nunca permitiu que ajudássemos. Simplesmente desapareceu com sua mãe sem uma palavra, e não falou nada desde então, e entra aqui como se os últimos anos nunca tivessem acontecido. Caramba, Stratton, nós somos amigos há anos e você agiu como se nós dois estivéssemos na fila contra sua família.

— Nunca pensei isso.

— Até parece que não.

Langford balançou a cabeça.

— Sentem-se, vocês dois. Eu lhe disse antes, Brentworth, que, sob as circunstâncias, o que quer que ele fizesse era uma escolha feita por raiva e luto. Quem sabe como eu ou você teríamos agido? — Ele deu um sorriso para Adam de... o quê? Perdão? — Não precisa se explicar para nós.

Mas precisava, sim. Brentworth tinha razão. Ele virara as costas a tudo e todos em sua raiva. Não podia pensar em demorar a sair da Inglaterra. Não por causa da desgraça envolvida por trás da morte de seu pai, e porque não podia mais confiar em alguém.

— Fui embora daquele jeito porque, se não o fizesse, com certeza teria matado alguém por ódio, sem nem saber se culpava a pessoa certa.

Brentworth se jogou de novo em sua cadeira. O olhar de seu amigo o encarou por um longo tempo.

— E você sabe agora? Se culpou a pessoa certa? — Brentworth perguntou.

— Ainda não.

Langford limpou a cinza do seu charuto.

— Resposta interessante. Acho que agora sabemos por que ele voltou de verdade, não é, Brentworth?

Clara rapidamente leu sua correspondência matinal enquanto tomava café na Casa Gifford, a residência londrina da família. Duas cartas em particular receberam uma atenção bem breve. Sua avó havia escrito uma reprimenda.

Disseram-me que se recusou a receber Stratton duas vezes desde que foi a Londres há dez dias. Devo insistir que pare com tais provocações.

A carta de Theo dizia quase a mesma coisa.

É improvável que façamos progresso com Stratton se continuar insultando-o. Pense no futuro de Emilia. Pense no meu. Certamente pode encontrar um pouco de gentileza em relação a ele.

Ela *estava* pensando no futuro de Emilia. E no da família. Via essa ideia toda de amenizar as diferenças entre a família dela e a de Stratton como um mau conselho e deslealdade. Deixe-os tentar, se quiserem, mas ela não iria cooperar. Vovó sabia disso. Foi por isso que ninguém lhe contou sobre o plano antes de embarcar nele.

Vestindo sua pelica e seu gorro, pegou um pacote embrulhado e desceu até a sala de entrada. Para evitar as carruagens da família, disse a um criado para lhe arranjar um cavalo alugado.

Tomou um pouco de ar no pórtico enquanto esperava. Infelizmente, enquanto o fazia, uma carruagem estacionou.

Ela xingou baixinho.

Stratton de novo. E ali estava ela, à vista. Não poderia mandar o mordomo dizer que não estava em casa. Por outro lado, deveria ser óbvio que estava saindo. Algumas palavras educadas e ele seguiria o próprio caminho.

O duque saiu de sua carruagem e a alcançou. Após um cumprimento, ele parou com um pé no degrau mais baixo da varanda e a olhou.

— A senhorita sai bastante.

— Posso estar de luto, mas não estou morta.

Ele apontou para sua carruagem.

— Permita-me levá-la ao seu destino.

— É muito gentil da sua parte, mas minha carruagem está a caminho.

— Pode demorar um pouco para chegar.

Podia mesmo. Com um resmungo interno de resignação, ela se virou para a casa.

— Já que o senhor queria falar comigo, vamos entrar e ter uma visita apropriada enquanto eu espero.

Ela guiou o caminho para dentro de casa e colocou seu pacote na mão do criado. Levou o duque para o andar superior, para a sala de estar.

Sentou-se em uma cadeira e torceu para parecer, no mínimo, meio formidável como sua avó.

O duque se sentou na cadeira mais próxima à dela e ficou confortável. Seu cabelo havia sido estilizado desde que ela o vira na colina. Agora, seus cachos bagunçados cortados enfatizavam mais seus olhos escuros e aquela boca sensual e maxilar forte.

— É gentileza da sua parte me receber, Lady Clara.

— Já que pensou ser adequado relatar à minha família que não o recebi anteriormente, agora me sinto obrigada a fingir ser receptiva a esse desejo inexplicável deles de criar uma amizade com o senhor.

— A senhorita é uma mulher bem direta.

— O senhor é um homem bem persistente.

— Em um homem, persistência é uma virtude, enquanto ser direta, para uma mulher...

— É um aborrecimento. O que me leva à questão do porquê se incomoda em ser tão persistente com este aborrecimento de mulher.

— É uma excelente pergunta. Se tivesse me recebido da primeira vez, agora teria compreendido completamente minhas intenções.

Que forma estranha de dizer isso. Quaisquer que fossem suas *intenções*,

— Talvez o senhor me esclareça agora, e rapidamente, para que eu possa terminar meus próprios compromissos... compromissos estes que o senhor interrompeu.

Ele riu em silêncio, como se fosse uma piada interna.

— Seu irmão disse que a senhorita tinha um gênio ruim. Posso ver o motivo.

Gênio ruim? Que menino mimado e desleal aquele.

— Prefiro ser chamada de direta. Como um cavalheiro, estou certa de que também prefere essa palavra.

— É claro. Permita-me ser direto também, para que possa voltar aos seus afazeres do dia. — Ele se inclinou para a frente e apoiou os braços nos joelhos. Isso trouxe seu rosto elegante para bem perto dela. — A senhorita sabe do plano de sua avó de me casar com Lady Emilia.

— Sei.

— Decidi declinar da proposta.

Ela conseguiu se conter de não comemorar com alívio. Graças aos céus alguém nesse acordo horrível estava usando o cérebro.

— E que a senhorita vai ser adequada para mim, e muito melhor para o plano da viúva.

Uma rigidez pairou no aposento. Demorou muito para a mente dela absorver o que ele dissera. Mesmo depois, soava bizarro demais para ser exato.

— Sua irmã é muito jovem para mim e, qualquer acordo que seja proposto com ela, nunca será tão bom quanto uma esposa com sua própria propriedade e renda.

Deus do céu.

Ela reuniu sua perspicácia, mas precisou de muito tato para não demonstrar sua reação atordoada.

— Ao menos conheceu Emilia?

— Não, mas não é significativo. Tenho bastante certeza de que ela é adorável, mas não é a noiva certa para mim.

— Como pode dizer isso quando nem...

— Eu sei.

— É melhor saber mais, e rápido, porque não estou disponível.

Ele se recostou na cadeira, nem um pouco impressionado por sua rejeição definitiva.

— É compreensível que tenha ficado surpresa com minha proposta. No entanto, estou confiante de que vá mudar de ideia.

Muito agitada para ficar sentada, ela se levantou e olhou desafiadoramente para o idiota presunçoso. Infelizmente, isso também o fez se levantar. Em vez de ser uma encarada satisfatória para baixo, ela agora olhava muito para cima, para um rosto acima dela.

— Não escutei nenhuma proposta. Escutei um decreto. Não consigo imaginar o que lhe dá motivo para pensar que eu obedeceria. O senhor é o último homem com quem me casaria, isso se eu me casar. De fato, meu pai se reviraria no túmulo se eu considerasse a ideia. Agora, sir, agradeço por sua visita, mas devo retornar aos meus afazeres. Já estou atrasada.

Ela girou, saiu a passos largos da sala de estar e desceu as escadas. Pegou de volta seu pacote com o criado e saiu. Sentiu o duque observando-a o caminho inteiro.

Sua carruagem alugada aguardava atrás da carruagem do duque. Ele olhou duramente para aquela carruagem.

— Por que não está usando a carruagem da família?

— Escolho não usar. — Ela desceu os degraus de pedra e seguiu para sua carruagem.

Ele andou ao seu lado.

— Penso que vai a um encontro secreto. Um que prefere que os criados da sua família não saibam. Não há outra explicação para usar uma carruagem alugada em vez da de sua família.

Ela realmente queria bater nele com o pacote por dizer aquilo ao alcance do criado que a esperava para ajudá-la a subir.

Ajeitou-se no assento enquanto o criado fechava a porta. O duque apoiou o antebraço na janela e esperou o criado se afastar.

— Não vou exigir explicação agora — ele disse. — Entretanto, se vai encontrar um homem, essa conexão deve acabar imediatamente, agora que estamos noivos.

Ela colocou o rosto para fora da janela.

— Nós. *Não. Estamos. Noivos.*

Ela estava quase gritando no fim da frase, mas a carruagem havia começado a andar, e apenas o ar a escutou.

Meia hora depois, Clara estava em uma mesa de biblioteca na Bedford Square. Havia papéis e uma folha em branco espalhados pela mesa.

— Acho que temos o suficiente para outro artigo do *Parnassus*, Althea — ela disse. — Podemos falar com a gráfica esta tarde sobre o cronograma.

Althea baixou a cabeça loira sobre as pilhas de papel e pegou uma bem pequena. Consistia em poemas que o jornal delas publicaria.

— Vejo que incluiu o soneto da sra. Clark. Fico feliz.

Clara trabalhava como a editora anônima e benfeitora do *Parnassus*. Ela havia criado o jornal há dois anos e começou a trabalhar nele de imediato. As duas primeiras publicações foram tentativas inexperientes, mas colheram assinaturas suficientes para encorajá-la. Agora, com seu legado, ela podia se dar ao luxo de tentar um cronograma regular de publicação.

Seguindo o modelo de jornais masculinos, o *Parnassus* continha notícias políticas, assim como críticas de apresentações teatrais e histórias de viagem. Ela gostava de preenchê-lo com informações e fatos, mas permitia que alguns pensadores afiados, como Althea, escrevessem artigos. Interesses femininos raramente eram ignorados. Clara amava moda, em particular, e o *Parnassus* tinha uma coluna dedicada a ela.

A característica mais distinta do jornal era a mistura de autores. Uma viscondessa e uma baronesa, às vezes, contribuíam, embora utilizassem um pseudônimo. No entanto, a sra. Clark era a viúva de um comerciante que agora administrava uma chapelaria. Ela tinha um dom óbvio para poesia e não tentava copiar outro poeta já existente.

Ladies aos montes, mulheres da cidade, mães, irmãs e, sim, até as sabichonas tinham assinado. Ela sabia que o sigilo do projeto pode ter contribuído para esse sucesso. Quem e onde era feito o *Parnassus* permaneciam um mistério tentador.

Naquele momento, o onde consistia nessa casa que Clara comprara com seu legado, três meses depois da morte do pai. Ela se lembrou dele ao assinar a escritura, além de sentir profunda gratidão por ele ter esquematizado para ela ter a própria propriedade e renda substancial e não ser dependente de Theo de nenhuma maneira. A relação deles era rara. Na verdade, ele a tratava como um filho. Ensinara-lhe a cavalgar, atirar e até disse uma vez que se arrependia de ela não poder herdar seu patrimônio ou o título dele. Ela achava que Theo nunca a perdoaria por como ela recebia a melhor parte do amor do pai deles. Ficara profundamente de luto por ele. Completamente. A tristeza acabara com ela como nada antes. Havia chegado a um ponto em que não se reconhecia mais. Finalmente, certo dia, começou a lutar para se salvar.

O *Parnassus* fora sua salvação. Comprar aquela casa foi o primeiro passo adiante em sua vida. As necessidades do jornal a obrigavam a visitar Londres periodicamente também. Até então, as visitas foram breves, mas, agora, seis meses após o falecimento do pai, ela, enfim, decidira fazer visitas mais longas.

— O artigo de moda de Lady Grace ainda não chegou — Althea mencionou.

Lady Grace Bidwell era a mais recente aquisição de colaboradoras. Irmã de conde, ela nunca se casara. Clara sentia uma afinidade natural com ela, e Lady Grace tinha um olho bom quando o assunto era moda.

— Vou escrever um lembrete a ela, mas não vou esperar para sempre — Clara falou com uma firmeza decisiva do tipo que não fazia muito tempo que usara com o Duque de Stratton, mas de nada valeu. Aquele encontro continuava a invadir sua mente e amargava seu humor quando o fazia. Quanto mais ela pensava naquela proposta, mais ofendida se sentia.

Althea olhou com seus lindos olhos azuis para Clara. Uns dez centímetros mais baixa que Clara e delicadamente esguia, Althea tinha uma presença que, às vezes, fazia Clara se sentir monstruosa em comparação a ela. Não que ela mesma fosse muito alta ou forte. Era só que Althea era extremamente pequena. Viúva do Capitão Galbreath, um oficial do exército, morava com o irmão, Sir Jonathan Polwarth, um barão, e sua esposa. Althea tinha a vida de um parente dependente agora, do tipo que o pai de Clara a salvou com o legado.

— A senhorita está diferente hoje — Althea disse. — Seu irmão a está irritando de novo? Insistindo que volte para a fazenda?

— Não é isso. Não só isso. — Clara não iria confessar, mas queria compartilhar um pouco dos acontecimentos recentes e estranhos em sua vida. Não a proposta. Ninguém nunca saberia disso. — Theo e minha avó colocaram na cabeça a ideia de acabar com uma longa contenda que nossa família tem com aquele Duque de Stratton.

— Penso que seja uma coisa boa. Guerras tão longas assim não trazem muito benefício.

— Vovó nunca faz coisas simplesmente porque são boas, Althea. A mente dela é uma armadilha, e suas estratégias fariam Napoleão se envergonhar. Mas ela é determinada, assim como Theo. Eles até o receberam. Meu pai sempre jurou que nunca um Stratton iria sujar sua casa, mas lá estava ele.

Althea começou a organizar os artigos, colocando folhas em branco entre eles.

— Na sua casa daqui da cidade, na Casa Gifford? Fiquei sabendo que ele veio para cá recentemente.

— Você sabia? — Parecia uma boa maneira de não admitir que ele realmente havia sujado a casa da família dela da cidade.

— As pessoas estão falando dele. Você não ficou sabendo porque ficou enclausurada em Hickory Grange por muito tempo depois de seu pai falecer, e não estava aqui quando ele retornou da França.

Althea carregou a pilha grande de papéis para outra mesa e continuou o trabalho de prender tudo com linho. Clara a seguiu.

— Estão falando o quê?

Althea amarrou o pacote grosso, terminando com um laço rústico.

— Fofocas. Daquelas que você escuta umas partes quando chega em determinadas rodas, mas as pessoas param assim que a veem. Conversa séria, pelos olhares nas carrancas. Conversa sigilosa e sussurrada. A maior parte entre a geração de nossos pais.

— Claro que esses trechos devem ter lhe dado uma ideia de por que ele chamou tanta atenção.

Althea deu de ombros.

— Acho que escutei meu irmão se referir a ele como perigoso. Algo sobre duelos na França.

— Fiquei sabendo dos duelos. Theo me contou. Acho que ele teme que, se não pedir a paz, Stratton vá desafiá-lo. Não faz sentido.

— Também interrompi uma conversa em uma sala após uma festa. A anfitriã não conseguiu se conter, apesar de estar no meio da frase. Gesticulou a última palavra do que quer que estivesse falando para sua confidente.

— Que palavra era essa?

— Tenho quase certeza de que era *vingança*. Agora, se vamos falar com a gráfica hoje, precisamos ir antes de ficar tarde demais.

Elas colocaram suas pelicas e chapéus. Clara invejava Althea por usar um conjunto verde-limão e amarelo. Não se ressentia por vestir roupas de luto. Vestiria eternamente, se isso fosse honrar seu pai. Mas sentia falta de roupas com mais cor e estilo, e, às vezes, pensava em cometer excessos incríveis nas lojas quando pudesse se vestir com estilo novamente.

Com os manuscritos firmemente debaixo dos braços, Clara se juntou a Althea na caminhada para uma carruagem de aluguel parada na esquina da praça. Seu nariz até coçava pela informação tentadora que Althea acabara de lhe fornecer. Stratton podia ser exibido, irritante e arrogante, mas ele tinha acabado de se tornar interessante também, principalmente para a editora de um jornal.

Vingança? De quê? Parecia que alguns sabiam em Londres, mas não era conversa para o senso comum. Assim que entraram na carruagem e seguiram para a gráfica, Clara expressou seus pensamentos.

— Acho tudo isso estimulante, Althea. Se Stratton está inclinado à vingança, alguém sabe por que e contra quem. Ele não é um homem comum, afinal de contas. É um duque. Quem poderia ter irritado tanto um duque para ele querer vingança? E ser considerado perigoso... Há algo muito curioso em tudo isso.

— Presumo que eu possa fazer algumas perguntas para ver se consigo reunir mais um pouco de informação.

— Também farei isso. Vamos ver o que conseguimos descobrir sobre esse homem. Talvez haja uma história para o *Parnassus*.

Ela deixou de mencionar que mais informação talvez pudesse capacitá-la também para acabar com a corte inexplicável e rude de Stratton.

Quatro

$\mathcal{A}$ poeira o cobriu. Saiu voando das páginas quando ele as virou e alisou sua superfície como as aparas de ferro em um ímã.

Adam folheou, lendo os velhos jornais, mais interessado no que não havia sido notícia do que o que fora. Uma alusão aqui, uma referência improvisada ali, a menção de um nome — essas eram as evidências que ele procurava, porque já sabia que não haveria uma discussão aberta dos acontecimentos que ele investigava.

Ele fora ao *Times* por último, após folhear páginas nos escritórios de outras revistas e jornais. Todos eles mantinham exemplares de suas antigas publicações em algum lugar. Podia ser em uma biblioteca arejada ou em um porão úmido, mas, com tempo e paciência, ele havia lido cada palavra publicada sobre o Duque de Stratton em alguns anos até a morte de seu pai.

As notícias da morte eram as mais inúteis, embora alguns jornais menos respeitáveis vagamente implicavam que poderia ter sido suicídio. O *Times* nunca seguiria nessa direção com um duque, então a notícia dele exaltava as conquistas e o gosto de seu pai. Lendo-o, ninguém nunca adivinharia as provocações extremas que fizeram um homem tirar a própria vida.

Agora ele procurava pistas em relação aos detalhes e fontes dessas provocações. Tudo fora um esquema bem secreto, então as partes que ele descobria estavam todas nas entrelinhas. Nenhum editor falaria abertamente sobre esses boatos. Nenhum homem falaria sobre isso exceto atrás de portas fechadas com a voz baixa.

E, mesmo assim, as palavras tinham sido ditas, e elas voaram pelo ar como pólen, então, enquanto ninguém fazia acusações, tudo que as pessoas sabiam era o que importava para o governo. Ele fechou o volume de cópias encadernadas do *Times*. Mal havia encontrado prova direta do que queria, mas também não achara nada que o convencesse estar errado em suas crenças sobre como a tragédia fora planejada.

Nas reuniões importantes do governo, questionamentos foram feitos sobre a lealdade de seu pai. Ministros e outros lordes lhe disseram coisas. Alguém coletara provas. Aconteceu por um tempo, crescente, talvez um ano ou mais. Isolado e sem amigos quando os miseráveis o encurralaram, ele tirara a vida para não enfrentar o tipo de desgraça que mancharia o nome da família por gerações. No entanto, o ato final e seus motivos eram as únicas partes que não estavam em questão.

Acho que Marwood está por trás de tudo. Foi isso que seu pai havia escrito no único recado que deixara. Ele tinha prova disso? Se tinha, não deixou nenhuma indicação. Será que foi uma conclusão irracional, criada por sua mente e pela longa inimizade entre as famílias? Adam não sabia. Se seu pai pensava que Marwood estava por trás de tudo, porém, então Marwood estava no topo da lista de homens que Adam investigaria.

Deixou o edifício do *Times* e foi até sua carruagem. Perdido em pensamentos, quase não viu a mulher do outro lado da rua até algo familiar nela tirá-lo de seu devaneio.

Ela andava com passadas determinadas, como se estivesse em uma importante missão. Ele notara o brilho em seus olhos, os quais implicavam muito sobre ela. Inteligência. Personalidade. Paixão. Problema. Não se importava com a última qualidade. Raramente encontrava as três primeiras em uma mulher sem a quarta. Seu tempo com ela, apesar de ter sido breve, não fora maçante. Apesar de seu cabelo castanho-avermelhado, coberto como um quadro em seu rosto debaixo da aba de seu chapéu, estar esplêndido contra seu traje preto, ele, de repente, pensou em como ela ficaria vestindo verde-claro.

Ele a imaginou assim enquanto atravessava a rua e a abordava. Assim que ela o viu, sua expressão desmoronou.

Ele queria rir da forma como ela se esforçava para manter a compostura adequada para a filha de um conde. Imaginava os pensamentos rudes pulando na mente dela.

— Lady Clara. Que prazer inesperado vê-la hoje.

— Sim. Que prazer. — Ela inclinou a cabeça para a esquerda, olhando o caminho da liberdade. — É um dia de tarefas para mim.

— Para mim também, embora eu já tenha acabado. Que tarefa a traz aqui?

Ela não respondeu de imediato. Parecia que ele tinha feito uma pergunta esquisita.

— Não estou cumprindo uma tarefa aqui. Estou simplesmente andando pela rua depois de fazer uma tarefa em outro lugar. — Ela foi para o lado dele e o analisou com o cenho franzido. — O senhor estava no sótão? Está coberto de poeira. — Ela esticou a mão e deu uma batidinha na manga dele, produzindo uma pequena nuvem de pó.

Ele achou charmoso o gesto dela.

— Meu lacaio vai resmungar quando vir isso.

— Fique parado. — De novo, sua mão varreu o casaco dele. Mais nuvens se ergueram. Ela o limpou como se ele fosse uma criança que tivesse caído na terra. Mas não tão delicadamente. A mão dela batia em seus ombros e peito. — Pronto. Está quase apresentável. Agora, devo seguir meu caminho.

— Não vai ser generosa me permitindo sua companhia? Não a vejo há quase duas semanas. Sei que foi minha culpa. Não entrei em contato. Devido a todas essas tarefas, sabe.

— Faz tanto tempo assim? Não reparei. Na verdade, eu não esperava que entrasse em contato. Não há motivo para fazê-lo.

— Nós dois sabemos que isso não é verdade. Entretanto, aqui estamos agora. Pelo menos permita-me acompanhá-la em segurança de volta à sua carruagem.

— Não será necessário. Ficarei bem segura sozinha.

— Por favor. Eu insisto.

Ela ficou parada em silêncio, parecendo uma menininha flagrada fazendo algo errado.

— Está com sua carruagem aqui? — ele perguntou.

— Não. — A resposta veio depois de uma longa pausa. Ela mordeu o lábio inferior.

— Carro de aluguel de novo? — Ele olhou para cima e para baixo da rua. — Ele mora aqui perto? Seu amigo, quero dizer.

— Não há amigo. Não da forma que insinua.

— Claro que não.

— Estou falando sério.

— Por favor, entenda que não estou chocado. Sou metade francês, afinal. Não me importo. Apenas peço que termine — ele mentiu suavemente. Importava-se, sim. Qualquer homem se importaria, se quisesse a mulher.

— Pede, não é?

— Estou sendo educado. Um pedido por enquanto. Em certo momento, claro, terá que ser um comando.

Os olhos dela arderam em chamas. Inferno, ela era excitante quando estava brava. Que bom, já que ele esperava que ela ficasse brava com frequência.

— Penso que o senhor está me provocando deliberadamente — ela disse.

— Prometo parar se concordar com uma visita rápida ao parque. Vamos ficar a céu aberto para a senhorita não se preocupar se vou me impor. Então a levarei para casa.

— E se eu recusar sua oferta?

— Provavelmente vou segui-la, fazendo perguntas indiscretas sobre seus afazeres misteriosos nesta parte da cidade.

Ela suspirou desesperada e tirou um relógio do bolso de sua retícula.

— Não haverá quase ninguém no Hyde Park a esta hora. Vamos virar ali, se faremos isso. Uma visita bem rápida, por favor. Tenho um compromisso esta tarde.

— Mais afazeres misteriosos? Como a senhorita é intrigante.

Ele ofereceu o braço. Ela não o aceitou. Juntos, andaram até a carruagem dele.

O Duque de Stratton estava se transformando em uma séria inconveniência. Parte da alegria de ser uma mulher mais velha e sem interesse em casamento era que as pessoas costumavam não perceber o que ela fazia. Clara aproveitara essa liberdade mesmo antes da morte de seu pai, e agora mais ainda porque morava sozinha na Casa Gifford.

A curiosidade de Stratton sobre ela complicava isso. Agora ali estava ela, sentada na carruagem dele quando deveria estar visitando o decorador que contratara para fazer algumas mudanças em sua casa na Bedford Square. Já que ninguém sabia sobre a casa, não poderia permitir que o duque a seguisse até lá.

Não se importava com como ele tramava para ela passar um tempo com ele. Ressentia-se que ele tivesse ganhado essa pequena batalha.

— Prefere a cidade? A senhorita passa boa parte do tempo aqui — ele disse assim que se sentaram um à frente do outro e o cocheiro abrira a porta da carruagem para arejar.

Se fosse outra pessoa, ela pensaria que era jogar conversa fora. Daquele homem, ela percebeu que era uma pergunta intrusiva.

— Gosto da fazenda e da cidade. Fico nos dois lugares. No entanto, depois de todos os meses em Hickory Grange após o funeral do meu pai, era hora de ver alguns amigos aqui e participar da sociedade de novo. — Mesmo com a forma como ela disse, ficou preocupada de ter lhe dado informação demais.

— Seus amigos sabichões?

— Sim.

— O que a senhorita faz quando não está conversando com eles?

— Se eu lhe dissesse, não seria mais intrigante e misteriosa.

Foi um erro dizer isso. Ela soube assim que disse. Os olhos escuros dele pairaram nela, divertidos e muito confiantes de que viam mais do que ela queria. Esse olhar a deixou nervosa. Ela achava decidida, quase óbvia, essa procura de sua atenção. Implicavam intimidades que ela não queria ter ou reconhecer. Apressou-se para fazer uma provocação.

— O senhor vai achar meus interesses muito entediantes e femininos. Eu visito boutiques e encho os olhos de tecidos que não posso usar agora. Passeio por armazéns e cobiço sedas e rendas.

— Por que não comprá-los agora e guardá-los até poder usar?

— Porque a espera faz parte da diversão. Há o perigo que se transformará em uma febre, no entanto, quando finalmente tirar esses trajes pretos, serei tão imprudente ao gastar tudo em um novo guarda-roupa que Theo vai precisar me tirar das dívidas.

— Oh, duvido disso.

Então ela soube que aquele homem havia descoberto o tamanho de sua herança. Será que Theo tinha lhe contado? Talvez ele tivesse escutado fofocas, mas seria suficiente.

Passou por sua mente que o único motivo de ele a perseguir com aquela proposta idiota era sua fortuna. Como se o Duque de Stratton precisasse disso! Mas, na verdade, quem sabia se ele precisava ou não? Ela não o investigara da forma como ele obviamente o fez com ela, embora ela pretendesse. Mesmo assim, era um homem atrás de sua fortuna. Que previsível. Senso comum. Decepcionante.

Já que eles estavam no parque, ela fez as próprias perguntas, enquanto encorajava que a caminhada deles deixasse o caminho principal a fim de que ninguém os visse juntos.

— O senhor não se importaria mesmo se a mulher para a qual fez proposta tivesse um amante anterior? O senhor continua insinuando isso.

Ela pensou ser uma questão sofisticada e investigativa e aguardou que ele não visse a refeição que ela acabara de colocar em um prato à sua frente.

— A senhorita tem o quê? Vinte e quatro anos? Só um tolo exigiria inocência de uma mulher com essa maturidade.

— Que visão liberal o senhor tem.

— Gosto de pensar assim. Só estou sendo um pouco estrito com a senhorita porque não posso arriscar que meu herdeiro seja filho de outro homem. Estou certo de que entende.

Ela olhou para ele, esperando ver aquele sorrisinho ou qualquer coisa que indicasse que suas referências contínuas à proposta agora fossem uma piada interna. Arrependida, viu que ele parecia mais sério. Ela resolveu que contrariá-lo só iria engrandecer aquela ideia ridícula, então ignorou.

Já que ele a tinha convencido a passar esse tempo juntos, não poderia se opor a algumas perguntas sinceras sobre sua vida e sua família, principalmente se ele realmente acreditava que eles iriam se casar. Althea ficou responsável por investigar o homem, mas cada pequena informação adicionada ao montante ajudaria.

— Por que o senhor partiu? — ela perguntou enquanto caminhavam por um pequeno bosque de árvores floridas.

— Porque era hora de voltar.

— Não quis dizer por que partiu da França. Por que partiu da Inglaterra?

O humor dele se alterou um pouco, como se a pergunta abrisse uma porta para o humor negro que ela sentia nele.

— Minha mãe não quis permanecer aqui depois da morte de meu pai, então eu a levei embora e me certifiquei de que ela se adaptasse a Paris.

— Ela queria voltar para casa, o senhor quer dizer. É compreensível.

— Ela morou aqui por décadas. Aqui deveria ter sido seu lar, não uma terra estrangeira para onde fugir. Houve aqueles que nunca a receberam bem, no entanto, ou permitiram que ela se ajustasse.

— Se ela é feliz agora na França, é o que importa, não é?

— Não disse que ela estava feliz. Ela não queria voltar para a França. Só não quis permanecer *aqui*.

Seu tom direto a fez parar de andar.

— Desculpe se entendi errado. Fui negligente com minha resposta. Claro que ela não poderia ficar feliz em deixar sua casa por tantos anos. — Ela engoliu a pergunta que implorava para ser feita. *Por que ela não queria permanecer aqui?*

Eles ficaram debaixo de uma das árvores, na sombra que os galhos emaranhados criavam.

— A senhorita realmente sabe tão pouco sobre a minha vida? — ele questionou. — Nunca ouviu falarem da minha mãe? Estava fora quando ela partiu. Antes de o meu pai morrer.

Ela não precisava buscar muito na memória para se lembrar de alguma conversa que ouvira. A voz da avó sempre cheia de desdém ao mencionar a duquesa *francesa* de Stratton. Vovó era uma das pessoas que pensava o pior de tudo e de todos os franceses durante a guerra.

Mas outros tinham bufado quando a Duquesa de Stratton entrava em um salão. Clara sempre achou que invejavam sua beleza e queriam falar mal de alguém. Na verdade, ela não se importava muito com o que as pessoas diziam. A antiga guerra entre sua família e a de Stratton haviam-na deixado insensível a quaisquer considerações feitas à mãe dele.

— Admito que, agora que falou, conheço um pouco do que ela passou — ela admitiu. — Se foi isso que a fez ir embora, não foi justo.

Para a surpresa dela, ele pegou sua mão e a ergueu para dar um beijo.

— Não foi apenas isso. No entanto, é bom a senhorita achar que foi injusto.

Aquele beijo na mão dela, apesar de breve, criou uma ponte de intimidade. Ela sentiu o beijo por seu braço inteiro e descendo por seu corpo. O olhar dele capturou o dela antes de ele beijar sua mão de novo, lentamente.

Ela não tirou a mão. Não desviou o olhar, apesar de definitivamente ter que fazer o contrário. Em vez disso, encarou enquanto aquele beijo e aqueles olhos escuros avivavam todo o seu corpo.

Ele a puxou cada vez mais para perto, até ela ter que dar um passo até ele ou cair. Fez um pouco dos dois, tropeçando de forma estranha, e se viu nos braços dele.

Ele iria beijá-la, ela tinha certeza. Isso não poderia acontecer. No entanto, em vez de se afastar, ela não conseguiu se mexer. O olhar dele a paralisou e incitou uma empolgação imprópria.

Os braços dele a envolveram. Ele olhou para baixo. Atordoada, ela fechou os olhos e aguardou.

E aguardou.

E aguardou.

Quando nada aconteceu, ela abriu os olhos. Instantaneamente, a euforia tomou conta, e ela se sentiu uma tola. Tentou se livrar de seu abraço, mas ele não permitiu.

— Quer que eu a beije?

— Claro que não. O senhor é o último homem que quero que me beije, asseguro-lhe. — Ela se recusou a olhar para ele e continuou tentando se afastar.

— Isso não é verdade. Vamos ser honestos um com o outro. — A cabeça dele mergulhou e seus lábios tomaram os dela.

Ela perdeu o fôlego. Céus, ele era lindo. E excitante. Até aquela escuridão era sedutora. Os arrepios percorreram seu corpo, implorando para ter desculpas para se transformar em algo mais poderoso.

— Parte da diversão é a espera — ele disse baixinho, prendendo-a com seu olhar. — Embora sempre haja o perigo de se transformar em uma febre. — Os lábios dele beijaram os dela, sempre suavemente, mas o suficiente para criar uma faísca.

Foi um gracejo. Uma promessa provocante.

Ele a soltou e recuou. Ela ficou parada, sem fala, e extremamente derrotada, chocada como ele tinha usado suas próprias palavras contra ela a fim de implicar que compartilhavam alguma empatia em questões sensuais.

— Preciso ir. — Ela se virou e andou pelo caminho principal. A cada passo, sua indignação aumentava.

Ele andava ao seu lado, mais do que satisfeito.

— Não posso acreditar que o senhor se impôs sobre mim assim — ela disse em seu melhor tom *como ousa*.

— Impus bem pouco, principalmente dadas as circunstâncias. De fato, se eu tivesse feito amor com a senhorita contra uma das árvores, não tenho certeza se teria sido uma imposição.

— Se pensa assim, ficou muito tempo na França.

Ela não conseguia chegar logo à carruagem. Recusou-se a olhar para ele no trajeto para a Casa Gifford. Quando chegaram, mal recusou a insistência dele em lhe dar a mão para descer. Ela enrijeceu contra a sensação da mão dele na sua, a proximidade de seu corpo e a forma como todo o seu ser ainda queria reagir inapropriadamente.

Não pôde resistir a uma última censura. Não apenas para lembrá-lo do comportamento adequado, mas para lembrar a ela também.

— Por favor, lembre-se, no futuro, como um cavalheiro trata uma dama, sir.

— Eu sei como tratar uma dama. A senhorita, no entanto, também é minha futura noiva. Isso muda tudo.

Ela se apressou até a porta, cheia de indignação furiosa. Assim que entrou, viu que aquele dia desconfortável só iria piorar.

Theo, Emilia e a viúva haviam chegado da fazenda para se juntar a ela.

Cinco

— Por que está tão mal-humorada? Não sorriu desde que entrou em casa — Clara fez a pergunta à irmã depois de procurá-la em seu quarto naquela noite.

O jantar provou ser um julgamento, com sua avó direcionando afazeres relacionados aos dias seguintes, e Emilia e Theo assentindo como se fossem alunos. A viúva descartou as objeções de Clara sobre as demandas que os planos causariam em seus dias.

Emilia se jogou na cama.

— Vovó quer que eu conheça Stratton. Já que ele está na cidade, nós o seguimos.

— Vocês ainda não foram apresentados?

Ela fez beicinho.

— É vergonhoso ser jogada para ele assim quando parece que ele preferiria me evitar. Já que eu preferiria evitá-lo também, quero que eles parem de persegui-lo. Sei que é um duque, mas o achei assustador quando ele estava naquele terraço. Nem acho justo ser oferecida assim para ele antes até de eu ter minha primeira Temporada.

Clara se sentou ao lado dela e a envolveu com um braço.

— Parece injusto.

Emilia era adorável e, se aguardasse aquela Temporada, haveria dúzias de admiradores esperando ganhar sua mão. Clara tinha lembranças carinhosas de sua primeira Temporada. Ela não procurava um marido, mas amava todo o planejamento e, então, todas as atividades sociais e bailes. Gostara dos poucos beijos roubados que a seguiam também.

— Agora eu estou na cidade e tenho que ficar aqui sentada enquanto todos os meus amigos vão a bailes — Emilia reclamou. — Uma coisa é ficar de luto na fazenda e perder isso. Outra é só ouvir a diversão pelas janelas enquanto fico sentada nesta casa, usando preto.

— Talvez possamos convencer Vovó a permitir que você vá a alguns eventos menores. Uma ou duas festas no jardim. E pode receber amigos aqui. Se é permitido que conheça Stratton, por que não outros jovens?

Os olhos de Emilia se iluminaram com esperança.

— Acha que ela vai concordar? Talvez me permita comprar um ou dois vestidos novos, não que eu queira mais vestidos pretos, mas pelo menos sairei para compras.

— Vou tentar convencê-la a permitir outra coisa além de preto para você. Agora passaram-se seis meses. A mim, parece que outras cores, simples e discretas certamente, podem ser permitidas para uma garota.

Emilia abraçou Clara e a beijou na bochecha.

— Se puder conseguir mesmo essa pequena concessão, ficarei grata.

— Escreva para seus amigos e os avise que está aqui e pode fazer e receber visitas. Quanto a Stratton, não é obrigada a se casar com alguém que não queira. Espero que saiba disso.

A alegria deixou Emilia tão rápido quanto apareceu.

— Nunca fui boa desafiando Vovó. Ela me assusta ainda mais do que o duque.

Claro que assustava. A viúva intimidava adultos. Se não fosse pela resistência de Stratton, Emilia já estaria noiva.

— Talvez Stratton também nunca venha aqui — Emilia disse, melancólica.

Clara duvidava disso. Vovó não seria deixada para depois agora, independente dos estratagemas que o duque tentasse. A não ser que ele se recusasse de forma direta a continuar esse passo de dança. Seria melhor para todos se ele decidisse fazer isso.

— Vai me contar aonde estamos indo? — Langford perguntou quando ele e Adam cavalgavam pela Bond Street. — Quando me chamou para me juntar a você, achei que a esta hora já fosse explicar por que e onde.

Adam havia passado por Langford há três quarteirões. Não tinha sido coincidência. Nem foi sua negligência deixar de mencionar o destino.

— Prometi que seria divertido, e vai ser.

— Devo insistir que revele tudo. Não acho que vamos a alguma loja ou que estamos a caminho de uma tarde típica de diversão.

Adam virou na Bond Street.

— Vou confessar por que abordei você, mas, primeiro, precisa prometer não me abandonar.

— O que está tramando, Stratton?

— Vou visitar Marwood.

— *Não.* Aquele pivete? Para quê? Pensei que tivesse jurado ser inimigo dele, por meio da sucessão.

— Ele acha que deveríamos fazer as pazes e ser amigos. Tem insistido nisso. Continua me convidando para ir à casa dele e me seguiu até a cidade para me encurralar. Ontem, ele me fez uma visita enquanto eu estava fora. Então escrevi e finalmente concordei em retornar o favor.

Langford continuou andando com seu cavalo. Pelo menos, ele não tinha rejeitado imediatamente a visita.

— Presumo que ele tenha medo de você desafiá-lo devido à briga ancestral. Provavelmente está sujando a cueca desde que soube que você voltou.

— Eu nunca duelaria por insultos de mais de cinquenta anos.

Ele recebeu um olhar duro de Langford por isso.

— Então concordou em aceitar seu ramo de oliveira? Nossa, que *bondoso* da sua parte.

Adam ignorou seu tom desconfiado.

— Bom, soube que ele tem uma irmã adorável.

— Deve estar falando da Lady Emilia. Ela foi uma criança linda, isso é verdade, mas ninguém a vê de perto há quase um ano. Espero que ela não frequente esta Temporada devido à morte do conde. Mas, sim, é de conhecimento de todos que ela ficou mais do que bonita. Com certeza você não pretende fazer as pazes a ponto de cortejá-la, não?

— Achei que você poderia querer.

Langford parou seu cavalo.

— Se isso foi uma piada, não estou rindo.

Adam sorriu.

— Eu estou. Pare de ficar tão preocupado. Alguém poderia pensar que é possível amarrá-lo ao casamento sem você saber.

— Há algumas mães que estão se esforçando ao máximo para isso. — Ele voltou a andar com o cavalo. — Perdoe-me pela falta de humor. Estou me sentindo perseguido. Então vamos visitar um dos inimigos de sua família, com o objetivo principal de cortejar a irmã dele.

— Isso resume bem.

Langford deu de ombros.

— Por que não me disse?

A cavalgada os levou até a porta da casa da cidade de Marwood, na Portman Square. Adam esperou até os criados pegarem seus cavalos e alcançarem a porta antes de falar de novo.

— Ah, esqueci de mencionar. A avó dele estava junto quando ele me visitou ontem. Acredito que a veremos também.

Langford fechou os olhos. Parecia um homem rezando por salvação.

— Tenho evitado assiduamente essa harpia há quase uma década, Stratton. Posso matá-lo por isso.

— Não iria querer que eu a enfrentasse sozinho, iria?

— Eu o teria mandado e coletado seus restos depois de ela acabar com você. Inferno, vamos entrar e rezar para ela já ter sido alimentada com outra pessoa hoje.

— Milady — a dama de Clara, Jocelyn, sussurrou o título em um tom nervoso.

— O que foi? — Clara respondeu calma como sempre, embora quisesse expressar um grande desprazer. Havia dito a Jocelyn que queria ser deixada sozinha. De forma clara e direta. Mesmo assim, ali estava a dama, interrompendo-a.

— Um lacaio veio até a porta. Disse que sua avó a quer na biblioteca.

Clara apoiou a cabeça nas mãos. Olhou para baixo, para a superfície da sua escrivaninha. As páginas impressas do jornal, recebidas de Althea no dia anterior, esperavam sua aprovação. Precisavam ser devolvidas com a correção para a gráfica no dia seguinte.

Esperara terminar na tarde do dia anterior. No entanto, desde que sua família veio se hospedar ali, houve uma interrupção atrás da outra. Ela não se importava com as de Emilia. Importava-se quando sua avó exigia sua presença.

Não que Vovó exigisse sua presença para coisas importantes. Ela mal queria conversar e precisava de um público. Pelo menos Clara havia usado aquele tempo de maneira produtiva: obtivera a autorização para Emilia ter um ou dois novos vestidos e poder receber visitas.

Na manhã do dia anterior, infelizmente, elas tinham se engajado em uma discussão quando ela recusou o comando de sua avó para se juntar à viúva e a Theo quando eles fizeram uma visita a Stratton à tarde. Ela não teve dificuldade em listar os motivos do porquê não fazer isso.

Tinha uma reunião com Althea planejada, primeiro. Segundo, ela pensou que pareceriam ridículos se a família inteira visitasse. E, finalmente, não queria encorajar o duque a pensar que ela estava, de alguma forma, de acordo com essa missão de paz, sem mencionar o plano peculiar dele de conquistar harmonia entre as famílias.

Não que ela pudesse explicar alguma dessas coisas para sua avó, então simplesmente a desafiou. Pensou como Vovó a faria pagar por isso.

— Ele mencionou que a condessa estava bem firme quanto ao assunto, milady. Disse que convidados importantes chegaram, e ela pediu para a senhorita descer.

"Convidados importantes" significava qualquer um que Vovó se dignasse a receber.

Ela olhou para seu vestido simples.

— Vou colocar meu vestido preto com cauda e bordado, Jocelyn, se são tão importantes, os malditos.

Jocelyn ruborizou com o xingamento e se apressou para o cômodo das roupas. Clara a seguiu, arrependendo-se do lapso. Ela realmente precisava parar de fazer isso.

Quinze minutos mais tarde, ela entrou na biblioteca e viu que o lacaio não tinha exagerado. Até para os altos padrões de Vovó, seus convidados eram importantes.

Stratton tinha retornado a visita do dia anterior. Mas não estava sozinho. Outro duque, Langford, o acompanhava. Durante os cumprimentos, Emilia a olhou com uma expressão desesperada.

— Os duques estão nos regalando com as descrições do baile de Lady Montclair ontem à noite — sua avó disse assim que todos se sentaram. —

Ouso dizer que está sendo mais divertido ouvi-los recontar do que participar do evento.

— Eu gostaria de ter ido para ter certeza disso — Emilia murmurou.

Langford, um homem lindo com olhos azuis brilhantes e cachos escuros que se transformavam em um cabelo um pouco selvagem, dirigiu-se a ela com empatia.

— Não perdeu muito, Lady Emilia. Vai descobrir logo que bailes são todos iguais.

— Minha avó concordou que, embora nosso luto não tenha acabado, Emilia pode participar de alguns eventos menores, como festas de jardim. Seria aceitável, não concorda? — Clara olhou deliberadamente para a avó, já que ainda não tinha falado sobre o assunto com ela.

— Não vejo por que não. Avise-nos em qual ela irá, e Stratton e eu nos certificaremos de ir também e falar com ela lá.

— Como os senhores são gentis. — Se dois duques falassem com Emilia em uma festa, ninguém falaria muito sobre a menina ter ido durante o luto. — Nos certificaremos de avisá-los. Não é, Vovó?

— De fato.

Havia incontáveis respostas sob a superfície de gratidão naquela frase curta. Clara ouviu a desaprovação de sua ousadia e futuras ameaças. Emilia, no entanto, só brilhou com prazer por não ser deixada de fora de tudo.

Sua irmã estava linda naquele dia, como sempre. O sol entrando pelas janelas fazia seu cabelo loiro brilhar com luzes e também favorecia sua pele luminosa.

Langford ficava olhando para ela. Não que Langford fosse bom para Emilia, mais do que o outro duque poderia ser. Langford era conhecido por sua rebeldia que mais do que combinava com aquele cabelo devasso. Charmoso como o pecado, ele com certeza partiria o coração de qualquer mulher com quem se casasse.

Clara tentava não olhar para Stratton, mas ele se sentou bem ao lado do amigo e conseguiu se intrometer em sua visão. Mal olhava para Emilia, algo que Vovó certamente notaria. Clara esperava que Vovó não percebesse para quem ele estava olhando.

Não era como se ele a encarasse. Mas com frequência aquele olhar negro pairava nela, a ponto de deixá-la consciente. Ela entendia o que Emilia queria dizer sobre achar que ele era assustador, só que aquela palavra não interpretava adequadamente a reação que ele provocava. Ela achava que sua atenção a obrigava a lembrar dele perto demais, quase a beijando e dizendo coisas muito íntimas.

— O dia está lindo — sua avó anunciou. — Clara, por que não leva sua irmã e os cavalheiros para o jardim, a fim de aproveitar a brisa e o sol? Seu irmão e eu nos juntaremos aos senhores logo.

Então, ela liderou o caminho para fora das janelas francesas até o terraço.

Adam planejou que, quando saíssem no terraço, ele ficasse ao lado de Lady Clara, e Langford acompanhasse Lady Emilia.

Langford poderia encantar qualquer mulher de qualquer idade sem se esforçar. Era simplesmente de sua natureza. Alguns reis nasciam para governar; Langford nascera para seduzir.

Ele se conteve até onde pôde porque Lady Emilia era jovem, mas aqueles olhos azuis ainda eram penetrantes e aquele sorriso ainda bajulava. Lady Emilia se transformara em uma bagunça afobada de risadinhas e vermelhidão quando eles chegaram ao jardim.

Lady Clara não deixou de notar.

— Perspicaz da sua parte trazê-lo — ela disse para Adam. — Do contrário, minha avó poderia ter interpretado sua visita como cortejo, e um indicativo de seu acordo com a ideia dela sobre o casamento.

— Ela teria acertado, claro, mas apenas errado a dama. Não vamos explicar isso ainda, no entanto. Será nosso segredo por um tempo.

— Queria que parasse de falar assim, quando sabe que será um segredo eterno porque nunca aceitarei. Não há motivo para eu fazê-lo.

— Há um bom motivo. Muitos motivos. Será nosso segredo enquanto eu lhe mostro quais são.

Bem à frente, Langford deve ter contado alguma piada porque a risada de Emilia flutuou pelo ar.

— Espero que ele não crie nenhuma esperança com ela — Clara disse, estreitando os olhos. — Nunca vai ser adequado.

— Ele nunca mostrou interesse em jovens, então eu não me

preocuparia.

— Os senhores são bons amigos?

— Somos amigos desde a escola. — Ele riu baixinho. — Esqueço como sabe pouquíssimo sobre mim, às vezes.

— Sua família não existia do ponto de vista da minha família, então nunca o notei ou com quem o senhor andava.

— Nunca me notou? Que ofensa. Nunca? Nem uma vez? — Ele a olhou diretamente, irônico.

Ela sentiu o rosto ruborizar, porque é claro que o tinha notado antes de ele partir para a França, durante as primeiras temporadas. Quem não notaria? Seu rosto lindo e espírito latente o destacavam. Uma vez, em um baile, ela sentiu uma calma estranha no salão, uma rigidez. Tinha sido ele, agindo como o centro de um vórtice, e a reunião ao redor era o redemoinho.

Ele a tinha visto observando-o, ela se lembrou de repente agora. Ele vira que ela o observava. Ele achava, ela suspeitou, que ela não o via totalmente como um inimigo naquele momento inesperado.

Agora ele mergulhou a cabeça para mais perto da dela.

— Não acho que não existíamos para sua família. Acho que falavam bastante de nós. Não com ou perto da senhorita, mas seu pai e sua mãe. Estou correto?

A voz dele, sua respiração, e a proximidade a deixaram nervosa. Ela verificou se sua irmã não tinha ido longe para fazer sala.

— Às vezes.

— Na época de Waterloo? — Sua voz suavizou. — Ou nos meses seguintes?

Sua mente voltou àquele tempo, anos atrás, como se fosse mandada para lá por um feitiço dele. As conversas se acumularam em sua memória todas de uma vez, como muitas vozes conversando em uníssono. Ela escutou o pai, tão claramente que lhe doeu, mas suas palavras foram obscurecidas por outras vozes falando por cima e à volta dele. Então o viu, claramente, batendo a mão na escrivaninha da biblioteca.

— Não — ela mentiu. — Não naquela época. Não que me lembre, pelo menos.

Ela não sabia por que se recusava a contar. Talvez por causa da maneira como ele a observava. Como se sua reação importasse para ele. Importava demais. Lá na frente, Langford parou de andar com Emilia. Ele os aguardou alcançá-los. Emilia parecia inebriada de alegria. Ficava olhando Langford como se ele a maravilhasse.

— Ah, não — Clara murmurou.

— Não se preocupe. Trarei homens mais apropriados para ela — Stratton disse. — Seguros, que não são perigosos de nenhuma forma. Ela vai rapidamente esquecer uma tarde de paixão.

⁂

— Agora, essa foi uma visita esquisita — Langford ofereceu a opinião quando ele e Adam viraram seus cavalos na Bond Street.

— Por quê?

— *Por quê?* Muito inocente. Você sabe por quê. Se eu não o conhecesse, diria que me trouxe para poder me jogar para aquela garota, apesar de suas garantias. Bom, não vou ceder. E se a viúva é tola o bastante para arriscar a virtude da neta comigo, ela terá que colocar a menina na fila atrás de outras cujas mães também são muito negligentes.

— A intenção não foi jogar você para a menina, mas evitar que eu fosse jogado para ela. Eu nunca a tinha conhecido e não queria que sua família pensasse que uma visita meramente social significasse mais do que isso.

— Estou muito feliz por ter me achado conveniente para seu objetivo. Da próxima vez, por favor, dê a honra a Brentworth.

— Ele teria assustado a garota ao ponto de ela não conseguir falar uma palavra. E também não teria sido tão descuidado a ponto de me permitir arriscar que seu nome fosse conectado ao dela.

— Está dizendo que me escolheu porque sou um perfeito idiota? Também não quero meu nome ligado ao dela. Se for, se Marwood começar os boatos, juro que vou...

— Eis o que deveria fazer. Visite-os de novo daqui a muitos dias...

— Pareço maluco para você? Estamos falando da Condessa de Marwood. Ela, que acaba com as mulheres por diversão e humilha homens como se fosse um jogo. Posso sobreviver a esta temporada se eu batalhar apenas com as mães armadas contra mim. Certamente vou perder se também precisar me proteger dessa mulher.

— Tinha me esquecido de como você é dramático. Escute-me. Visite de novo daqui a muitos dias, mas faça como eu. Traga outro com você. Seu irmão, por exemplo.

— Harry? Ele vai entediar a menina.

— Ela é muito jovem. O calmo e estudioso Harry não vai oprimi-la, e ela terá um amigo na cidade. Com o tempo, quem sabe o que pode acontecer? Ele terá o caminho livre, afinal.

Langford refletiu.

— Pode funcionar. Você fez aula de juntar casais na França?

— Tive aula de todo tipo de coisa. Agora, preciso parar aqui para uma coisa. — Ele desmontou do cavalo. — Você está livre para seguir seu caminho.

Langford olhou para baixo, para a loja onde Adam amarrou o cavalo.

— Vai comprar joias?

— Uma pequena bugiganga.

Langford desmontou.

— Para quem?

— Para minha senhora. Vou vê-la mais algumas vezes antes de dar o presente, mas é hora de escolher alguma coisa.

Ele entrou na loja, com Langford atrás.

— Agora fiquei confuso, Stratton. Acabou de falar para eu jogar meu irmão para ela, e tudo que fez foi ignorá-la... — Ele parou de andar. — Ah, caramba. A menina não tem nada a ver, mas a mais velha, certo? Diga que estou enganado, porque seria a pior união já planejada.

Adam pediu ao funcionário para trazer brincos de pérola. Langford apoiou os cotovelos ao lado dele no balcão.

— Se estou correto, pérolas são a escolha errada. Pérolas são modestas, discretas e convencionais. Aquela bruxa implora por algo brilhante e inesperado. Algo que declare que ela não vai se curvar para nenhum homem. Algo que...

— Estou começando a achar que você não gosta dela.

— Nenhum homem gosta muito, Stratton. A forma como ela empina o nariz para todo pretendente dificilmente encoraja generosidade. — Ele gesticulou para o funcionário levar a bandeja de pérolas embora. — Traga rubis, meu bom homem. Quanto maior e mais exagerado, melhor.

Seis

— Decidi que preciso me mudar para cá — Clara compartilhou o pensamento com Althea depois que elas terminaram de verificar o jornal. Faltava apenas Althea empacotá-lo para enviar à gráfica e agendar a impressão.

— Seus parentes a estão irritando?

— Minha avó acha que pode ditar meus movimentos e exigir que me junte a ela em qualquer visita que escolha fazer. Minha liberdade de ir e vir acabou. Preciso sair escondido como fiz hoje para encontrá-la aqui. Já estou esperando que ela abra minha correspondência.

Ela olhou em volta na biblioteca de sua casa em Bedford Square onde conversavam. A casa não chegava nem perto do tamanho da Gifford, claro, mas seria apropriado para ela. Se morasse ali, poderia terminar mais rápido seus outros planos para aquela casa.

Faltavam lugares para mulheres se encontrarem e relaxarem, com exceção da casa delas. Homens tinham seus clubes, tavernas e cafeterias para esse propósito. Por que as mulheres não poderiam ter refúgios também? Aquela casa, com sua sala de jantar, biblioteca e sala de estar, poderia servir como uma, para um grupo seleto de amigas. Ela nem precisaria fazer mudanças. Seria muito agradável se uma mulher pudesse sair de casa e se aventurar, sabendo que, em seu destino, haveria amigas e conhecidas com quem poderia passar uma hora ou mais, tomando café e comendo bolos, ou até um pouco de xerez ou vinho. Clara pensou que adoraria ter um clube de mulheres assim, então outras provavelmente pensavam da mesma forma.

— Quando planeja efetivar essa mudança? É um grande passo — Althea disse.

— Amanhã. Já informei minha criada para começar a arrumar meus baús.

— Informou seu irmão e sua irmã e, antes que nos esqueçamos, sua avó?

— Ainda não.

— Pretende sair escondida à noite e deixar uma carta?

— Claro que não. — Tinha passado por sua mente. — Não vamos sofrer por antecedência, e vamos falar de outras coisas. Descobriu alguma coisa sobre Stratton?

Althea sorriu presunçosa.

— Talvez.

— Vai me contar ou ficar zombando de mim?

— Pensei que um pouco da segunda opção seria justo. São notícias provocativas e, considerando a culpa que senti ao saber delas, preciso fazer você pagar.

— Se são provocativas, sou toda ouvidos.

— Descobri que há um boato bem vago de que o falecido duque não pereceu em um acidente de caça, como achavam. Ao invés disso, mirou a pistola em si mesmo.

Clara encarou Althea.

— Quem lhe contou isso? É uma coisa chocante de se dizer se não for verdade.

— Tirei essa informação da minha tia-avó.

— A tia-avó que precisa de cuidador?

— Disse a mim mesma que não me aproveitei, mas acho que fiz isso, sim. Ela estava visitando meu irmão, e ficamos sozinhas. Eu tinha acabado de perguntar ao meu irmão o que ele sabia sobre Stratton, quando ele foi chamado por sua secretária. Minha tia começou a falar o que *ela* sabia sobre Stratton, como se eu tivesse lhe feito a pergunta. — Ela mordeu o lábio inferior. — Acho que deveria tê-la impedido.

— Talvez ela o tenha confundido com outra pessoa. Alguém de muitos anos atrás.

— Acho que não, considerando o que ela disse.

Clara se inclinou, para que não perdesse uma palavra.

— Ela disse *"Claro, a lealdade dele fora impugnada. O que mais ele poderia fazer?"*.

— Não.

Althea assentiu.

— Então, meu irmão retornou, e um olhar desafiador a silenciou.

— Não me lembro de nenhum boato sobre a lealdade dele. Claro que ninguém ousaria compartilhar tal coisa abertamente se não houve nenhuma acusação oficial.

— Ela também poderia estar enganada. Ou, como disse, confundiu-o com outra pessoa.

Não foi a primeira vez que as conversas sobre a família Stratton fizeram Clara se lembrar de coisas, profundidades sobre situações às quais ela nunca deu importância. Agora, enquanto refletia sobre essa revelação, lembrou-se de flashes daquela época. Viu o pai em seu escritório, debruçado sobre o *Times* em sua mesa, estreitando os olhos para uma notícia com bordas em preto. Ela havia olhado apenas para ver o que o absorvia por causa de sua expressão. Não era de tristeza ou curiosidade. Mas uma armadura havia mascarado sua expressão, o que ela achou estranho, considerando que ele lia a notícia da morte de outro nobre.

— Ela também disse que aconteceu na propriedade da família — Althea revelou. — Falou como se ele tivesse sido grosseiro por se matar assim.

— Que horrível. — Clara sentia empatia pelo duque agora. Foi ruim o suficiente ter passado pela experiência de seu próprio pai morrer. Devia ser muito pior passar por isso sob essas circunstâncias. — Não me admira que ele tenha ido embora da Inglaterra logo depois. O duque atual, quero dizer. Se sua tia acreditava nisso, outros também o faziam, tenho certeza. Os falatórios teriam sido insuportáveis durante tal luto.

— Acho que é provável que ele tenha partido por causa daquele negócio sobre lealdade impugnada, não acha? Esse tipo de coisa mancha o nome da família, às vezes para sempre.

— Mesmo que eles sejam inimigos da minha família, preferiria não acreditar nessa parte. No entanto, pode explicar aqueles duelos na França. Ainda assim, não vamos presumir que sua tia esteja certa até termos informações parecidas de outros.

Althea se levantou e pegou sua prova embalada.

— Devo ir agora se quiser entregar isto para a gráfica esta tarde. Precisamos planejar como vamos distribuir o jornal para as livrarias. Devo escrever para nossas senhoras e marcar uma reunião?

— Se puder. Segunda será uma boa hora. Tenho alguns assuntos de família para tratar antes disso. — Clara levou Althea até a porta. — Quanto ao que me disse hoje, devemos guardar para nós mesmas.

— Não quer mais descobrir tudo e publicar um artigo?

— Se descobrirmos tudo, publicaremos. Até lá, entretanto, isso deve ficar apenas entre nós duas. Não quero prejudicar alguém sem querer ao mexer em histórias antigas.

Althea deu um beijinho em sua bochecha.

— Você tem um bom coração, Clara. Está sendo bem solidária. Talvez essa guerra antiga não tenha mais a importância que teve um dia.

Que coisa tola de se dizer. Claro que tinha. E ela não estava sendo solidária. Estava sendo responsável. Não deixaria os boatos e fofocas mancharem o nome de uma pessoa sem provas. Seu jornal era melhor que isso.

Dois dias depois, Adam e Brentworth passaram a tarde treinando boxe. Terminado o treino, tomaram banho e se vestiram.

Adam estava amarrando sua gravata quando Langford entrou no cômodo para que os três pudessem tomar cerveja em uma taverna antes de voltar para casa.

— Contou para ele? — Langford perguntou enquanto se apoiava em uma parede, observando.

Adam o ignorou.

— Contou o quê? — Brentworth questionou.

— Ele já está de olho em uma mulher. Comprou joias para ela.

Brentworth virou a cabeça e olhou para Adam. Uma de suas sobrancelhas se ergueu.

— A Temporada ainda está no começo. Duvido que já tenha visto todas as possibilidades.

— Essa não vai aos bailes e festas — Langford explicou. — Não está entre as possibilidades jovens de que fala.

— Agora me intrigou — Brentworth disse. — Quem é, Stratton?

Adam vestiu seu colete e sua sobrecasaca.

— Se não contar, eu conto — Langford ameaçou. — Por motivos que só ele sabe, decidiu cortejar Lady Clara Cheswick.

— A irmã de Marwood? Ou, para ser exato, a irmã *mais* velha de Marwood? Você tomou uma pancada na cabeça enquanto estava na França, Stratton? Soube que a mais nova é única, mas Lady Clara, mesmo quando era jovem, havia poucos que a recomendavam por ser espirituosa.

— Espirituosa demais — Langford completou.

— Eu gosto — Adam revelou. — Homens que temem isso em uma mulher são covardes.

— Bom, suponho que ela também seja bem bonita — Brentworth concedeu.

— Que seja — Langford disse.

— E soube que ela herdou uma boa fortuna do pai — Brentworth complementou sem cerimônia.

— Stratton é o último homem que precisa de uma fortuna, boa ou ruim — Langford comentou. — Além disso, não acha o interesse dele em uma mulher daquela família, mesmo que seja muito bonita e que tenha espírito e uma boa fortuna, altamente suspeito?

— Acho, de fato. O que está tramando, Stratton?

Terminando de se vestir, Adam encarou-os.

— O que pensam que estou tramando?

— Vamos jogar esse jogo, então? Langford e eu vamos pensar nesse assunto no caminho da taverna. Ouso dizer que vamos descobrir tudo em cinco minutos de esforço.

Dez minutos mais tarde, sentados na taverna, Brentworth falou de novo.

— Concluí que há três motivos possíveis para essa corte peculiar.

— Três? Você pensa rápido.

— Pare com isso — Langford disse, direto. — Todo esse mistério pode impressionar mulheres e homens estúpidos, mas nós o conhecemos. Lembre-se disso.

Adam bebeu sua cerveja.

— Motivo um — Brentworth anunciou. — A grande fortuna dela é melhor do que sabemos e, de alguma forma, engrandece a sua de maneiras que desconhecemos.

Adam o deixou falar.

— Motivo dois: ela é muito bonita de um jeito único. É possível, suponho, que seu jeito único seja mais atraente para você do que para mim.

— É isso, Stratton? — Langford perguntou, incrédulo. — Não sei... Os olhos dela são brilhantes e provocadores, é verdade, mas a boca é muito grande e... Acho que alguns homens podem achá-la... — As palavras dele sumiram.

— Motivo três. — Brentworth se inclinou na direção de Adam, do outro lado da mesa. — Persegui-la, de alguma forma, ajudou você a voltar. Ela é um meio para um fim.

Adam ficou tentado a parabenizar Brentworth. Ele sempre tivera uma mente afiada, que estava disposta a considerar alternativas que outros, como Langford, não conseguiam pensar. Naquele momento, Langford parecia envergonhado por Brentworth ter insinuado que o interesse de Adam em Lady Clara não era pelo menos dois terços romântico, nem especialmente honroso.

Langford ficou olhando de Adam para Brentworth, e de volta para Adam, como se esperasse uma briga, ou pior. Todo o seu corpo ficou tenso, pronto para impedir socos, caso acontecesse.

— Vejo que tem uma opinião muito apurada de mim — Adam iniciou.

— Mais do que eu tenho com a maioria dos homens. No entanto, no fim, você tem uma causa, e homens com causas fazem escolhas por diferentes motivos do resto de nós.

— Minha causa não exige Lady Clara. Eu acho a senhorita intrigante e longe de ser entediante. Ela precisa ser um pouco domada, isso é verdade, mas faz parte da diversão. Quanto aos olhos e à boca dela, Langford pode achar que são defeitos, mas ambas as características me seduzem a fantasias de prazer. Ouso dizer que teria conspirado para tê-la, independente da família dela.

— Ah, parece que está mentindo — Langford disse.

— Fico aliviado de ouvir isso. Aquela conversa da senhorita me deixou pensando que pretendia se casar. É uma sedução que você não tem com que se preocupar.

— Eu definitivamente planejo uma sedução. — Planejava mesmo. Ela nunca aceitaria aquela proposta. Ele soube disso ao fazê-la. Mas permitia-lhe ter desculpa para segui-la, entretanto, e ter um motivo para futuras conversas e visitas.

Langford ficou apenas esfregando as mãos. Agora eles abordaram um de seus assuntos preferidos. Mestre naquilo, nunca falhava em dar um conselho excelente. Aguardava um pedido agora.

Brentworth, sempre mais cético e prático, espreitou, crítico novamente.

— Espero que não esteja pensando em forçar o irmão a duelar a fim de proteger a honra dela. Não vai dar certo. Ela não é uma garota, e possivelmente não é inocente, e o jovem Theo nunca seria tão audacioso.

— Não tenho interesse em duelar com o irmão, ainda mais pela honra dela. Estou apostando que ele não dê muita atenção a ela.

— Que bom.

— Viu algum progresso? — Langford perguntou. — Ela não é conhecida por cair facilmente nas adulações dos homens ou tratar admiradores com gentileza.

— As coisas estão progredindo depressa.

— O que isso significa? Fale claramente, homem. Já a beijou? Se não, aquelas joias são otimistas demais.

— Ele não vai lhe contar — Brentworth disse, impaciente. — Nunca contou suas conquistas anteriores, e duvido que isso tenha mudado. Olhe para ele, divertindo-se e presunçoso com nossas perguntas. A menos que o flagre, pouco será revelado.

Langford deu risada.

— Stratton, permita-me lhe pagar outra rodada.

— Quando eu tiver algo realmente interessante para relatar, você será o primeiro a saber. Eu incluiria Brentworth, mas ele é muito superior a isso agora.

— Não sou tão superior quanto sou grato por isso. Temi que tivesse intenções reais. Afinal, o próprio pai dela não a achava adequada para um duque — Brentworth falou de maneira direta, como se compartilhasse um conhecimento comum.

— O que quer dizer? — Adam perguntou.

Brentworth deu de ombros.

— O velho me abordou desinteressadamente sobre isso há uns três anos. Senti que ele tinha uma obrigação paterna de tentar casá-la e me viu como possibilidade, mas nada do que ele dizia encorajaria um homem a se unir. Era um pouco como alguém tentar lhe vender um cavalo, mas mencionar todos os defeitos de sua postura e comportamento.

— Não que ele precisasse fazer isso — Langford disse. — Ela não era um cavalo novo no pasto, afinal de contas.

— Nem pareceu que minha falta de entusiasmo o incomodou. Ele pareceu entender e até concordar.

— Talvez aquela mãe dele o tenha obrigado e, depois de cumprir seu dever, ficou grato pelo resultado — Adam disse.

— Lady Clara era a preferida dele, e eles eram muito próximos.

— Você mencionou a viúva — Langford falou.

— Que forma de arruinar um bom dia. É melhor se cuidar com aquela ali, Stratton. Se ela perceber suas intenções, pode lhe castrar.

— Não acho que Lady Clara se confesse com a avó. Ela zela muito por sua independência para pedir conselho ou interferência. No entanto, agradeço seu alerta. Quanto às minhas intenções, a chegada da família dela em Londres é uma complicação. É difícil fazer progresso na sala de estar deles com a viúva observando.

— Precisa encontrar maneiras de vê-la sozinha, quer dizer.

Os olhos de Langford brilharam.

— Permita-me compartilhar as cinco melhores maneiras de fazer isso, devido à minha experiência.

Langford continuava a ser eloquente sobre as estratégias. Adam não era muito orgulhoso, então prestou atenção. Até Brentworth escutou. Todo homem tinha um talento especial, e só um tolo negaria o dom que Langford tinha.

Sete

Clara comeu sua refeição metodicamente e ignorou o silêncio que recaiu sobre a sala de jantar. Ela se recusava a se conscientizar com o cerne daquela ausência de som. Como o olho da tempestade, o silêncio de sua avó anunciava o caos que estava por vir.

— Você *não* vai. — O comando profundo e direto cortou a paz. — Vai permanecer aqui, onde é sua casa. Onde qualquer mulher solteira pertence. Com sua família.

Clara parou de comer, por respeito.

— É — Theo concordou. — Eu a proíbo. Vai trazer escândalo para esta família.

— Não sou uma menina, Theo. Nem uma criança. Há mulheres que vivem sozinhas. É ridículo uma mulher adulta permanecer na casa de sua família se tem meios de se estabelecer na própria casa — falou diretamente para o irmão e olhou para ele também. — E você não pode me proibir. Não sou sua dependente, nem estou sob sua custódia.

Um trovão pareceu ribombar através da mesa. Do canto do olho, Clara viu sua avó se endireitar de forma tão rígida que cresceu quase três centímetros.

— Por que traria escândalo? — Emilia perguntou. — Não entendo.

— E não deveria — Vovó rebateu. — Por favor, deixe-nos, Emilia. Tenho muito a dizer à sua irmã, e não é apropriado que ouça.

Emilia olhou desanimada para seu jantar semiacabado. Com beicinho, levantou-se da cadeira e deixou a sala de jantar.

— A senhora poderia tê-la deixado comer primeiro — Clara disse.

— Você poderia ter anunciado suas intenções em outro lugar, mas não o fez. Disse-as aqui, agora, e não vou permitir que sua ideia imprudente sobreviva mais um minuto.

— Eu amo a senhora, Vovó, e a respeito. No entanto, já me decidi.

— É mesmo? Eu, seu irmão e sua irmã seremos sujeitos às fofocas que irão denegrir nossa família por causa de tal atitude?

— Fofocas — Theo ecoou, franzindo o cenho. — Teremos sorte se for só isso.

— Não consigo imaginar por que alguém iria fofocar — Clara mentiu. Ela sabia muito bem que as pessoas sempre fofocavam se tivessem oportunidade. — Qual é a pior coisa que poderiam dizer? Que estamos distantes? Nosso comportamento provará o contrário. Que sou rebelde? Ouso dizer que isso já foi tão falado que está chato.

A avó dela a olhou desafiadoramente com tanta indignidade que aqueles olhos azul-claros quase ficaram da cor do aço.

— Dirão que seu pai foi tolo em lhe deixar uma fortuna, principalmente.

— Um tolo — Theo soltou, seu franzido profundo revelando que concordava nesse ponto.

— Fique quieto, Theo — Vovó ordenou. — Dirão que, se viver assim, nenhum homem irá querer se casar com você porque o fato de morar sozinha coloca sua virtude em dúvida. Não finja estar chocada, minha jovem. Sabe tão bem quanto eu que, quando uma mulher solteira sai da casa de sua família, a pergunta sempre é por que ela precisou fazê-lo? O que ela quer fazer na própria casa que não pode ser no lar de sua família?

— Talvez apenas queira viver a vida que escolher, e não de acordo com os planos de outra pessoa — Clara disse. — Esse é meu único motivo. Tenho certeza de que sabe disso. O que outros podem perguntar ou dizer não é significativo. Agora, vou me mudar em dois dias. Pode tentar me intimidar para que eu mude de ideia, mas não o farei.

— Eu disse que *proíbo*. — Theo bateu a mão na mesa da forma que seu pai costumava fazer.

— Oh, Theo, pare com esse drama — Clara ralhou. — Você tem preocupação suficiente com as novas funções. Não precisa criar problemas comigo.

Sua avó parecia prestes a explodir. Em sua fúria, havia uma boa dose de confusão e surpresa.

— Garota teimosa e negligente. Se fizer isso, ninguém vai recebê-la. Ninguém vai convidá-la para bailes e festas. Vai ficar sozinha na casa para a qual quer fugir. Será uma forasteira, uma...

— Está me ameaçando, Vovó? Listando as punições que a senhora mesma irá aplicar em mim por desobedecer suas ordens? — Clara mal conseguia se controlar. — *Por isso* ele me deixou aquela propriedade, para que eu não ficasse debaixo da sua asa para sempre. Nunca percebeu isso? —

MADELINE HUNTER

Ela se levantou. — Como expliquei, daqui a dois dias, partirei. Ambos estão convidados a me visitar se quiserem, ou não, se preferirem tratar isso como uma ofensa.

Ela manteve a compostura até estar fora do cômodo. Porém, seus sentimentos ficavam mais intensos conforme ela corria pelas escadas. Finalmente em seu quarto, jogou-se na cama e olhou para as cortinas azuis enquanto dúvidas sobre sua decisão a atingiam.

Será que ela estava sendo muito ousada? Negligente? Não tinha se importado em morar com eles antes, mas agora cada hipótese em relação ao seu comportamento esperado havia se tornado uma irritação. Enquanto seu pai estava vivo, ele servia como um escudo. Se Vovó começasse uma campanha para ela encontrar um marido, e nenhum dos homens a atraísse, ele avisaria à mãe que não se importava se ela nunca se casasse. Isso terminaria a conversa, pelo menos por um tempo.

Ele batalhava por ela de muitas formas, em questões importantes e aquelas nem tanto. Como ela sentia falta dele agora. O luto não mais era novidade, mas a dor ainda era primitiva quando pensava nele, principalmente quando se sentia sozinha daquele jeito. Queria poder ir até ele e deixá-lo confortar sua infelicidade. Provavelmente, ele sugeriria cavalgar, para o parque ou além disso, e deixar a interferência estarrecedora de sua avó para trás.

Será que as pessoas questionariam por que ela quis ir embora? Achava difícil acreditar. Todos conheciam sua avó. Todos viram a força de seu poder e as maneiras que a sociedade lhe permitia administrar livremente em vez de arriscar ser o objeto de suas manipulações sociais. Um baluarte, Stratton a havia chamado. Aquela palavra não bastava. Alguns homens conseguiam enfrentar o poder da viúva. Quase nenhuma mulher ousava tentar.

Será que ela usaria aquela influência contra a própria neta agora? Clara ficou preocupada.

— Está dormindo? — A voz baixa de Emilia veio da porta.

Clara se sentou.

— Não. Só estou contemplando meu futuro.

Emilia se aproximou e se sentou na cama.

— Entendo por que quer isso. Eu iria com você, se pudesse. Não odeio a Vovó, nem desgosto dela, mas ela pode ser a governanta mais estrita que se pode imaginar, e ninguém nunca se liberta dela da forma como o faz um governante de verdade. Talvez seja por isso que as garotas se casam. Para se livrar das mães e avós.

— Não ouse se casar por esse motivo. Prometa-me. Demore o quanto quiser para escolher com cuidado, mesmo que signifique sofrer a intromissão dela.

— Ela me assusta às vezes. Não sou tão forte quanto você.

— Ela também me assustava quando eu tinha a sua idade. Bastante. Ainda me assusta de vez em quando. Não sou tão corajosa como aparento, Emilia. Com o tempo, no entanto, aprendi a não ceder tão rapidamente, só isso.

Emilia traçou o desenho na colcha debaixo delas.

— Dois dias, você disse. Presumo que não irá comigo à costureira na sexta.

Clara passou o braço em volta dos ombros de Emilia.

— Claro que irei com você. Vamos nos divertir. E lembrei Vovó sobre você frequentar pequenas festas ontem, e ela concordou, então acho que não vai perder tudo.

A expressão de Emilia suavizou.

— Que bom que fez isso antes daquele anúncio no jantar de hoje.

— Isso se chama estratégia, Emilia. Gosto de pensar que tenho talento para isso.

— Mas ela pode mudar de ideia.

— Acho que não. Sabe, se for àquelas festas, ela também precisará ir. Acredito que ela esteja se coçando para fazê-lo.

Emilia descansou a cabeça no ombro de Clara.

— Obrigada. Não preciso de um grande baile toda noite, mas algumas festas seriam boas.

Clara tinha certeza de que sua avó ficaria feliz em acompanhar Emilia a uma ou duas festas. Se ela permanecesse fora da sociedade por um ano inteiro, a sociedade poderia esquecer seu poder, afinal.

Adam entregou seu cartão ao criado da casa em Park Lane. Sem parar, o homem se virou e liderou o caminho pelas extensões da mansão construída pelo falecido Duque de Brentworth.

O atual o cumprimentou quando ele entrou na biblioteca. Tão grande quanto um salão de baile, o cômodo tinha mais de dez metros de altura a fim de acomodar um piso de galeria que decorava as laterais. Estantes de madeira cobriam todas as paredes, cheias de volumes de coleção ao longo dos séculos.

— Você parece bem pequeno aqui dentro — Adam disse. — Presumo que qualquer homem pareceria.

Brentworth esticou as pernas, encontrando algum conforto para sua altura na cadeira estofada onde estava sentado.

— Implora para mais vinte corpos, não é? Talvez eu comece a alugar a biblioteca para que seja preenchida.

— Será a melhor de Londres, se o fizer. Há boatos de que irão construir uma universidade aqui. Você pode oferecer uso público para os alunos também.

— Que ideia esplêndida. Vou pensar nisso. Agora, talvez, possa me dizer o que o traz aqui. Estou grato pela companhia, mas suponho que haja um motivo para tal.

Adam havia pensado em como abordar o motivo. Ele pensara por dias se deveria levar o assunto a Brentworth. A conversa deles na taverna havia decidido a questão para ele, mas isso não facilitava a situação.

— Sinto muito não ter estado aqui quando você herdou tudo — ele disse.

Langford tinha recebido sua herança primeiro que os dois. Depois foi Adam. Brentworth foi o último, meros dois anos atrás.

— Sei que seu pai estava doente há muito tempo.

— Você soube de muita coisa enquanto estava na França. Sim, foi muito tempo. Um período difícil. Ele passava a maior parte do tempo aqui. — Acenou com a mão, apontando para a biblioteca magnífica. — Lendo. Recebendo visitas. Ele e eu tínhamos muitas conversas longas, então criamos algumas boas lembranças. E ele faleceu em paz. Comparado a você, suponho que eu tenha sido abençoado.

Adam não fazia ideia se isso era verdade. Ele não testemunhara um declínio longo. Nem tivera conversas longas. Se tivesse, pensou no que teria sido dito. Confissões? Arrependimentos? Últimas lições sobre responsabilidade? Uma boa parte de sua raiva depois da morte de seu pai foi por causa do próprio pai. Terminar tudo abruptamente antes do tempo o havia tornado um egoísta.

— Ele disse alguma coisa sobre o meu pai? — Não havia forma boa de perguntar, então simplesmente falou.

— Estava esperando essa pergunta. Tinha começado a pensar que nunca me perguntaria.

— Não pensei que tivesse algo a dizer até recentemente.

— O que o fez mudar de ideia?

— Nossa conversa na taverna. Sua surpresa e interesse na minha perseguição à Lady Clara foi diferente de Langford. Mais complicado.

— Pensei se eu havia incentivado sua atenção sem ter pretendido. Bom, então eu estava certo sobre isso. — Brentworth se levantou. Passou os dedos pelo cabelo, depois balançou a cabeça. — Não lhe faria um favor satisfazendo sua curiosidade. Não haverá nada de bom. — Sem estar feliz, Brentworth olhou para a porta. — Preciso de ar fresco. Vou ao jardim. Siga-me se insistir em me interrogar.

Não foi um convite, mas Adam o seguiu.

No jardim, Brentworth finalmente parou sua passada determinada e assumiu uma expressão rígida e inflexível que faria ingênuos o temerem.

— Ele estava doente. Muito doente, devo enfatizar. Em certo momento, as coisas ditas eram velhas lembranças, e talvez não houvesse exatidão nos fatos.

— Entendo. O que ele disse?

Brentworth lhe lançou um olhar.

— Você não faz ideia? Acho improvável.

— Não importa o que sei. Preciso descobrir o que outros sabiam e disseram, e por quê. Coloque-se em meu lugar, e vai entender o motivo.

A expressão de Brentworth suavizou. Ele desviou o olhar. Seu olhar supervisionou o jardim perfeitamente cuidado que cobria dois acres. Era uma raridade em Londres, ocupando um espaço na propriedade que, se fosse construída outra casa, traria milhões. O falecido duque fora um homem de gosto refinado e educado, como provado pela biblioteca e aquele jardim, e uma coleção de arte das mais finas da Inglaterra.

— Ele sentia um pouco de culpa pela morte de seu pai. A covardia o assombrava, porque ele não tinha contestado boatos ou, no mínimo, exigido uma investigação justa. Ele já estava doente na época, claro, mas...

— Dentre todos, ele não poderia ser culpado.

— É. Bem, ele me contou que acreditava que, se tivesse havido uma investigação verdadeira e justa, teria sido descoberto que seu pai nunca forneceu apoio a Napoleão quando ele deixou Elba. Nunca ajudara com seu novo exército. Foram palavras dele, Stratton. Eu fiquei atônito. Nossa geração soubera de rumores sobre deslealdade, mas isso foi específico, e sei que estava entre alguns dos mais velhos.

Os mais velhos, o que significavam os mais poderosos. Aqueles do governo. Aqueles que poderiam arruinar um homem com uma erguida de sobrancelha. Adam também ficou atônito. Havia especulado a quais acusações de deslealdade ele se referia, mas nunca esperara que fossem tão condenatórias.

— Quem o acusou de fazer isso? Que prova eles ofereceram?

— Ele não disse, e não o pressionei. Pelo menos quanto a quem fez as acusações. Ele disse que o Conde de Marwood continuou colocando fogo. Presumiu que fosse por causa da velha animosidade entre suas famílias. Então pode ver por que achei seu interesse em Lady Clara peculiar ou...

Ele não precisou completar a frase. Adam sabia o resto. Peculiar ou um ato de vingança. Um caminho discreto para um grande objetivo.

Era tudo que isso era? Ele mesmo não sabia, mas achava que não. Havia maneiras melhores de conseguir uma vingança. Ele passara anos pontuando-as. E não fingia desejo em relação à Lady Clara. Ele a quis desde o dia na colina.

Ainda nem tinha certeza de que o pai de Lady Clara fora o criador daqueles boatos. Mesmo essa nova prova de que ele os encorajou não provava que tinha sido ele. Apesar de tudo, não poderia negar que foi mais do que desejo que havia iniciado a perseguição a ela. Permanecer na atenção dela lhe permitia uma chance de descobrir o que ela sabia, no mínimo, sobre os assuntos que ele agora conversava com o amigo.

E, sim, seduzi-la também, de certa forma, puniria os antigos pecados do falecido conde, e talvez os mais recentes, ele tinha que admitir. Não poderia negar que haveria satisfação naquilo mesmo que quisesse uma coisa mais significativa.

Se isso o tornava um canalha da forma que Brentworth pensou, que fosse. Já havia passado do tempo de o filho cumprir as obrigações do pai, independente do que aquele pai tinha feito.

— Tem alguma teoria sobre como a suposta deslealdade aconteceu? — perguntou a Brentworth, já que ele precisava esclarecer as acusações se fosse um dia terminar isso.

Seu amigo balançou a cabeça, mas sua expressão refletiu seu pensamento profundo.

— Nunca pensei nisso. No entanto, se o fizer agora... presumo que fosse dinheiro. Dinheiro enviado à França para financiar o novo exército. Não a Napoleão diretamente, seria meu palpite. Seria difícil e arriscado. No entanto, para os apoiadores dele. Não teria sido difícil de chegar a eles.

— Tenho verificado os registros da propriedade e não encontrei um desembolso enorme de dinheiro na época.

Brentworth lhe lançou um olhar duro.

— Então foi procurar? Acho que minhas revelações de hoje não são novidade para você.

— Confirmam conclusões que eu havia tirado. Ele não poderia ser desleal em pessoa, nem o era em suas palavras. O que sobrou além do dinheiro?

— Não muito, presumo. — Brentworth apertou firme o ombro dele. — Desculpe por ter pouca informação para você. Talvez, conforme siga em frente, não deva se concentrar no que foi dito na época, mas por que foi dito. O boato se firmou por um motivo, apesar de não ser verdade.

Adam aceitou o conselho. Claro que tanto ele quanto Brentworth sabiam do maior motivo para os boatos terem prosperado. Ela morava na França agora, enquanto seu filho tentava limpar o bom nome do marido.

Oito

Os braços de Clara se revoltaram com o peso da cadeira. Do outro lado do estofado, a expressão de sua dama de companhia estava vermelha de força.

— Isso não poderia esperar até a senhorita contratar alguns homens fortes? — Jocelyn perguntou com uma voz estrangulada.

Elas andavam lentamente na mesma direção, finalmente colocando a cadeira no lugar que Clara havia escolhido. Jocelyn pegou seu lenço e secou o rosto, depois estendeu o braço e fez o mesmo com Clara.

— A senhorita estará acabada quando sair para encontrar sua irmã.

— Estou sem paciência para ver se minhas ideias sobre este cômodo vão funcionar, e essa cadeira ficava interferindo na forma como eu queria ver o espaço. Começo a pensar que terei bastante espaço para um divã extra. Assim que movermos esta outra cadeira. — Ela foi até a segunda cadeira e se abaixou para erguê-la.

— Sou uma dama de companhia, madame. Não costumo carregar móveis.

— Até contratar mais criados, você é uma criada da casa, Jocelyn. Se pôde fazer nosso jantar ontem à noite, pode me ajudar com isso agora. Também não é um trabalho para o qual nasci.

— É pesada demais para nós. Por favor, espere até ter um ou dois homens para fazer isso.

Isso poderia ser dali a uma semana. Foram distribuídas notificações para alguns criados, mas levaria tempo para receber as respostas e completar as entrevistas.

Clara decidiu se mudar mesmo da Casa Gifford. Na manhã do dia anterior, os criados haviam colocado seus baús na carruagem da cidade e ela foi embora. Ninguém se despediu dela. A viúva e Theo permaneceram em seus quartos, e até Emilia foi proibida de descer.

Clara não se importou nem um pouco. Um pouco de nostalgia recaiu sobre ela conforme partia, mais devido às lembranças carinhosas do tempo passado na casa com o pai. Uma vez que a carruagem andava pela cidade, no entanto, a empolgação a tomou.

Ela e Jocelyn debateram sobre quais criados contratar o caminho inteiro até Bedford Square. Uma cozinheira e um cocheiro, e uma governanta e uma arrumadeira. Jocelyn insistiu que também seria necessário um criado homem, para servir como mordomo e cocheiro, mas Clara não tinha certeza. Enquanto era de bom tamanho para seus propósitos, a casa não era uma casa grande na cidade como em Mayfair. Nem ela queria a presença masculina ali o tempo todo, interferindo nos objetivos femininos de seu novo lar. Não havia espaço para um criado, de qualquer forma. O cocheiro precisaria se alojar nas proximidades.

Com quatro quartos no piso superior e mais quatro no sótão para os criados, aquela casa não poderia ficar maior. Os quartos eram diferentes dos que ela tinha na Casa Gifford. Não tinha muito espaço ali. Não havia sala de estar e uma pequena biblioteca particular. Nenhum quarto de vestir enorme e guarda-roupa separado. Ali ela usava apenas um quarto e um quarto anexo para se vestir, onde também guardava suas roupas. A biblioteca tinha um bom tamanho, no entanto, assim como a sala de jantar. Não havia sala de estar igual, mas, em vez disso, havia uma sala com sofás que também servia para tomar café da manhã.

Bom, ela era só uma mulher. De quanto espaço precisava? E os aposentos comuns serviriam bem para seus outros planos.

Jocelyn finalmente se aproximou da cadeira. Com um gemido pesado, fingiu tentar erguer de lado, só para soltar e arfar.

— Temo ter usado toda a minha força na última cadeira.

Clara estava prestes a repreendê-la quando houve uma batida à porta da frente.

— Vá e veja quem é, por favor, enquanto se recupera de sua fraqueza repentina.

— Damas de companhia não atendem à porta, madame.

— Oh, pelo amor de Deus. — Clara marchou para fora da biblioteca para atender ela mesma.

Abriu o trinco, esperando encontrar um vizinho ou um comerciante. Em vez disso, viu o Duque de Stratton.

— Oh. O senhor. — A recepção decepcionada saiu antes que ela pudesse evitar. Culpou a surpresa em vê-lo em sua porta. E, para seu desânimo, uma pontada de alegria a tomou inesperadamente. — Como me encontrou?

— Langford, o irmão dele e eu fizemos uma visita à sua família, e descobrimos, por seu irmão, que a senhorita não morava mais lá. — Ele olhou a fachada. — Sempre achei Bedford Square de um design atraente, com casas mais adequadas em tamanho e escala. É bem longe de Mayfair, entretanto.

— O senhor explicou como descobriu que eu não estava na Casa Gifford, mas não como descobriu que eu estava *aqui*.

— Se me convidar para entrar, em vez de esperar que eu converse na soleira, vou lhe contar.

Ela abriu mais a porta.

— Claro. Por favor, entre.

Ele o fez, provando imediatamente que a altura mais modesta de casas em Bedford Square fazia homens como Stratton parecerem maiores. Ele dominava o pequeno espaço de recepção, e ela liderou o caminho à biblioteca mais para dar a si mesma mais espaço. Encontrou-a vazia. Jocelyn havia aproveitado para desaparecer.

Ele analisou à sua volta, como se verificasse se serviria. Para ele ou para ela, ela não sabia. Ela não se sentou porque não queria que ele ficasse. Tinha coisas para fazer, e sua chegada prometia apenas problema. Quase nunca ficava nervosa, mas, cada vez mais, aquele homem a fazia pular por dentro. Lembranças lamentáveis de permitir seu abraço afetavam até a conversa mais simples entre eles.

— Vai explicar agora? Como me encontrou?

— Muitos cocheiros não se opõem a gratificações em troca de uma ajuda.

— Em outras palavras, o senhor subornou o criado de meu irmão.

— Acredito que seu irmão teria me contado de graça, mas não quis causar um problema entre vocês dois. — Ele verificou o aposento de novo. — É uma biblioteca bonita.

— Obrigada. Gosto dela. Tenho algumas mudanças a fazer e estava tentando fazer isso quando chegou. Na verdade, o senhor pode ajudar.

— Ficaria feliz em fazê-lo.

Ela apontou para a segunda cadeira, depois para o novo lugar onde queria que ficasse.

— Preciso daquilo movido para lá. Minha dama e eu conseguimos mover a primeira, mas ela se rebelou ao erguer a segunda.

— Ela mostrou mais senso do que a senhorita. Não deveria carregar móveis. — Com dois passos, ele encarou a cadeira e moveu-a para onde ela lhe disse.

Ela deveria agradecê-lo e ser mais educada. Só que a ajuda dele foi acompanhada de uma careta, então ela pensou que isso anulava suas obrigações. Mas não. Queria poder fingir que ele não a perturbava. Mas ele o fazia. Suficiente para ela ter dificuldade em manter seu desdém frio e pensamento claro a fim de encontrar uma forma de fazê-lo ir embora.

— Obrigada.

Ele reconheceu o agradecimento com um assentimento antes de andar pela biblioteca e olhar pelas janelas francesas.

— A senhorita comprou isso, presumo.

— Por que pensa assim?

— A mobília é muito elegante para uma casa como a que a senhorita deixou. Ninguém arriscaria deixar essas cortinas sob os cuidados do inquilino. Elas não são práticas, mas mostram o gosto de uma mulher negada à indulgência de seu guarda-roupa por um tempo.

Sua interpretação sobre as cortinas foi correta. Ela tinha saboreado a oportunidade de escolher o tecido, cortar e consultar sobre o estilo.

— Os móveis também demonstram que a senhorita os tem há um tempo, mesmo que somente agora tenha se mudado.

— Não sei por que está desperdiçando seus talentos esplêndidos em percepções comigo e minha casa modesta, Duque.

— Estou pensando em por que comprou esta casa se não pretendia morar nela. É simplesmente curiosidade minha, nada mais.

Não tão simples, pelo olhar que ele lhe dava.

Ela realmente não deveria. De verdade, não deveria. Mas...

— O senhor me descobriu. Eu precisava de um lugar secreto para encontrar meu amante.

— Ah. Bom, não podemos ter isso agora. — Ele andou de volta para ela, com toda a atenção nela. — Vou colocar um guarda na porta a fim de desencorajar tais visitas. Se nenhum amante chegar, chego à conclusão de que falou do futuro, e de mim.

Ele estava perto demais agora, olhando para baixo de uma maneira que não era bom para sua compostura. Ela estava determinada, porém, a não ser tola da forma que foi no parque.

— É chocante o senhor dizer isso. É ruim o suficiente o senhor fazer suposições em relação a um casamento. É bem pior insinuar o que acabou de dizer.

— Se preferir se casar com um amante, a oferta ainda permanece. No entanto, se é contra isso, como diz, vou lhe fornecer seu desejo.

Ela nunca se viu sem palavras, mas se via agora porque não conseguia criar uma boa resposta. Como ela havia permitido que ele a encurralasse entre duas opções que consistiam na mesma coisa, só que uma era honrável e a outra não? Não ajudava o fato de os olhos dele estarem brilhando quando ele adicionou a parte de *fornecer seu desejo*. Não conseguiu ignorar o duplo sentido, nem a maneira como um arrepio inútil tomou seu corpo.

Ele parecia se divertir com o dilema dela.

— Esta casa será conveniente em ambos os casos.

— Não seria apropriado o senhor me visitar com frequência, se é isso que quer dizer — ela balbuciou. Sentiu como se uma nuvem tivesse ocupado sua mente.

Ele se esticou e, suavemente, acariciou seus lábios. Só então ela percebeu que eles estavam trêmulos. Estava sendo uma idiota de novo, mas não conseguia evitar, principalmente quando aquele toque macio tinha sido muito bom e feito seu rosto e pescoço formigarem.

— Serei muito discreto. Não haverá escândalo. No entanto, gosto da ideia de visitá-la aqui, onde a viúva e seu irmão não podem interferir.

Interferir no quê? Ela não fazia ideia se havia dito ou pensado.

— Nisso. — Ele se inclinou até seus lábios encontrarem os dela.

Aquele beijo a atordoou da melhor forma. Pequenas sensações maravilhosas se multiplicaram enquanto as observações vagas flutuavam em sua mente nebulosa. Maravilhou-se com a maciez surpreendente dos lábios dele, e como ele mal pressionou a boca, mas mordiscava e fazia movimentos que aumentavam o encanto.

Percebeu quando ele pegou sua cabeça e a segurou para sua exploração.

Ela gostou muito quando aquelas mãos desceram e a abraçaram até ela estar pressionada no corpo dele e sentir sua tensão. Depois ela estava aceitando beijos no pescoço, no peito e carinhos pelo corpo.

Ele pretende me seduzir. Ela não sabia como aquele pensamento emergiu, mas estava em sua mente enquanto Stratton a fascinava cada vez mais com o prazer. Stratton. *O Duque de Stratton.* Um pouco da nebulosidade se dispersou enquanto aquele nome se fixava em sua mente.

Só então, quando um pouco de racionalidade tentou assumir, ele intensificou suas táticas e escorregou a língua para dentro da boca dela.

Ela gostou. Não mentiu para si mesma. Isso mexeu com ela mais profundamente e deu sinais de intimidades futuras. No entanto, também a assustou tanto que sua mente realmente se encontrou. *O Duque de Stratton está tentando me seduzir.* Ela virou a cabeça. Pressionada em seu abraço, firme. Saiu de seus braços e se virou para se recompor.

Escutou a respiração dele, e a própria, e soube que havia permitido que ocorresse muita coisa. Aquele homem já era impossível. Não pensava que ele melhoraria agora.

— O senhor deveria ir — ela disse.

— Não.

Não? De repente, ela se sentiu ela mesma de novo.

Virou-se para encará-lo.

Um erro. Ele estava ali ardente, seu olhar nela, sua mandíbula e sua boca firmes. Ele parecia perigoso, sensual e lindo demais para suportar.

Passou tempo demais entre eles no silêncio. Tanto que ela perdeu o chão e ele o ganhou, tanto que ela podia detestar a família dele, mas não o detestava nem um pouco, e tanto que havia começado algo ali que ele pretendia terminar.

— O senhor *deve* ir — ela disse firmemente.

— Por quê?

Oh, ele era ousado.

— Porque eu também devo. Vou encontrar minha irmã na costureira, e preciso sair. — Passou por ele e foi até a porta. Entrou no espaço de recepção e gritou para as escadas a fim de pedir que Jocelyn trouxesse sua pelica.

— Pelo menos a senhorita não mora sozinha aqui — ele disse, seguindo-a.

— Claro que não. Haverá mais criados em breve. Os avisos foram publicados. Espero contratar um exército. Em uma semana, ouso dizer, estarei tropeçando neles.

— Presumo que isso signifique que ainda não tenha um cocheiro. Estou com minha carruagem aqui. Vou levá-la até sua irmã.

Ela tinha planejado alugar uma carruagem.

— Vou permitir porque estou atrasada. Entretanto, se tentar me tocar, vou furá-lo com um grampo.

Jocelyn desceu e lhe entregou a pelica. Ela a vestiu, colocou sua boina e permitiu que o duque a escoltasse para sua carruagem. Só porque era mais conveniente, disse a si mesma. Não tinha nada a ver com a névoa sensual que ainda ameaçava tomá-la.

— Essa cor deve ser perfeita — Clara disse, dando um tapinha em uma pasta de moda em um cômodo de consulta na loja Madame Tissot. — Não é nem tão escuro quanto o outro cinza. Mais acinzentado, mas ainda suave.

— Nem tão monótono e velho, você quer dizer. — A empolgação de Emilia em relação às compras de alguns vestidos tinha sido quase arruinada pelas exigências de sua avó. Roxo escuro ou cinza haviam sido a ordem.

Emilia desabafou assim que Clara entrou na loja e quase caiu em lágrimas.

— Tenho certeza de que Vovó não quer que pareça uma velha — Clara disse. — Vamos encontrar um tecido adorável parecido com este nessa cor. Este é quase prata. Talvez também consigamos encontrar um que tenha até um pouco de lavanda. Tenho certeza de que Madame Tissot terá algumas ideias.

— Eu deveria encomendar uma boa musselina. Precisa ser cinza também?

— Não vejo por que não possa usar branco, ou creme, em uma musselina. Não é cor de festividade, e você ainda é uma menina.

— Estou tão feliz por Vovó não ter vindo. E sim, você. Agora poderíamos fazer com que *ele* saísse. — Ela inclinou a cabeça em direção à porta, além da recepção.

Clara olhou naquela direção, embora não pudesse ver através da porta. Sabia a quem Emilia se referia. Stratton insistira em esperar para levá-la de volta quando terminassem.

Emilia considerou três amostras, incapaz de decidir o modelo do vestido de musselina.

— Não quero parecer muito criança, mas temo que Vovó nunca vá me permitir usar este a menos que seja refeito. — Ela apontou para um vestido com um decote que mostrava mais do colo do que uma garota de luto deveria revelar.

— Um dos novos modelos até o pescoço deve dar um jeito nisso — Clara disse. Ela olhou para sua própria pasta de amostras; nenhuma tinha sido pintada de branco. Uma, porém, tinha uma cor parecida com um azul pastel. — Olhe este, Emilia. A cor é praticamente azul, com um toque de roxo. Eu iria querer a cor neste outro modelo aqui, mas penso se ainda passaria uma imagem respeitável da filha de um homem enterrado há apenas seis meses.

— Estou desanimada e não consigo ajudá-la. Talvez ele consiga.

Ela, de novo, inclinou a cabeça para a porta.

— O que ele saberia sobre isso?

— Ele saberia o que a mãe dele fez, não? E, se duques não erguerem as sobrancelhas, por que outra pessoa o faria? — Emilia disse. — Não que você se importe muito com isso.

Ela não se importava com sobrancelhas, mas se importava, sim, em ser vista como alguém que não respeitava o pai. Em um impulso, ela se levantou e abriu a porta.

Stratton havia ficado confortável no salão de recepção. Pernas estendidas, pés e braços cruzados, e as abas abaixadas escondiam seus olhos das quinquilharias femininas que o rodeavam. Clara não sabia se ele estava dormindo ou não até ela ver o pequeno brilho debaixo da aba.

Ele se endireitou e se levantou.

— Terminaram?

— Dificilmente. O senhor realmente deveria sair e fazer suas coisas.

Ainda pode demorar um tempo.

— Não me importo. Além disso, conforme a tarde se transforma em noite, a senhorita não deveria atravessar a cidade sozinha mesmo em uma carruagem alugada.

Se aquele homem soubesse a frequência com que ela fazia coisas sozinha pela cidade em todas as horas, provavelmente ficaria mais aborrecido.

— Se vai ficar aqui, pode nos ajudar. Emilia e eu apreciaríamos a opinião de um cavalheiro sobre algumas coisas. — Ela segurou a porta aberta.

Ele a seguiu para dentro do cômodo, e absorveu tudo com um de seus olhares analisadores antes de olhá-la com uma expressão zombeteira.

— Este é o vestido que Emilia quer — Clara disse, empurrando o modelo na direção dele em uma mesa. — Se for em musselina creme e ela usar uma estola, acha que seria censurável? Faz seis meses, então...

— Não haverá brilho ou cintilância no tecido, e sem outros enfeites além de talvez esse bordado aqui. Pode ver que é mais discreto — Emilia se apressou em dizer.

— Não posso imaginar que alguém censuraria. Você é uma jovem inocente. Fiquei surpreso em vê-la de preto quando Langford e eu visitamos. Branco parece mais apropriado para mim.

O rosto de Emilia se iluminou.

— Oh, fico muito feliz que ache isso. — Ela pulou e foi procurar Madame Tissot, para tirar suas medidas.

Ele voltou a atenção a Clara.

— Também pode sair do preto agora?

— Talvez um pouco. Minha avó quer que escolhamos apenas roxo escuro ou cinza. Eu estava pensando, no entanto, que esta cor faria jus também. — Ela deu um tapinha no lilás pastel. — Embora eu ache que haja um pouco mais de rosa nele, e nunca daria certo.

— Não vejo rosa, mas um roxo azulado.

— Eu também. E não será escuro, mas mais claro.

Ele pegou o modelo.

— É este vestido?

— Deus, não. Esse é muito... — *Divertido*, ela quase disse. *Estiloso.* — É este modelo.

Ele deu de ombros.

— Prefiro o outro, mas entendo o problema. Este também deve ficar atraente na senhorita. Onde vai usá-lo?

— Emilia e eu vamos aceitar alguns convites para reuniões discretas e pequenas. Festas de jardim e afins. Talvez um jantar dado pelos amigos da família. Ela está perdendo o que deveria ter sido sua primeira Temporada e está sentindo mais agora que está na cidade e todos os amigos estão lhe contando sobre os bailes.

— Então a senhorita será sua acompanhante.

— Suponho que sim, se conseguirmos fugir da companhia da minha avó.

— E quem será o seu acompanhante?

Ela riu.

— Sou muito velha para ter um acompanhante. Talvez o senhor se esqueça disso.

O olhar dele passou por ela da cabeça ao quadril.

— Eu gostaria de vê-la em algo além do preto, sei disso.

Não uso preto quando estou em casa e não planejo sair. Visite-me um dia desses e... Ela flagrou o pensamento e o interrompeu, abismada consigo mesma por sequer contemplar tal coisa.

— Talvez nós duas participemos de um desses eventos discretos, e o senhor também.

— Terei que me certificar de participar.

Uma das costureiras de Madame Tissot entrou e convidou Clara para segui-la para que ela também pudesse ser medida. Conforme saiu, olhou para trás e viu Stratton pegando e folheando a pasta de modelos.

Antes de terminar com a costureira, Clara encomendou muitos outros vestidos por impulso. Sua conversa com Stratton a lembrara que teria oportunidades para usar um guarda-roupa maior nas semanas seguintes. Nenhuma das mulheres que visitariam sua casa para a reunião sobre o *Parnassus* ficaria chocada se ela adicionasse mais cor. Althea a incentivava a fazê-lo há semanas.

Também prometeu pagar a Madame Tissot uma taxa extra se fosse dada prioridade ao pedido inteiro. Madame ficou mais que feliz em agendar isso por meros trinta por cento extras. A costureira iria começar a trabalhar imediatamente, e dois dos vestidos deveriam ficar prontos em uma semana.

Dois homens aguardavam na recepção quando ela e Emilia saíram dos cômodos dos fundos. O cocheiro principal de Theo estava sentado, conversando com o duque.

— Que gentileza do duque ajudá-lo a passar o tempo, Simmons — Clara disse enquanto ambos os homens se levantavam de repente. — Mas os senhores se conheceram antes e tiveram outra conversa, não é?

Simmons, um homem atarracado com um pouco de cabelo grisalho em volta de uma coroa careca, se encolheu com o tom dela. Ela lançou um olhar severo para avisá-lo de que não apreciou o fato de ele ter dado seu endereço pelo dinheiro do duque. O cocheiro tratou de se ocupar, pegando a bolsa de Emilia e escoltando-a para descer as escadas. Clara e o duque os seguiram e observaram Emilia ir embora.

Haviam ficado tanto tempo na costureira que o pôr do sol estava começando. Clara olhou para a carruagem do duque. Seu senso alertou cuidado.

— Acho que vou alugar uma carruagem. O senhor realmente não deveria ter ficado, principalmente já que foi tudo por nada.

— Teme minha companhia por causa daquele beijo, Lady Clara?

— Talvez um pouco.

— Provavelmente isso é sábio, embora não ache que a senhorita se assuste facilmente. Certamente não penso que permite que o medo governe suas escolhas e ações. Nem acredito que seja *eu* que teme, nem um pouco.

Oh, o olhar que ele lhe deu. Tão consciente. Tão entendedor. Ele também poderia ter dito *A senhorita teme a si mesma comigo, o que é diferente*.

Que homem presunçoso e impossível. Como ela havia se esquecido disso? No momento, em pé ao lado da rua, parecia incompreensível para ela ter permitido aqueles beijos em sua biblioteca mais cedo. Sua empatia em relação ao pai dele provavelmente alterou seu julgamento, e agora ele a usava contra ela. Os motivos dele podiam ainda estar obscuros, mas não as intenções.

Medo de si mesma? Nem um pouco. Medo dele? Nada disso. Ela não era uma menina apavorada, ingênua demais para ver o que aquele homem queria. Tinha repelido sua cota de seduções no dia, e elas foram mais ardilosas do que a falta de sutileza dele. Ela havia aproveitado sua cota de beijos sem se transformar em uma tola.

Foi até a carruagem dele.

— Direto para minha casa, por favor. Sem desvios e sem atrasos, se não se importa.

Lady Clara não estava aproveitando nada do passeio de carruagem. Estava sentada tão rígida que ia muito da esquerda para a direita com o balanço na superfície irregular. Não havia se mexido nem um pouco desde que se ajeitou na almofada diante dele.

Ele estava esperando que ela tirasse aquele grampo e o apontasse para ele. Não duvidava que o fizesse. Imaginar isso levou-o a outras imagens.

— Seu irmão disse que seu pai a ensinou a cavalgar e atirar — ele disse. — Parece que a senhorita era muito próxima dele. Era a favorita?

A expressão dura dela suavizou imediatamente, tanto que ele quase se arrependeu da pergunta.

— Suspeito que sim. Não, isso não é justo. Sei que eu era. Ele amava a nós todos, no entanto, independente do que Theo possa pensar... Eu vim de uma parte da vida de meu pai, e Theo e Emilia de uma parte mais tardia, só isso. Pelo menos é o que penso.

— Ele a satisfazia mais depois dessa primeira parte ter acabado?

— Ele não me satisfazia. Que palavra. Nós aproveitávamos a companhia um do outro. Combinávamos como roupas preferidas.

Satisfazer era exatamente a palavra certa, de tudo que ele vira e ouvira. O falecido conde tratava aquela filha como um filho. Permitiu que permanecesse solteira e providenciou os meios para ela se tornar independente.

Provavelmente ele se abrirá para ela.

— Mulheres na sua situação, às vezes, pensam que é injusto não poderem ter herança — ele disse.

— Não pensei isso, embora uma vez ele tenha me dito que pensava assim. Acho que ele realmente quis dizer que se arrependia de eu não ter sido um filho. Francamente me dizia muito isso, e não me magoava. Homens como ele se casam para gerar herdeiros, não filhas. Ele sentia essa obrigação profunda, assim como todos.

— Então ele se casou novamente?

— Suponho que foi um dos motivos.

O principal motivo, provavelmente. Adam imaginou o conde. Podia vê-lo com a bem jovem Lady Clara, explicando para uma criança por que estava querendo outra esposa, dizendo que ela não deveria ficar deslocada e à mercê de um estranho em seu lar. Não gostava do conde e tinha bons motivos para ser desconfiado e bravo com o homem, mas a forma como ele cuidava daquela filha sugeria que ele não era totalmente ruim.

— Sabia que essa ideia de nossas famílias encontrarem a paz foi dele?

Isso a divertiu.

— Tenho bastante certeza de que não foi.

— Sua avó disse no primeiro dia em que visitei. Seu pai lhe deu instruções para fazê-lo.

Ela ergueu uma sobrancelha.

— Não faz sentido. Se ele queria tal paz, poderia ter cuidado disso ele mesmo.

— Talvez pensasse que uma nova geração representaria uma página nova e em branco. Pode ter presumido que eu nunca teria confiado nele ou escutado tal plano se viesse de seus lábios. Acho estranho ele não ter lhe contado sobre essa ideia, já que a senhorita era tão próxima.

Ela pensou sobre isso, e não ficou feliz.

— Ele mal mencionava sua família na minha presença, como eu disse.

— Nem para sua avó? Se eles armaram isso juntos, a senhorita deve tê-los ouvido.

Ela franziu o cenho.

— Mesmo assim, não o fiz — ela murmurou, como se, em sua mente, também achasse isso estranho.

— Quando suas novas roupas ficarão prontas? — Ele mudou de assunto para que não cedesse ao impulso de beijar aquela testa franzida.

Ela esqueceu os pensamentos que suas perguntas a fizeram ter.

O Duque mais perigoso de Londres

— Disse a eles para fazerem os da minha irmã primeiro.

— Então a senhorita está condenada ao preto mais um mês? Não é justo.

— Se eu quisesse meramente um pouco de cor, poderia usar o que tem em meu guarda-roupa. Deixei roupas usadas em Londres e agora as mudei para Bedford Square.

— Tem um traje de cavalgar entre elas?

— Tenho, mas não trouxe meu cavalo para a cidade e não deveria pegar emprestado um de meu irmão agora. Nem usaria azul-claro no parque, onde qualquer um pode me ver.

Ele a viu em seu traje azul-claro, corada por galopar no vento.

— Tenho um cavalo que a senhorita pode pegar emprestado.

Os olhos dela se iluminaram por um instante antes de controlar sua empolgação.

— Não acho que seria apropriado usar seu cavalo.

— Há uma regra sobre propriedade quanto a isso? Parecida com o quanto uma mulher dança com um homem que não é seu pretendido?

Um sorriso tentou aparecer. Ela se conteve. Pelo menos o franzido havia sumido.

— Escute meu plano, e recuse se quiser. No domingo, vou trazer um cavalo para sua casa — ele começou. — Pode usar o traje azul-claro porque estaremos fora da cidade antes que alguém acorde. Em vez do parque, vamos cavalgar no campo. Vou pedir para minha cozinheira preparar uma cesta.

Ela só olhou para ele.

— A senhorita sabe que sente falta de cavalgar — ele disse. — Nem vamos precisar andar com o conjunto elegante em um parque. Podemos galopar, se quisermos.

Ela vacilou visivelmente.

A carruagem parou naquele momento. Tinham chegado em Bedford Square.

Ele a ajudou a sair da carruagem.

— Vou chegar às dez no domingo — ele informou.

Ela não disse nada. Já que não era uma mulher que continha sua língua quando discordava, ele decidiu que significava que ela consentia.

Clara foi dormir no sábado rezando um pouco para que chovesse na manhã seguinte. Quando acordou e viu um dia gloriosamente lindo, no entanto, recebeu o tempo com mais entusiasmo do que esperava. Culpava o tempo que fazia que não cavalgava. Qualquer amazona iria querer estar em uma sela em um dia como aquele.

Jocelyn ajudou-a a se vestir e apenas ergueu uma sobrancelha quando Clara pediu o traje azul. Decidiu que era permitida uma sobrancelha quando a mulher fora sua dama de companhia por quase dez anos e agora desempenhava múltiplas tarefas com apenas algumas reclamações sobre não ser o tipo de coisa que damas de companhia fazem.

Jocelyn, então, ajudou-a a vestir o traje, depois arrumou seu cabelo e colocou um pequeno chapéu em sua cabeça. Ela o fixou com dois grampos, depois organizou sua bolsa.

Às dez, ela estava pronta, em pé ao lado da janela da biblioteca para ver se Stratton iria aparecer. Não havia realmente aceitado o convite. Ele poderia ter concluído que ir à cidade com um cavalo extra seria inútil.

Exatamente às dez, ela o viu virar a rua com seu cavalo branco. Um lindo cavalo castanho andava atrás dele.

Jocelyn até cumpriu a tarefa de atender à porta quando ele bateu. Levou Stratton à biblioteca, onde Clara ainda se regalava com aquele cavalo castanho magnífico. Era um castrado, e suas linhas longilíneas sugeriam sangue árabe.

— Não tinha certeza se o senhor viria. Não respondi ao seu convite.

— Concluí que, enquanto consegue resistir à minha companhia, não renunciaria a uma boa cavalgada.

— O senhor está certo. — Ela arrumou seu traje. — Em um dia tão lindo, negar isso a mim seria um pecado.

— Não podemos deixar que aconteça isso. Pecados por omissão são os piores. Toda a culpa e nenhuma diversão.

— Nenhum pecado é o melhor tipo. — Ela confiou que ele entendeu o que estava dizendo. *Não haverá nenhum tipo de pecado hoje.*

Não que ela não confiasse nele. Simplesmente não queria passar o dia explicando como aqueles beijos foram um erro e que ela só concordou com o passeio porque ele a seduziu com um cavalo lindo e um dia mais lindo ainda.

Ela reparou, ao passar por Jocelyn, que agora suas duas sobrancelhas estavam erguidas.

Stratton ajudou-a a subir na sela.

— O nome dele é Galahad. Não é acostumado com sela lateral, mas estou certo de que consegue lidar com ele. Mas talvez ele exija uma mão firme.

Ele deu um tapinha no pescoço do cavalo, depois montou no outro.

Ela e Galahad se familiarizaram quando seguiram ao sul para o rio. O cavalo resistia e precisava mesmo de uma mão firme. Agradou-a o fato de Stratton ter levado Galahad e não outro cavalo entediante e seguro, sem personalidade.

Poucas pessoas estavam nas ruas àquela hora de um domingo. Os sinos altos da igreja tocavam pela cidade silenciosa, assim como os cascos do cavalo. Eles passearam por uma Londres raramente vista.

Assim que cruzaram a Ponte de Vauxhall, o campo apareceu. A estrada ao longo do rio se alongava aberta e livre. A bagunça de carruagens e carroças não a poluía na manhã de domingo. Ela deu permissão para Galahad trotar, depois o incentivou ao galope.

Eles correram pela estrada com Stratton logo atrás. Ela levantou o rosto para o vento e o sol e gostou de como o cavalo debaixo dela conseguiu ir mais rápido. Fazia semanas que não cavalgava tão bem e rápido.

Algumas carroças serpenteavam perto de um cruzamento à frente, e ela puxou as rédeas para trazer Galahad para trás para uma caminhada. O cavalo de Stratton parou ao lado do dela.

— Foi glorioso — ela disse. — Preciso tentar trazer meu próprio cavalo Thunder para a cidade e acomodá-lo perto de Bedford Square. Então posso cavalgar toda manhã de domingo.

— O que interferiria? Parece um plano simples para mim.

— Theo pode dizer que Thunder não é meu, mas dele. O que, legalmente falando, é verdade.

— Claro que ele não seria tão grosseiro para recusar lhe dar o cavalo que a senhorita montou por anos.

— Oh, consigo lidar com Theo. Mas se minha avó disser para ele recusar, provavelmente vai obedecê-la.

— Ela é apenas uma mulher temível.

— Que palavra estranha o senhor escolheu. Meu irmão está tentando ser independente, mas é difícil quando se depara com tal desencorajamento.

— Mas a senhorita não fica intimidada.

— Vou confessar que, quando a desafio, ainda tremo depois de todos esses anos. No entanto, tremi por tanto tempo que não me rendo mais. Demorou muito para encontrar a coragem. Em alguns anos, espero que meu irmão encontre também.

— Ou não. Não brinquei naquele dia em que nos conhecemos quando me referi à influência dela. Ela ainda tem o poder de afastar as pessoas. Talvez a senhorita consiga desafiá-la porque não se importa tanto com tais coisas. Seu irmão, entretanto, provavelmente se importa.

Será que era de lá que vinha sua coragem? Uma decisão de que ela não seria dominada pelos tipos de chicotes sociais que Vovó usava? Os chicotes haviam estalado muito alto naquele jantar quando ela anunciou que iria se mudar.

E se Vovó cumprisse suas ameaças? Clara não se achava uma escrava da sociedade, mas não gostaria que nunca mais fosse recebida ou que os convites parassem de chegar.

— Vamos até Richmond Hill — Stratton sugeriu, apontando para a rodovia principal a sudeste. — As paisagens são muito bonitas, e podemos dividir o conteúdo desta cesta enquanto as apreciamos.

Richmond Hill era um lugar popular, mas ainda estava muito cedo para ter atraído outros àquela altura. Galoparam de novo, por quilômetros, e chegaram ao pico da colina quase uma hora depois.

Stratton a tirou da sela.

— Vamos ter companhia em breve em um dia como este. Vamos além daquelas árvores ali, então talvez possamos aproveitar a vista do Tâmisa sem crianças correndo para lá e para cá à nossa frente.

Levaram os cavalos para longe do sol e por uma sombra fria de árvores até saírem por uma faixa de grama alta na beirada do pico da colina. Stratton amarrou os cavalos a um galho robusto, depois pegou uma cesta de sua sela.

Clara admirou a vista que se alongava abaixo dela. A caminhada até um terraço serpenteava colina abaixo, de onde visitantes podiam admirar as paisagens. Alguns barcos de lazer haviam se aventurado pelo Tâmisa, que se curvava abaixo. Um navio vazio lentamente seguia para Londres.

Quando voltou a atenção para Stratton, viu que ele havia estendido um cobertor grosso no chão. Estava irregular em alguns lugares por causa da grama e parecia muito com um colchão de penas recentemente enchido e afofado.

Ela olhou para o cobertor, para ele, e para o vinho que saía da cesta. Reparou como as árvores os protegiam de olhares assim como de crianças barulhentas. Não que houvesse algum deles naquele momento ali em cima. Com exceção dos pássaros cantando e de sua própria respiração, ela não conseguia ouvir nenhum som.

Ela e o duque estavam completamente sozinhos. Ele a observou absorver os arredores e o isolamento. O truque era impedi-la de marchar até o cavalo imediatamente. Ele tirou a rolha do vinho e serviu em duas taças de cristal. Estendeu uma a ela.

— Há água também, se quiser.

Após uma longa pausa, ela foi até ele e pegou o vinho.

— O que mais há na cesta?

Ele se sentou e vasculhou.

— Frango assado, queijo, pão, bolos e morangos. E isto. — Ele segurou um ramo de açafrão e narciso.

Ela o pegou e cheirou profundamente, depois sentou-se, ajustando-se para encarar a paisagem, não ele.

— Só vou ficar por causa da beleza e da paz. No entanto, se não tivermos companhia logo, vou precisar ir embora, então não desembrulhe toda essa comida.

— Ficarei feliz por apenas dez minutos. Por causa da paz, como a senhorita disse. — E porque ele poderia olhar para ela enquanto ela observava o rio. Ela era linda com qualquer roupa, até de preto, mas esse traje azul-claro avivava sua beleza. A cor combinava com seus olhos, e o contraste com seu cabelo castanho tornava sua aparência extremamente intensa.

— Acho que um pintor ficaria feliz em tê-la como modelo neste momento, Lady Clara.

Aqueles olhos azuis se viraram para ele.

— Por quê?

— As cores e a luz realçam sua beleza natural, e a senhorita, em troca, melhora a beleza da natureza. Seria uma pintura linda sem qualquer licença artística.

Ela corou e voltou a olhar para o rio. Ele sentiu que a adulação a confundia, como se não estivesse acostumada a elogios e não soubesse como reagir.

— Antes, quando falamos sobre minha avó, pensei que pareceu que o senhor tinha sido uma das vítimas dela — ela disse. — Foi?

— Não. Ela não coloca seu poder contra homens, muito menos aqueles que serão duques.

— Então foi sua mãe? Sei que Vovó não gostava de nada ou ninguém francês, mas isso não era incomum durante a guerra. Sei que ela disse coisas na época, mas não acredito que suas palavras tinham muito peso.

Ele debateu se evitaria ou não essa conversa. Ela o olhou de forma tão sincera, entretanto, que ele se viu explicando.

— As palavras que a senhorita ouviu não são o que importa, mas outras ditas há muito tempo. A viúva não aprovava o casamento de meu pai. Não era da conta dela, mas, na época, ela se via como árbitra da sociedade. E, então, quando minha mãe se mudou para a cidade, a viúva deixou claro que aquela duquesa francesa não deveria ser aceita. A sociedade obedeceu porque era fácil cumprir a ordem da viúva em relação a uma estranha. A campanha foi muito eficiente, e também muito cruel.

Ela baixou a cabeça e fechou os olhos.

— Deve ter sido muito difícil para sua mãe. Ela não tinha amigos em quem confiar aqui. Nenhum círculo onde se sentia bem-vinda.

— É verdade que a fez muito infeliz. Também não ajudou a encorajar nossos pais a serem mais amigáveis.

A solidariedade dela, como no parque, tocou-o. Era bom que ela soubesse o quanto foram difíceis aqueles anos para uma mulher que ela nunca conhecera.

— Então, depois de muitos anos disso, a viúva de repente ergueu sua mão pesada. Talvez tenha se entediado com o jogo. Chegaram convites depois disso, embora, com a guerra, pouquíssimas mulheres a considerassem amiga íntima.

— Estou aliviada em saber que o pior passou, no entanto. Não entendo por que sua mãe, sendo francesa, deveria ter causado tanta mágoa. Ela não era a única imigrante francesa na Inglaterra.

— Ela não era da aristocracia. Provavelmente isso seja parte do problema.

— Por favor, não me diga que ela era irmã de um revolucionário.

— O pai dela era um cientista e nada político. Mas eles pertenciam à classe intelectual burguesa, que sempre era associada a problemas. Então suponho que sempre houvesse aqueles que duvidassem de sua empatia.

Ela franziu o cenho.

— Depois de saber dessa história, estou ainda mais confusa quanto ao motivo de o senhor ter concordado em se reunir com minha família, concordar com um plano para enterrar a espada por meio de um casamento. Penso que preferiria ver minha avó miserável e preocupada, em vez de satisfeita. — O olhar dela se concentrou na paisagem, depois ela se virou diretamente para ele. — Eu não faço parte da sua conspiração, faço?

— Que conspiração poderia ser?

— Não disfarce. O plano era o senhor se casar com Emilia, mas, em vez disso, concentrou suas astúcias em mim. Apenas isso deixaria minha avó apoplética e poderia ser uma vingança pelo que fez à sua mãe.

— Não busco vingança para minha mãe. Nem consigo imaginar por que minha proposta à senhorita em vez de sua irmã importaria para sua avó. O mesmo objetivo é alcançado com qualquer uma de vocês, não é?

Ele se esticou e brincou com uma mecha de cabelo caída da aba do chapéu dela. Um rubor subiu pelo pescoço até o rosto dela. Mas ela não afastou sua mão.

— Minha qualidade mais notável é minha fortuna, eu presumo.

— Uma boa fortuna tem o poder de ofuscar até o mais puro caráter e os olhos mais arrebatadores. No entanto, eu não tenho necessidade de outra fortuna. Essa é a *minha* qualidade mais notável. Quanto à senhorita, além de seus olhos e sua boca sedutora, sua personalidade despreocupada e seu autoconhecimento me favorecem. De fato, admiro todas essas características que, provavelmente, deixam sua família desesperada e fazem-na chamar de megera.

— Pretendo repreender Theo por isso. Foi muito desleal.

— Ele a fez parecer interessante, não desagradável, como ele pretendia. Eu não iria querer uma mulher dócil, assim como a senhorita não iria querer cavalgar na égua mansa que o cavalariço tentou enviar hoje, em vez de Galahad. — Ele viu um grampo e o tirou. Depois outro. Fincou os dois no chão ao lado do cobertor. — Privei-a de suas armas.

— Guardo um na bolsa.

A bolsa estava fora do alcance dela. Ele tirou seu chapéu e o jogou naquela direção.

Segurou-lhe a nuca e a inclinou na direção dele.

— Acredite em mim quando digo que a desejei desde o dia em que me censurou como invasor. É conveniente que a senhorita me deseje também.

Como ela chegara ali, deitada de costas, com o duque cobrindo-a? Aquele pensamento formigou a mente de Clara quando os beijos possessivos deixaram sua boca e passaram para seu pescoço e colo.

O cabelo macio passou por seu rosto. O peso masculino preenchia os braços dela. As sensações corriam por seu corpo com uma frequência crescente. Ela abriu os olhos um pouco e viu o céu azul acima, depois olhou para baixo onde os beijos agora circulavam seus seios. Ele a fez desejar que o tecido de seu traje não a protegesse tanto dos efeitos completos que ele provocava. A perplexidade sobre a reação dela tinha há muito tempo se transformado em desejo por mais.

Ele provocou um prazer maravilhoso nela. Um prazer perigoso. Ela não prestava atenção a nenhum alerta que sua mente tentava apresentar. Queria mais disso, o suficiente para guardar por meses ou anos, o suficiente para sustentar suas lembranças dos dias em que não se sentia mais tão jovem.

É conveniente que a senhorita me deseje também. Oh, sim, sim. Ela desejava agora. Aquele era o nome do abismo do prazer, de mais atrevido que ela esperava que ele fosse, da urgência em seu sangue.

Ela passou a mão pelos ombros dele, sentindo seu corpo, depois desceu por suas costas. Os músculos dele sob sua palma excitaram-na ainda mais. Aqueles beijos queimavam suas roupas agora, provocando-a até ela arquear para ele.

O carinho dele subiu por seu corpo até se aproximar de seu seio. Ela pensou que pudesse morrer com aquela tortura deliciosa que ele criou ali. Tocou-a como se soubesse exatamente como levá-la ainda mais à loucura.

Logo, ela não conseguia controlar suas reações. Imaginou-o arrancando as roupas dela, cobrindo-a completamente e atendendo à necessidade que pulsava e chamava agora, que entoava pedidos urgentes em sua mente.

Ele não fez nada disso. Para sua decepção extrema, até parou os melhores carinhos e, logo, tirou a mão de seu seio. Ela queria gritar.

— A senhorita é muito provocante para aguentar — ele murmurou antes de beijar seu pescoço delicadamente. — Sua excitação incendeia mais ainda a minha. Porém — beijou de novo —, não estamos mais sozinhos.

Então ela os ouviu. Havia outros na colina. Não muitos, e não muito perto, mas ela compreendeu o que teria sido visto naquele cobertor logo, se Stratton não tivesse se controlado mais do que ela.

Ela se sentou de repente, depois se levantou atrapalhada e colocou o chapéu. Stratton lhe entregou os grampos para que ela pudesse enfiá-los na cabeça.

Quando ela terminou, ele estava com a cesta e o cobertor prontos para ir. Ele olhou para os arbustos, depois foi até ela, pegou sua cabeça firmemente e deu um último e ardente beijo. E ela adorou, cada segundo dele, mas... que Deus a ajudasse, o que ela tinha feito?

Stratton soltou os cavalos. O mundo se tornou real demais. Ela achou esquisito ainda estar com ele, e pior ainda ele erguê-la para subir na sela.

Evitou qualquer outra intimidade na volta à cidade. Cavalgou bruscamente, galopando quando podia. Não queria conversar com ele. Conversar casualmente seria impossível. O que ela poderia dizer depois do que acontecera?

Para sua surpresa, ele a alcançou e pegou a rédea de Galahad enquanto andavam até a ponte. Stratton segurou firmemente o cavalo.

— A senhorita está envergonhada. Não fique.

— Não estou envergonhada. Estou... assustada. — Parecia a melhor palavra para a confusão de sentimentos dentro dela. — Não deveria ter... Nós não deveríamos ter...

— Eu quero a senhorita, e a senhorita me quer. Claro que deveríamos ter.

— Eu não quero... — Ela parou com a mentira antes de terminar. Oh, que mentira. Mesmo agora, com todas as suas suspeitas reavivadas, ela o queria. Só de olhar para ele fazia seu corpo traí-la em centenas de maneiras. *Não seja covarde*, ela se repreendeu. *Não finja. Ele já sabe a verdade.* — Eu não *deveria* querer o senhor — ela disse firmemente.

Ela puxou as rédeas e libertou Galahad da mão dele. Trotou, cruzando a ponte, e foi para Bedford Square. Ao longo do caminho, o resto da névoa sensual se foi, deixando o mundo bem nítido.

Seus pensamentos não abandonavam o homem cavalgando ao seu lado. Só que, em vez de seu corpo suspirar com prazer, sua mente agora insistia em listar os muitos motivos pelos quais ela não deveria querê-lo. Não apenas a antiga animosidade o tornava um tipo de fruto proibido. Outras considerações se forçavam a entrar em sua mente mais diretamente do que no passado. Ele poderia ter voltado por vingança, os boatos diziam. Contra quem? Por qual motivo? Pensou no quanto Vovó queria fazer as pazes com ele, e no quanto Theo estava com medo. Seria possível que pensassem que o perigo vinha, não daquela velha briga, mas de algo mais recente? Será que Statton queria vingança contra *eles*?

Ela queria rejeitar essa hipótese porque mudava o motivo de ele segui-la. Transformava aqueles beijos em algo não romântico e calculado. Havia todo tipo de vingança, afinal. Todo tipo de formas de vencer o inimigo. Nem todas exigiam pistolas ou espadas.

Ela olhou para ele por cima do ombro. Ele estava muito lindo em cima de seu garanhão. Muito confiante também, como se soubesse que iria ganhar a batalha. Se era isso, ela era o prêmio. Um deles não estava atormentado pelas dúvidas sobre o que aconteceu naquela colina.

A senhorita me quer, e eu quero a senhorita. Ela não podia discordar disso. Mas um ato poderia ser motivado pelo desejo e também por outras coisas muito menos honráveis.

Assim que chegaram em Bedford Square, ela desceu de sua sela, sem se importar no quanto parecia estabanada. Pegou as rédeas e as colocou nas mãos de Stratton.

— Obrigada. No entanto, não posso fazer isso de novo. Não posso fazer isso de novo. Por favor, não me visite no futuro.

Dez

A decisão de Clara de ele não a visitar de novo irritou Adam profundamente por dois dias. Não apenas seu desejo se frustrou, mas também sua convicção de que ele estava progredindo na busca por toda a verdade sobre seu pai.

Na terceira manhã depois da cavalgada, teve uma ideia de como ter a companhia dela de novo. Combinou de encontrar Langford e Brentworth mais tarde naquele dia.

A garrafa de vinho do porto que eles dividiram estava na metade antes de Adam propor a Langford que desse uma festa de jardim na casa dele. Estavam sentados em um salão de jogos no White's, perdendo dinheiro uns para os outros naquela noite chuvosa, fazendo as piores apostas em coisas ridículas.

— Então, pensei que você quisesse nos reunir pela amizade, em vez disso, tinha motivos ocultos. Devo dizer, o mais direto que posso sendo educado, que, se precisa de uma festa de jardim, deve dá-la você mesmo, Stratton.

— Ele não pode — Brentworth disse depois de virar o copo. — Se ele der a festa, não poderá passar o tempo todo flertando com Lady Clara.

— Não tenho motivo oculto — Adam rebateu. — Nem sugeri que ele convide Lady Clara.

— Ainda não. Mas estava chegando a hora — Brentworth respondeu.

— Interesse próprio foi a última coisa que pensei. De fato, a ideia me ocorreu porque Langford fica reclamando sobre ser perseguido por aquelas mães. Se der uma festa e não convidar as duas jovens em questão, deveria pôr um fim em todo esse boato.

— Boato? Que boato? — Langford se sentou ereto, de repente, alerta.

— Oh. Você não soube? Que gafe a minha mencionar.

— Não se castigue, Stratton. Ele seria obrigado a falar sobre isso em certo momento — Brentworth disse.

— Falar sobre o quê? Fale claramente, um de vocês.

— Há um boato de que a senhorita Hermione Galsworthy espera uma proposta antes que a Temporada acabe — Adam disse. — Em breve, na verdade. Dizem que...

— A mãe dela só está inventando fofoca na esperança de que eu morda a isca. Essas mulheres são negligentes. Bom, não vou morder. Vou...

— *Dizem* — Brentworth repetiu — que você a beijou no baile Fulton. Atrás de um vaso. De verdade, Langford, se vai se comportar mal, tente ser mais discreto.

Langford ficou pálido e deu um longo gole no vinho do porto.

— Bom, você a beijou? — Adam perguntou. — Se vai permitir que o inimigo o comprometa assim, vou ter que reconsiderar o respeito que dou ao seu conselho sobre estratégias.

— Eu *não* a beijei... Ela... me beijou.

Brentworth se inclinou e fez uma expressão perplexa.

— Como isso aconteceu? Ela tem a metade da sua altura. Ela subiu em uma cadeira, segurou você pelas orelhas e lhe deu um beijo? Fingiu que tinha um cisco no olho, depois roubou um beijo quando você se abaixou para verificar?

Langford fez careta para ele.

— Pode ver como minha ideia é brilhante — Adam disse. — Dê essa festa de jardim, mas não a convide nem à outra cuja mãe provavelmente está tramando como comprometê-lo completamente agora que as apostas aumentaram e o tempo é essencial.

Langford estreitou os olhos para Adam.

— Talvez eu dê. Deveria também deixar Marwood e a família fora da lista de convidados, para ninguém interpretar mal meu interesse na irmã dele.

— Não me importo se convida Marwood. Quanto à irmã mais nova, seu irmão Harry vai querer que ela esteja lá, tenho certeza. Pareceu bem interessado em Lady Emilia quando todos nós visitamos a casa de Marwood naquele dia. Já que ela vai precisar de uma acompanhante, também pode convidar a avó dela...

— *Não*.

— Ou a irmã mais velha.

Brentworth sorriu.

— Bem pensado, Stratton.

— Langford pode ser o príncipe da sedução, mas eu me orgulho de ser rei de me aproveitar das consequências disso.

— É melhor que Brentworth, que se tornou imperador de não se divertir.

— Por que diz essas coisas? Sabe muito bem que não é verdade — Brentworth disse.

Langford lançou um olhar sincero para Adam.

— Houve uma festa boa no verão passado. Brentworth aqui dignou-se a ir. Só que, quando ele chegou, fez todos nós prometermos não encorajar fofocas sobre isso depois.

— Não achei que, naquele tempo incerto, beneficiaria o reino ter todas as salas de estar e lojas de café ocupadas com lordes perseguindo ciprianos nus nas florestas no lago Country durante um jogo de deuses e ninfas.

— A fofoca é metade da diversão. Se você não aprovasse, não deveria ter ido e aproveitado tanto.

— Não era uma questão de aprovação, mas de discrição. Sei que essa palavra não está em seu vocabulário, mas vale a pena aprender.

— Que se dane a discrição.

— Como você sempre disse. Já que seu comportamento indiscreto não o está salvando daquelas mães, e está realmente sendo usado contra você, sua reputação não lhe dá nenhum crédito nem lhe beneficia. Eu, por outro lado, estou maravilhosamente livre de tais táticas femininas. Quem de nós você acha que conseguiu lidar mais sabiamente com isso?

— Ele as assusta — Langford disse para Adam. — A cara que ele faz quando sofre os agrados delas faz até a mãe mais ambiciosa se encolher. É chamado de o Duque Mais Duques. Não é um elogio.

— Se previne que garotinhas se joguem em mim, vou me acostumar ao título. — Brentworth balançou a cabeça. — Um vaso? O que pensou que iria acontecer quando a namoradeira o levou para lá?

Langford corou de novo.

— Bom, não tenho intenção de dar uma festa de jardim. Eu seria motivo de risada. Mulheres mais velhas que devem dá-las.

— Já que Langford aqui é muito teimoso para enxergar a salvação que seu plano oferece, eu o farei, Stratton, e o salvarei de cuspir para cima —

Brentworth disse. — Meu jardim é muito mais bonito, de qualquer forma.

— Eu tenho um jardim muito lindo — Langford rebateu.

— O de Brentworth é melhor — Adam discordou. — Mas você irá, e preste muita atenção às jovens convidadas, para que ninguém conclua que você de fato se afetuou a Hermione Galsworthy.

— Eu vou, contanto que entenda que não vou flertar com a irmã mais nova de Marwood — Langford concedeu. — Deixe meu irmão Harry fazer isso, se ele souber como.

— Não quero que flerte com nenhuma das irmãs de Marwood — Adam disse diretamente.

— Daqui a uma semana, então — Brentworth decidiu. — Não haverá vasos, Stratton, mas o jardim está repleto de arbustos obscuros perfeitos para seu objetivo. Acredito que fará bom uso deles. Discretamente.

— Eu disse que meu plano não é para o meu bem, mas o de Langford.

— Ah. Claro. Perdão. Esqueci essa parte.

— Ainda penso que a senhorita precisa de um mordomo — Jocelyn murmurou no ouvido de Clara enquanto colocava uma bandeja com refrescos.

Clara a ignorou. Em três dias, uma governanta assumiria tarefas como servir chá e café a convidados e atender à porta. Outra mulher limparia. Uma terceira cozinharia. Sua equipe da casa estava se expandindo de maneira satisfatória até onde ela sabia.

O único buraco na lista eram o cocheiro e o mordomo. Ela iria preencher aquelas vagas, depois comprar uma carruagem e dois cavalos para puxá-la. Talvez comprasse um cavalo para cavalgar também. Gostou muito de galopar em Galahad.

Seus pensamentos mudaram rapidamente de galopar para outras atividades nas quais se envolveu naquele dia, já que elas também foram, majoritariamente, partidas de Stratton. Não se importaria muito se aquelas lembranças gerassem repulsa ou, no mínimo, autocondenação. Infelizmente, em vez disso, ela se viu bem corada e excitada antes de incitar uma reação mais apropriada e também se lembrar de que ele talvez tivesse motivos ocultos.

Aquele breve lapso romântico tinha sido bom, mas ela esperava que Stratton não interpretasse mal ou desse um significado especial para ele. Se o fizesse, ela precisaria lembrá-lo de sua opinião em relação a casamento. Alguns beijos e carinhos eram inofensivos, mas ela não permitiria que qualquer homem fosse dono dela, que era o significado de casamento.

Deixou esses pensamentos de lado para que nenhuma de suas convidadas comentasse seu rubor. Felizmente, elas estavam ocupadas aceitando xícaras de chá ou café de Jocelyn e pegando bolinhos com a ponta dos dedos.

— A impressão terminará amanhã e as cópias das assinantes vão para o correio no fim da semana — Althea disse. — Clara se reuniu com nossas mulheres entregadoras na segunda, e cada uma virá e receberá as cópias que levará às livrarias que atende.

Lady Farnsworth, de cabelo escuro e olhos de aço, equilibrava sua xícara e o pires em uma mão enquanto examinava uma prova do jornal com a outra.

— É certamente o volume mais impressionante até agora. Acho que a ordem das entradas lhe dá certa seriedade sem parecer tão pesado quanto para entediar um tolo.

O artigo de Lady Farnsworth vinha primeiro. Ela era uma das colaboradoras que usavam o nome verdadeiro, e um artigo político da viúva de um barão dava seriedade ao jornal. Tão politicamente interessada quanto qualquer homem, Lady Farnsworth poderia não ser recebida pelas damas mais chiques, que não gostavam de sua excentricidade crescente, mas diziam que os homens mais inteligentes gostavam de sua companhia. Quanto à sua posição social, ela tinha há muito tempo expressado suas opiniões no que ela chamava de esquisitices tribais aos montes. No fim de sua vida, parara de se importar com quem gostava dela.

Clara e Althea haviam decidido que apenas as notícias de Lady Farnsworth dariam credibilidade ao jornal e ficaram encantadas quando o convite delas de escrever para o *Parnassus* fora aceito. Pelo menos poderiam reprimir qualquer crítica de que um jornal cheio de colunistas aparentemente anônimos também poderia ser trabalho de apenas uma pessoa.

— Estou mais impressionada de como a impressão gravou os desenhos que eu tinha feito — Lady Grace disse. Ela limpou os dedos delicados na toalha, para que o açúcar no bolo não sujasse seu conjunto de seda impecavelmente costurado. Lady Grace sempre usava roupas que deixavam Clara com inveja, e sua estrutura alta e esguia engrandeciam perfeitamente esses trajes. Finalizando com seu rosto delicado, cabelo bem escuro e uma boca cor-de-rosa, e outras mulheres poderiam ter desculpas para odiá-la. — Espero que ele inclua aquelas páginas corretamente.

— Nós vimos as primeiras cópias que saíram, e ele conseguiu fazer perfeitamente — Clara informou. Aquelas páginas haviam custado um centavo. Ela não poderia negar que um artigo sobre moda era muito melhor com desenhos sobre o assunto. Se o *Parnassus* um dia tivesse que arcar com tudo, no entanto, isso seria um luxo com o qual não poderia arcar.

— Tudo parece em ordem — Lady Farnsworth afirmou, colocando a prova de lado. — Você se superou. Ouso dizer que deveríamos brindar com algo mais comemorativo do que café.

— Não tenho licor, infelizmente.

— O *que* você tem?

Althea deu um sorriso diabólico para Clara.

— É, o que você tem? Certamente há algo aqui para propósitos medicinais.

— Acho que deve haver um pouco de xerez. Jocelyn, veja se consegue encontrar o xerez e quatro taças.

Jocelyn não teve dificuldade em encontrá-lo, já que ficava em um armário próximo onde poderia pegar com facilidade, doente ou não. De fato, Clara guardava algumas taças ali com ele.

Lady Farnsworth pegou o decanter e se serviu de uma taça cheia antes de devolver a Jocelyn. A dama fez as honras para as outras.

— Oh, vejam, você publicou outro poema da sra. Clark. Estou tão feliz — Lady Grace disse. Ela ainda revisava sua prova, aberta no colo. — Oh, nossa, esta é diretamente satírica. — Ela leu enquanto bebia. Algumas risadas pontuavam sua concentração. — O nome dela é mesmo sra. Clark?

— É.

— Há milhares de sras. Clark em Londres, então ela também pode usá-lo — Lady Farnsworth pontuou. — Um nome desse é tão bom quanto ser anônimo.

MADELINE HUNTER

Diferente do meu nome, que é agora bem conhecido e precisa de coragem para usá-lo, ela também poderia ter dito, já que seu comentário incluía aquela implicação.

— Vamos fazer outro volume antes de a Temporada acabar? — Lady Grace questionou. — Pergunto para saber se preciso fazer anotações quando for a festas.

— Gostaria de tentar publicar a cada dois meses, se conseguirmos — Clara disse. — Agora que estou morando aqui, posso conseguir ajuda com mais facilidade, para que não recaia tudo sobre mim e Althea.

As sobrancelhas de Lady Farnsworth se arquearam.

— Está morando aqui? — perguntou não muito surpresa, mas o tom foi surpreendente.

— Mudei-me na semana passada.

— Isso é bom? Quero dizer, uma mulher sozinha...

— Não estou sozinha, e ficarei menos sozinha conforme os criados que contratei começarem a chegar.

— Sua avó não pode ter aprovado, não que ela aprove muita coisa, de qualquer forma. — Lady Farnsworth nunca escondia o desgosto pela avó de Clara. As duas eram da mesma geração, e Clara supunha que tinha acontecido algo desagradável entre elas no passado.

Lady Grace riu.

— Acho que é seguro dizer que não. Estou correta, não estou, Clara? Mas nossa Clara é valente, e eu diria corajosa! Se meu irmão não fosse tão maleável, eu ficaria tentada a fazer o mesmo. — Ela colocou sua taça na mesa. — Preciso ir agora. Estou ansiosa para receber minha cópia, Clara. Você e Althea têm um ótimo jornal aqui, e será comentado por todo lado.

Ela se levantou. Lady Farnsworth soltou sua bebida e também se levantou.

— Não será só isso que será comentado — ela murmurou.

Assim que Clara acompanhou-as para fora, voltou e viu Althea folheando uma das provas.

— Nós nos superamos, se posso dizer, Clara. No entanto, a cada dois meses pode ser muito ambicioso.

— Não vamos saber até tentar.

— Mas vamos precisar de mais colaboradoras. Se publicar com essa frequência, não podem ser sempre os mesmos nomes e vozes.

— Então vamos procurar outras pessoas — ela falou confiante, mas sem saber como faria. — É difícil expandir as assinaturas a menos que haja uma regularidade na publicação, então, se quero levar isso a sério, preciso pensar em como será.

— Trimestral seria aceitável.

Clara confiava no julgamento de Althea. O fato de sua amiga aconselhar um crescimento mais cauteloso era um caminho a ser considerado.

Althea se esticou para um dos bolos.

— Lady Grace é muito engraçada. Pegou um desses imediatamente, mas tivemos que ouvi-la dizer *oh, não deveria* três vezes enquanto ela o comia. Queria que mulheres não fizessem isso. Ou que aproveitassem o pecado ou não se comprometessem com ele. E, tendo abraçado o pecado, não choramingar depois de como isso poderá deixá-las robustas.

— Peque livremente ou nem peque, você quer dizer.

— Exatamente. Talvez eu escreva meu próximo artigo sobre isso. É um ponto de vista que as mulheres precisam ouvir.

Clara pensou se Althea falaria apenas de comer bolos naquele artigo. Conhecendo-a, provavelmente não. Outros pecados seriam levantados em seu argumento. Althea era lógica e consistente.

— É assim que você vive, Althea? Peca livremente?

— Há indícios de que eu não peco. Você não me viu devorando seus bolos hoje.

— Não estou falando de bolos.

Althea virou todo o corpo na direção de Clara.

— O que está me perguntando?

Althea provavelmente era a amiga mais próxima de Clara no momento, mas ela viu que não poderia dizer o que significava.

— Está me perguntando se eu tive casos, Clara?

— Claro que não. Seria grosseiro e ousado.

— Mas não se importaria se eu desabafasse com você, correto?

— Por favor, não. Eu nunca deveria ter dito isso. — Ela se inclinou para a frente e pegou o decanter. — De repente, isso parece atraente.

— Não se desculpe. Está curiosa. Assim como eu. Penso por que esse assunto é de seu interesse agora.

Clara bebeu mais do xerez do que era normal para ela. Deu-lhe algo para fazer enquanto encontrava uma forma de desconversar.

— Você pensou em ter um amante? — Althea perguntou. — É esse o verdadeiro motivo pelo qual se mudou para cá, ou pelo menos um deles?

— Não tenho necessidade de um amante. Pelo menos não agora. Simplesmente perguntei-me se, à medida que as mulheres amadurecem, a opinião delas sobre tais assuntos muda.

— Definitivamente. Se a sua está mudando, você não é incomum. Não somos mais meninas.

Ali estava. Ela não era incomum por se achar indiferente às regras com as quais era aterrorizada quando garota. Não era incomum ficar fascinada por prazeres por muito tempo negados a ela. Supôs que parte da mudança era que agora ela tinha muito menos a perder.

— Claro — Althea continuou — que sua situação não é parecida com a minha. Eu sou viúva. Você não é. Faz diferença. Tenho certeza de que entende isso.

— Muito bem. Ninguém ergueria as sobrancelhas ao saber que *você* se mudou para a *própria* casa, estou certa.

— Duvido que sobrancelhas seriam erguidas se eu tivesse um amante, como pensou. Você, por outro lado... — Althea se esticou para lhe dar um aperto delicado na mão. — É o caminho de uma mulher solteira, suponho. Todas essas ideias sobre virtude e inocência recaem sobre tais mulheres eternamente. Até Lady Farnsworth, que se orgulha de sua liberdade, não aprovaria se você ficasse com algum homem. Nem ele sairia ileso depois de se aproveitar de você.

Não posso dizer que ele se aproveitou. Eu gostaria, mas não posso.

Jocelyn entrou para levar a bandeja. Antes de chegar nela, tirou uma carta do bolso do avental e entregou para Clara.

Althea havia se levantado a fim de se preparar para sair, mas parou quando viu a carta.

— Parece importante. Papel superior e uma letra muito linda. E postado.

Clara abriu para que pudesse satisfazer ambas as curiosidades.

— Que estranho. Eu mal o conheço. — Entregou a carta para Althea. — O Duque de Brentworth me convidou para uma festa na próxima semana. Uma festa de jardim.

— Dizem que é o mais bonito da cidade. O jardim, quero dizer. O que diz sobre sua irmã?

— Ele não pode convidá-la diretamente, já que ela não está saindo, mas a incluiu em meu convite. Se eu contar para ela, vai insistir em ir, então também precisarei ir.

— Sua avó poderia acompanhar se ele convidasse toda a sua família.

— Descobrirei se Brentworth convidou toda a minha família. Nada que ouvi sobre o homem sugeria que ele sofreria voluntariamente com a presunção de Vovó, mas pode tê-la convidado mesmo assim.

— Se não, você deve cumprir o dever, pelo bem de sua irmã.

— Se é um sacrifício, suponho que consiga aguentar.

Althea riu e lhe deu um beijo de despedida. Clara leu o convite de novo e pensou se Madame Tissot teria um de seus novos vestidos prontos a tempo.

Adam atrasou-se para ir à festa de jardim de Brentworth pela chegada de uma carta no período da tarde. Ao ver a letra, mandou seu criado para longe enquanto a lia.

A letra de sua mãe mostrava o equilíbrio de sempre, mas suas palavras foram menos reconfortantes.

Meu querido filho,

Sua última carta deixou-me preocupada. Suas perguntas indicam que está persistindo na intenção de descobrir mais sobre a morte de seu pai. Eu havia pensado, parece que incorretamente, que seus anos aqui tivessem entorpecido sua raiva. Também pensara que, ao retornar à Inglaterra você concluiria que o melhor seria permitir que o espírito dele descansasse em paz.

Desconhecia os boatos dos quais me informou agora, que ele ajudou o último exército de Napoleão. Certamente, ninguém me disse isso. Nem ele me confessou, mas ele nunca iria querer que eu compartilhasse da extrema angústia que tais boatos lhe trouxeram. Embora tenha me dado, agora, o motivo provável da escolha da morte dele, vejo que isso apenas me traz inquietação e arrependimento, então não vou lhe agradecer.

Em relação à sua dúvida sobre que tipo de apoio ele pensou ter dado à França senão dinheiro, não tenho resposta. O fato de você perguntar implica que acredita que ele pode, de fato, ter feito isso, e isso me causa profunda dor. Acredito que saiba, lá no fundo, que ele não era esse tipo de homem. Nem além de mim nutria especial compaixão por meu povo, então não tinha motivo para trair seu lar.

Quanto ao Conde de Marwood, aquela guerra miserável acontecia por anos antes de eu me casar. Tais homens normalmente empunham a espada por uma honra, mulher ou propriedade. Nunca tentei descobrir o que originou isso. Estava tão no passado que não tinha nada a ver comigo, e saber de toda a história não iria acabar com o amargor.

A primavera chegou a Paris e, como sempre, os dias variam entre manhãs gloriosas e tardes chuvosas. Espero vê-lo em breve. Quando a Inglaterra começar a entediá-lo, o que deve ser logo, anseio pela sua visita ou, felizmente, sua residência renovada aqui. Sempre me certifico de que sua casa seja mantida em bom estado, e digo a certas damas curiosas que você voltará logo.

Ele achou que pudesse descobrir algo com ela. Nunca havia escrito para ela sobre essas questões. Em vez disso, ele a deixara angustiada sem propósito.

Suas repreensões delicadas não eram novidade. O desejo que ela tinha de o filho deixar o passado em paz também não. Por cinco anos, ela o convencera de que o caminho prudente era seguir em frente. Quando ele ficava agitado em relação ao seu dever pendente quanto ao nome do pai, uma visita a ela acalmaria o turbilhão tentando tomá-lo de novo.

Você deveria se casar. Ter um herdeiro e me dar um neto, e encontrar a felicidade. Ele sempre pensou que ela sabia mais do que dizia e escondia dele para que não alimentasse a turbulência obscura que poderia, um dia, causar sua morte. Agora, ao ter pelo menos metade da verdade nas mãos, ela insistia não saber de nada.

Ele submeteu os últimos deveres ao seu criado em um humor maçante e atrasou-se escrevendo outra carta para, depois, sair em seu cavalo à casa de Brentworth.

Talvez o sol tivesse melhorado seu humor, ou fosse a alegria da pequena multidão zanzando pelo jardim enorme. Certamente, avistar Lady Clara não lhe causou mágoa. Ela estava sentada com a irmã e o irmão de Langford, Harry, em um banco no centro do jardim mais próximo da casa. Sua irmã usava a musselina branca que elas encomendaram na costureira naquele dia. Já que a maioria das garotas usava branco, somente a simplicidade do tecido a diferenciava. Lady Clara também trajava um vestido escolhido naquele dia. Embora fosse decorado com um bordado simples tão discreto que era quase invisível, a cor fazia toda diferença. À luz clara do dia, o lilás-hortênsia parecia mais vibrante do que na loja.

Ele foi até elas. Ela dissera para não a visitar. Não havia dito para não falar com ela. Não que ele teria obedecido tal comando, de qualquer forma.

Harry o viu primeiro e o recebeu com um cumprimento feliz. Harry se parecia muito com seu irmão mais velho, só que ainda esguio da maneira que jovens de vinte anos ficam. Também usava óculos, consequência de muita leitura à luz de vela ao longo dos anos. Adam concluiu isso muito depois de ele e Langford terem lido uma história esotérica escrita por Harry, dizendo que viveria nas bibliotecas pelo mundo.

— É um lindo dia, não é, Stratton? — Harry parecia bêbado de prazer. Como Lady Emilia não parecia entediada, as coisas deviam estar indo bem entre eles.

— Sim, muito lindo.

— Lindo demais — Lady Emilia disse com um grande sorriso.

— Está lindo mesmo — Lady Clara respondeu sem nem um pequeno sorriso.

Ele se aproveitou de um espaço vago no banco ao lado de Lady Clara. Ela arrastou-se para mais perto da irmã e mais longe dele.

— As senhoritas são mais bonitas do que as flores — Adam elogiou. — Essa cor combina bem, Lady Clara.

— Pensei que sim, dadas as circunstâncias.

— Tenho certeza de que está ansiosa pelo dia em que usará uma variedade de cores de novo. Azul, por exemplo. Azul-claro, para combinar com seus olhos adoráveis e contrastar com seu cabelo.

— Ela tem uma roupa assim — Emilia disse. — Ele pode estar descrevendo seu traje azul para cavalgar, Clara. Fica lindo mesmo nela, sir. Ninguém poderia deixar de admirá-la quando ela usa esse traje e se senta em um lindo cavalo.

— Tenho certeza — Adam respondeu.

Clara sugou as bochechas.

A alegria de Harry diminuíra um pouco depois da adição de Adam ao grupo. Agora ele brilhava, como se fosse atingido por uma inspiração divina.

— Vi uma cama de tulipas quando entrei. Poderia me acompanhar enquanto vou olhá-la, Lady Emilia?

Emilia virou os olhos esperançosos para a irmã. Clara lançou um olhar crítico a Harry, depois outro por cima do ombro.

— Acho que uma caminhada rápida até as tulipas não seria prejudicial. Lembre-se do que lhe disse quando estávamos vindo, Emilia. Não queremos que Vovó me repreenda por ser uma acompanhante inapta.

Emilia saiu com Harry antes de ela terminar. Clara aproveitou-se do espaço a mais a fim de ficar ainda mais longe de Adam.

— O que está fazendo aqui? — ela perguntou.

— Brentworth é um de meus melhores amigos. Se não tivesse passado uma de suas primeiras Temporadas ignorando minha existência, saberia disso.

— Passou pela minha mente que ele pudesse ser. O senhor o fez fazer isso? Ele não dá muitas festas aqui. Acho que a última vez que estive aqui foi há três anos, antes de ele ter ficado com a herança.

— Ninguém convence Brentworth a fazer alguma coisa. Ele decidiu sozinho. — Era oficialmente verdade, mas não completamente. — Talvez ele tenha decidido dar mais festas e pensou que esta pequena reunião fosse um bom começo.

— Veio em uma hora conveniente. É um bom começo para Emilia também. — Ela olhou por cima do ombro de novo para encontrar sua irmã no jardim.

— É obrigada a ficar aqui sentada o tempo inteiro? — ele perguntou.

— Há alguma regra desconhecida a mim que não possa aproveitar o sol e as flores se está de luto?

— Claro que não. É só que... — Ela olhou em volta no jardim e mordeu o lábio inferior. — Sinto-me um pouco estranha. Conheço todas essas pessoas e, mesmo assim, sinto-me excluída de uma nova maneira. Como se elas não importassem. Como se eu não me importasse com elas.

Ele conhecia a sensação esquisita.

MADELINE HUNTER

— A senhorita esteve separada delas mais tempo do que imagina. A morte de seu pai muda as coisas também. Nós todos somos colocados em filas por outros e somos movidos ao longo do tempo.

— Então antes eu estava na fila de filha de Marwood, e agora estou na de irmã de Marwood?

— Algo assim.

— Esta não parece prestigiosa. Agora estou menos interessante.

— Talvez menos útil fosse uma forma melhor de dizer.

— Nossa, o senhor é cínico às vezes. Suponho que quatro anos atrás eu estava na fila de *ingênua no mercado para casamento*, mas isso mudou agora também. Agora estou na *solteirona na prateleira*.

— Eu diria que está na fila *mulher madura que sabe o que quer*.

— Que generoso da sua parte. Independente do nome que damos, eu prefiro este lugar.

Ele gesticulou para os outros convidados.

— Acho que eles sabem disso. Talvez seja outro motivo pelo qual se sinta uma estranha com eles.

Ela se levantou.

— Se estou tão confortável comigo mesma, não deveria permitir que outros me façam sentir estranha. Acho que vou socializar, para variar.

Ele a viu se afastar e cumprimentar duas damas que conversavam por perto. Ele podia ver, antes de algo ser dito, que aquelas jovens expressaram solidariedade pela perda dela. Provavelmente aconteceria isso a cada pessoa que ela encontrasse, já que a maioria não fora ao funeral no interior.

Ele não esperava que ela fosse sociável por muito tempo. Procurou Brentworth e encontrou-o no terraço, sofrendo com um discurso político do Visconde Weberly. Corado e escandaloso, o velho fazia pronunciamento atrás de pronunciamento sobre a necessidade de esmagar rebeliões assim que elas surgissem, e não aguardar as delicadezas de uma ação legal. Brentworth apenas escutava, mas, quando viu Adam, usou isso como desculpa para se libertar.

— Pensei que Weberly nunca fosse parar — ele disse, conduzindo Adam para mais longe e na direção do ponche.

— Descobri há muito tempo que era perda de tempo tentar explicar a mentes como a dele que, enquanto pode ser conveniente prender os manifestantes sem julgamentos, não era legal nem inglês.

Weberly não estava sozinho em defender o ato de governo de forma contrária à lei e à tradição. O medo motivava a ele e outros. A revolução francesa ainda lançava uma sombra, revivida quando a agitação ribombava pelo país. Já que rugia às vezes agora, Weberly e sua turma ficavam cada vez mais fervorosos ao exigir ações que certificariam a segurança de seu pescoço.

Brentworth pegou dois copos de refresco de um criado que administrava as tigelas de ponche e entregou um para Adam.

— Vai gostar. É uma poção do oeste indiano com uma quantidade justa de rum. O conteúdo daquela outra tigela é doce, típico e sem algo forte.

— Tenho certeza de que as damas gostaram da escolha.

— Você pensaria que sim. Muitas delas, no entanto, quiseram o que nós bebemos, várias vezes. Estou de olho em uma delas, para que não desmaie antes de a tarde acabar.

— Onde está Langford? — Adam usou a pergunta como desculpa para supervisionar o jardim até encontrar Lady Clara.

— Por aí em algum lugar, seguindo seu conselho bem seriamente de flertar com todas as jovens.

— Ele nasceu para flertar, e elas gostam tanto que ele não consegue evitar.

— É melhor ele se certificar de que uma delas não o arraste para atrás de um arbusto, ou ficará um inferno. Essas meninas estão ficando mais ousadas ou eu que estou ficando velho?

— Acho que um pouco dos dois.

— Falando em flerte, onde está sua senhora?

— Ali ao lado da fonte, conversando com Hollsworth e a esposa.

— Você não deveria estar lá também?

— Tudo a seu tempo.

— Suponho que, primeiro, precise avaliar o terreno, depois planejar o ataque.

— Não haverá ataque. Sou um cavalheiro.

— Chame do que quiser. Quanto ao terreno, há uma construção maravilhosa no canto mais ao norte, no meio daquele bosque de árvores frutíferas. Um pequeno templo para a deusa Diana. É muito frio lá atrás, mesmo em dias quentes, então é improvável chamar a atenção de muitos convidados.

Adam olhou o pomar em questão.

— Lembrei dele agora que me lembrou. A estátua da deusa é bem mais interessante do que alguém espera em um jardim.

— É da antiga Roma. Provavelmente eu deveria levá-la para a galeria.

— Lady Clara é uma mulher culta. Ela gostaria de vê-la em seu local atual antes de você mudar.

— Acha isso? Infelizmente, tenho todos esses convidados para receber e não posso levá-la lá. Talvez a leve por mim.

— Vou tentar me lembrar de fazer isso, presumindo que ela e eu conversemos de novo. — Ele colocou o copo na mesa, depois saiu do terraço, em direção à fonte.

Clara saiu de uma discussão longa em relação à nova moda de golas muito altas e viu o Conde de Hollsworth perto da fonte. Sua condessa sorria amavelmente na direção dela, então juntou-se a eles.

Hollsworth estava muito ereto, apesar de sua idade avançada. Cabelos brancos finos cresciam em tufos. Os óculos grossos faziam seus olhos parecerem muito pequenos. Ele sorriu em cumprimento enquanto a condessa pequena e grisalha a cumprimentava.

Hollsworth fora amigo de seu avô e, depois, de seu pai. Um homem quieto, observava mais do que contribuía em reuniões sociais. Seu pai lhe dissera, uma vez, que o comportamento reservado de Hollsworth significava que as pessoas frequentemente falavam sem perceber que ele escutava. Como resultado, seu pai o considerava um de seus pares mais bem informados.

Lady Hollsworth examinou detalhadamente o vestido de Lady Clara.

— Muito bem. Fico muito feliz em ver que você e sua irmã se aventuraram a sair e escolheram colocar o luto de lado. Jovens não deveriam ficar um ano inteiro excluídas de suas vidas, e acho estranho que tal costume esteja virando moda. Não concorda, Charles?

Lorde Hollsworth apenas sorriu e assentiu.

Clara dedicou sua atenção à condessa, elogiando seu vestido elegante. Ela havia acabado quando o conde se endireitou ainda mais, o suficiente para chamar a atenção da esposa.

— Oh, nossa — ela murmurou, observando além de Clara. Olhou desconfiada para o marido, cuja expressão ficara rígida. — Com certeza ele não virá aqui.

Clara olhou por cima do ombro. *Ele* em questão era Stratton, que parecia estar andando na direção deles.

— É um velho amigo de Brentworth — ela disse, embora a presença do duque não precisasse de explicação.

A mandíbula do conde ficou firme. A condessa olhou preocupada para ele.

— Por que não vai admirar o jardim, Charles?

Assentindo firmemente, o conde se afastou.

— Perdoe-nos. Meu marido prefere não conversar com Stratton. Nem gostaria de ignorá-lo diretamente. Pode ver a dificuldade dele.

— Vejo claramente. Mas não sei se entendo.

A condessa manteve o olhar no jardim entre eles e a casa. Clara se moveu para que pudesse ver também. Stratton andava devagar, parando para cumprimentar outros convidados, mas permaneceu em uma linha que acabaria nelas.

— Ele voltou por um motivo. Repare como todos os homens o cumprimentam calorosamente, mas ficam sérios assim que ele passa. Ele veio para encontrar alguém para culpar pelo ato precipitado do pai, acredito. Meu marido gostaria de evitar uma discussão com ele sobre tudo isso — Lady Hollsworth explicou.

— Lorde Hollsworth não precisa ficar preocupado que o duque *o* desafie. Stratton tem uma decência básica e nunca ousaria fazer tal coisa com um idoso, principalmente depois de uma simples conversa.

As sobrancelhas de Lady Hollsworth se ergueram.

— Sei que muitos pensam assim, mas nunca se sabe. Além disso, a senhorita é uma escolha estranha para defendê-lo. Muito estranha. Esperava que seguisse meu marido para evitar fazer parte do encontro prestes a ocorrer.

— Minha avó decidiu que devemos fazer um esforço para acabar com essa antiga briga. Já que parece que ninguém se lembra do que a causou, acredito que ela esteja correta.

— Isso fica cada vez mais curioso. Será que a viúva não está se sentindo bem esses dias? Ela não é mulher de desenvolver uma memória defeituosa sem outro motivo. — Já que Stratton estava quase ao lado delas, ela fixou um sorriso no rosto quando ele se aproximou. — Deixe sua avó sofrer a investigação dele sobre aquelas joias, se decidiu fazer as pazes. Meu marido não quer se ver esquivando-se das perguntas de Stratton.

— Que joias?

— Stratton! Que gentileza a sua de cumprimentar uma idosa — Lady Hollsworth o saudou e fez uma reverência.

Ele emanava um charme que deixaria qualquer mulher à vontade.

— Não poderia deixar passar a chance de falar com a senhora.

— O senhor só precisava me visitar, e teria tido a chance mais cedo.

— Vou assumir isso como um convite. E Lorde Hollsworth? — ele perguntou. — Está bem?

— Muito bem. Estava aqui agora mesmo, mas buscou refúgio nas flores quando Lady Clara e eu começamos a falar sobre vestidos.

— Sinto muito tê-lo perdido. Talvez cruze com ele mais tarde.

— Ele ficaria bem grato se o fizesse, sei disso. — Ela fingiu ficar na ponta dos pés e procurá-lo. — Deveria encontrá-lo, suponho. Clara, você e eu vamos conversar de novo em breve, assim espero. Faça uma visita.

Ela saiu, deixando Clara com o duque.

— Que grosseria da parte dela — Clara disse.

— Eu queria que ela saísse, para que a senhorita e eu pudéssemos ficar sozinhos.

— Não acho que isso durará muito tempo com todas essas pessoas aqui.

— Tenho certeza de que vai. Ninguém aqui está querendo conversar *comigo*.

Ele sabia das reações que o seguiam conforme ele passava.

— O senhor não pode gostar da forma com que os homens o tratam com cautela. É como se recusassem a aceitar que é um deles.

— Com minha posição, eles precisam me aceitar. Eu sabia que levaria um tempo para minha ausência ser esquecida ou meu retorno ser compreendido. Vamos dar uma volta, se estiver disposta. Assim, outros convidados podem se sentar nesses bancos em volta da fonte, o que não acho que farão se eu permanecer neste local.

Os bancos realmente haviam se esvaziado assim que ele chegou. Clara concordou em dar uma volta pelo jardim. Ela ainda não conseguia entender como ele não se importava com as desfeitas sociais.

— Sabe por que homens como Hollsworth o evitam?

Ele baixou a cabeça para cheirar os botões de um arbusto de lilás.

— Alguns se preocupam de que eu vá me ofender por algo que digam. Se não me desonrarem, a ofensa será impossível. Mesmo assim, isso os preocupa.

— Hollsworth certamente sabe que, mesmo se o insultar francamente, o senhor nunca desafiaria um idoso. Eu disse isso para a condessa. Ela respondeu que ele quer evitar uma conversa com o senhor.

Ele simplesmente continuou andando.

— Não se importa que todos eles o considerem perigoso? — Ela gesticulou para o lugar com o braço na direção do jardim.

— A senhorita também? Isso me magoaria de verdade. Não me importo muito com os outros.

— Ainda não decidi — ela mentiu. Considerava-o, sim, perigoso. Para ela. Não tinha nada a ver com duelos ou o passado ou nenhum dos motivos pelos quais todos o tratavam com cuidado. Mesmo agora, andando pelos caminhos do jardim, ela não era ela mesma. A proximidade dele a deixava afobada. Olhar para ele ameaçava deixá-la calada.

O caminho os levou para o fim de um bosque cheio de flores.

— Há uma construção aqui — ele disse. — Um pequeno templo romano abobadado para a deusa Diana. A estátua é antiga.

As árvores frutíferas ainda não estavam cheias de folhas. A luz do sol manchava os caminhos debaixo dos galhos. Ela pensou ter visto a abóbada.

Juntar-se a Stratton quando ele se aventurou pelo bosque não a preocupava. Provavelmente, encontrariam outros convidados entre aquelas macieiras.

O ar esfriou apesar dos raios de sol. A construção estava no canto, perto de onde os muros de pedra se encontravam. A deusa de mármore usava pele de animal e carregava uma aljava de flechas nas costas. Estava abaixada para amarrar a sandália com o pé apoiado em um toco de árvore, no qual estava apoiado seu arco.

Clara subiu os três degraus que circulavam a estrutura e passou pela arcada que segurava a abóbada e comportava a estátua.

— É muito realista. As diferentes texturas são retratadas de forma tão exata que se pode pensar que não é de pedra. — Ela passou a ponta dos dedos pela pele de animal.

— Provavelmente é do começo da era romana. O pai de Brentworth era um homem bem viajado, com um olho bom para arte de qualidade.

Ela andou em volta da estátua. Adam entrou na estrutura, só que olhou para ela, não para a deusa.

— O senhor não me trouxe aqui para admirar esta estátua, não é?

— Eu a trouxe aqui porque exigiu que não a visitasse na sua casa.

Ela se virou e o viu bem atrás dela. Seu coração acelerou, bloqueando sua respiração. De repente, o bosque não mais pareceu amplo e aberto, mas denso e obscuro. Ela mal conseguia escutar o som da festa no jardim aberto.

Ele ergueu seu queixo com os dedos.

— Se não fosse tão rigorosa, eu poderia ter feito isto lá. — Ele a beijou, suavemente primeiro, mas depois mais apaixonadamente. As sensações cascatearam por ela, então ela não mais queria ser nada rigorosa.

Ele interrompeu o beijo, mas manteve a mão no rosto dela.

— Não posso permitir que me rejeite, Clara. Que negue isto. Não penso que realmente queira também.

Ela ficara muito segura depois da cavalgada deles. Sua mente tinha ficado bem clara. Naquele momento, não conseguia se lembrar do que havia pensado.

Mas ele falou a verdade. Ela não queria realmente negar o quanto se sentia viva quando ele a beijava. As considerações do motivo dele deixaram, então, de importar. Ela não queria rejeitar o prazer ou a excitação. Deveria, mas não queria. Saboreava a maneira como ele a excitava. Ela havia refletido nas lembranças do que aconteceu na colina por muito tempo desde que se viram pela última vez.

Ele a beijou de novo e a abraçou. O calor de seu corpo a confortava e extasiava. Tão bom. Bom demais.

— Se repetir sua exigência de não a visitar, terei que persegui-la em bosques e jardins o verão todo — ele murmurou em seu ouvido. — A discrição pode ser quase impossível.

Com seu prazer inebriante, ela vagamente reparou que ele não havia desistido. Ele a alertara naquele primeiro dia que não o faria.

Ainda assim, ela deveria repetir sua exigência. Não deveria fazer nada que o encorajasse. Deveria se lembrar de por que aqueles beijos não eram apenas errados, mas desleais. Assim que essa intimidade acabasse, com certeza ela se importaria de novo com todos aqueles...

Os sons penetraram no silêncio ao redor deles. Uma risada, e uma risada de homem. Não muito longe. Perto, naquele caminho. Stratton a soltou abruptamente e saiu do templo, deixando-a sozinha com a deusa.

Um feixe de luz do sol iluminou um vestido branco e uma cabeça loira entre as maçãs. Com outra risada, Emilia entrou na pequena clareira com o templo. A expressão de sua companhia caiu quando viu Stratton.

— Harry, que gentil da sua parte mostrar a Lady Emilia o caminho deste tesouro — Stratton disse. — A irmã dela tentou encontrá-la antes de vir aqui. — Ele apontou para Clara.

Harry viu Clara. Emilia também viu. Ambos coraram. Clara fez uma careta enquanto lutava para manter a compostura. Ao permitir que o duque a ofuscasse novamente, havia negligenciado seu dever. Emilia iria receber um sermão muito grande para não ser tão burra de ficar sozinha com um homem daquele jeito.

— Venha e veja a estátua — ela chamou. — É impressionante.

Visivelmente aliviado, Harry acompanhou Emilia para dentro da estrutura. Todos eles admiraram a deusa juntos, depois voltaram pelo bosque e chegaram ao jardim ensolarado.

Clara decidiu que ela e Emilia deveriam ir embora e arrastou a irmã para Brentworth para que pudessem agradecer ao anfitrião. Quando iam embora, ela viu Stratton perto dos bancos, observando alguém. Seu olhar seguiu a direção do dele, diretamente para o Conde de Hollsworth.

Funções sociais completas, ela e Emilia se acomodaram na carruagem de Theo para o caminho aos respectivos lares.

— Teve uma tarde boa e se divertiu? — Clara perguntou diretamente, conforme as lições sociais necessárias se organizavam em sua mente.

— Minha tarde não foi *tão* divertida como a *sua*, acho. — Emilia lançou um olhar sábio pela cabine da carruagem.

Foi a vez de Clara corar. E engoliu o longo sermão que pretendia dar à irmã.

Doze

Clara e Althea estavam paradas uma ao lado da outra na biblioteca de Clara na sexta-feira de manhã. Em uma mesa comprida, cópias frescas do jornal delas aguardavam em pilhas. A gráfica enviaria pelo correio as cópias dos assinantes, mas essas deveriam ser entregues em livrarias, e as mulheres que fariam isso, amigas da sra. Clark, chegariam ao meio-dia.

Clara admirava as brochuras vultosas. As que iam pelo correio não tinham capa, mas aquelas tinham a capa azul-escura e o título gravado de maneira encantadora. Ficariam lindos nas lojas.

Althea disse um número, e Clara pegou aquele número de cópias e as levou para a ponta da mesa. Althea seguiu e colocou um papel com um nome de loja naquele grupo.

Até então, metade dos jornais tinham sido atribuídos às lojas.

O trabalho demorara mais do que o esperado porque Clara estava descrevendo a festa no jardim. Não a parte em que fora beijada de novo, claro.

— Depois, Lady Hollsworth disse tão claro como está ouvindo agora: *Deixe sua avó sofrer a investigação dele sobre aquelas joias.* Perguntei o que ela quis dizer, mas, naquele instante, Stratton já estava ao nosso lado, então ela não respondeu.

— Que intrigante. É um milagre você não ter mandado o duque embora para que pudesse ter sua resposta.

— Tento não ser grosseira, Althea.

Althea verificou seu papel.

— Ackermann's. Quinze.

Clara contou cinco cópias e as levou para a outra ponta da mesa.

— Descobriu alguma coisa interessante?

— Continuo ouvindo as mesmas coisas. Conversas sobre os duelos. Preocupação que ele desafie as pessoas daqui. Há uma hipótese entre algumas pessoas de que ele terá que fazê-lo a fim de limpar o nome da família do que quer que o tenha manchado. Algumas das idosas acreditam que a honra significa que ele não pode permitir que as coisas fiquem como estão.

— Os tempos mudaram. As famílias não têm mais os pecados de seus antecessores como marcas na testa. Sugerir tal coisa é muito ultrapassado.

— Não é um pecado típico, no entanto, não é? Os boatos tinham a ver com traição.

— Não houve acusação pública, Althea. Nem julgamento.

— Não se aborreça *comigo*. Só estou dizendo...

— Sei o que está dizendo. Não estou aborrecida com você. Estou irritada com todas essas fofocas vagas de pessoas que parecem não saber de nada com certeza.

— Alguém sabe. Entretanto, a história acabou, então quem quer que seja não levantará a questão novamente. Principalmente com o duque de volta à Inglaterra.

É, alguém sabia. Provavelmente muitos alguéns. Como Hollsworth.

Será que o pai dela também sabia?

Jocelyn entrou na biblioteca com a correspondência matinal. Clara parou de contar os jornais enquanto verificou as poucas cartas. Uma a fez congelar. Rasgou-a e a leu.

— Oh, não. De todos os dias que se podia escolher... — Olhou freneticamente para a mesa, cheia de cópias do jornal.

— O que foi? — Althea perguntou.

Clara abanou a carta.

— Minha avó tem algo importante para me contar e pretende vir aqui logo depois do meio-dia, antes de fazer suas visitas.

— Aqui? Oh, nossa. As mulheres...

— Chegarão exatamente quando ela chegar. Entrando e carregando pilhas destes jornais. — Ela se apressou até a porta da biblioteca e chamou Jocelyn. — Pode terminar isto sozinha, Althea? Vou tentar ao máximo retornar antes do meio-dia, mas devo ir à casa de meu irmão antes que minha avó saia para vir até a minha casa.

Jocelyn chegou e Clara lhe pediu sua pelica e a boina. Ela olhou para seu vestido. Era parte do guarda-roupa que deixou ali depois do último verão, e não era preto nem azul ou roxo escuros. Ao acordar de sonhos sensuais desconfortáveis, impulsivamente colocara um vestido vermelho. Ninguém a veria, exceto sua família. A família em questão não aprovaria, entretanto.

— Vou cuidar de tudo por aqui — Althea disse. — Não se preocupe. Tenho minha lista e vou acabar em quinze minutos.

Jocelyn trouxe uma boina e a pelica. Pretas. Vermelho e preto. Ficaria parecendo um palhaço.

— Jocelyn, por favor, ajude Althea a terminar de contar as brochuras. Preciso sair imediatamente.

Ela se apressou até a porta, para alugar uma carruagem para o trajeto longo até Mayfair.

Quase uma hora mais tarde, ela entrou na Casa Gifford, só para descobrir que sua avó ainda não havia descido. Rezando para que ela não sofresse e não fosse esquartejada pela presunção, subiu até o seu quarto.

Parou do lado de fora da porta. Nunca mais tinha entrado ali. Desde que tinha dez anos e entrara escondido para explorar a penteadeira de sua avó. Fascinada pelas joias e maquiagens, ela as provara, admirando-se no espelho. Mesmo agora conseguia ver seu reflexo, depois o susto de ver sua avó bem atrás.

Pagara severamente por colocar aquele colar e o rouge. Sua avó lhe batera com uma vareta enquanto a obrigou a olhar para seus pecados no espelho o tempo todo. Depois ordenara que ficasse presa apenas com pão e água durante uma semana. Seu pai estava viajando e só retornou e lhe concedeu a soltura dois dias depois.

Não conseguia olhar para aquela porta e não se ver naquele espelho enquanto a vareta batia em suas nádegas nuas. Respirando fundo e colocando a imagem dela toda pintada e enfeitada de lado, aventurou-se, entrando.

Viu sua avó um segundo antes de sua dama de companhia colocar sua peruca. Com o cabelo amassado em uma rede e o corpo escondido em uma camisola com camadas de renda, sua avó não a viu até a dama tocar seu ombro e apontar para a porta.

Aqueles olhos enormes e pálidos lançaram um olhar fulminante, depois se voltaram para o espelho.

— Cuide de mim, Margaret, para que eu possa falar com minha neta invasora.

Margaret colocou a peruca, ajustou alguns cachos grisalhos e se afastou.

— Agora vá e chame Theo. Diga que preciso dele aqui.

Margaret se apressou para fora do quarto.

— Clara, está usando esse vestido para me provocar? É medonho em qualquer época, mas principalmente agora.

Clara se sentou em um divã perto da lareira.

— Recebi seu recado. Pensei que era melhor ouvir isso logo do que mais tarde.

Sua avó se virou na cadeira.

— Mais tarde, mas não muito mais tarde. Poderia ter esperado eu me vestir, pelo menos. Ou até ter reconsiderado sua própria vestimenta.

— Desculpe. Pareceu muito importante, então vim imediatamente.

Sua avó se virou para o espelho mais uma vez e beliscou as bochechas até formar duas bolinhas cor-de-rosa. *Não finja que não se maquia. Nós duas sabemos que o faz. Chicoteou-me uma vez por descobrir isso.*

— Não queria me ver naquela sua casa, é isso que quer dizer.

Theo entrou apressado. Viu Clara, evitou olhar para o traje de sua avó, e sentou-se em uma cadeira.

— Espero que não vá demorar. Estava indo cavalgar no parque.

— Não vai demorar nada. Porém, queria você aqui quando explicasse as questões para sua irmã.

— Que questões? — Clara perguntou. Uma preocupação meio esquisita a tomou. Duvidava que essas questões a agradariam, considerando o tom de sua avó.

— Fiquei sabendo da festa de Brentworth. Muitos de meus amigos me escreveram. Fico feliz em dizer que a opinião deles sobre o comportamento de Emilia foi perfeita.

— Tentei ser uma boa acompanhante. — Pelo menos não era sobre Harry.

— Também escreveram que Stratton estava lá.

— Sim, acredito que estava.

— Acredita que estava, certo? Da forma que entendi, ele passou mais de uma hora na sua companhia.

Parecia que o quarto havia diminuído.

— Nem uma hora, tenho certeza.

— No mínimo, uma hora, dois de meus amigos relataram. Da mesma forma, ele não passou nenhum tempo com Emilia.

— Não é verdade. Eu estava presente quando conversaram.

— Então ele conversou com ela por, no máximo, um minuto. Está claro, Theo, que fizemos suposições errôneas sobre o duque e vamos precisar corrigir nossa estratégia.

— Parece que sim — Theo concordou.

— Não culpe Emilia se ele não concordou com a sua última — Clara disse. — Esperar que ele se case com alguém da nossa família foi uma estratégia incorreta desde o começo. Falei isso para a senhora.

Sua avó se levantou. Em um balançar da renda, ela se moveu até estar sentada ao lado de Clara no divã.

— Uma estratégia incorreta? — Ela riu com a renda nos lábios. — Não em princípio, parece. Ele pode não ter gostado de Emilia, verdade. No entanto, parece que acha *você* interessante. Não sou uma mulher rígida. Se o sucesso exige uma substituição de irmãs, que seja.

Theo pareceu confuso.

— Stratton *a* quer?

— Parece que ele saiu do caminho dele para ter a companhia dela na festa.

Theo quase deu risada.

— Inferno, isso é novidade.

— Olha a linguagem, Theo. Quanto à preferência do duque, não há como medir gosto.

— Sinto muito, Vovó. É só que Emilia é tão perfeita, e Clara é... — Ele deu de ombros, depois estendeu o braço na direção de Clara, como se dissesse *bom, ela é quem ela é.*

— Não é a esposa que eu aconselharia para um duque, mas, já que ele não me escutou quanto ao assunto, vamos nos adaptar à sua decisão peculiar.

Theo balançou a cabeça.

— Não vejo como a união irá nos aproximar dele. Em seis meses de casamento, ele vai ter certeza de que foi enganado e sairá sedento por sangue.

— Então devo deixar que vocês dois discutam minha vida francamente? Não gostaria que minha presença interferisse — Clara disse diretamente.

Sua avó deu um tapinha em sua mão.

— Nós a aborrecemos, Theo. Acalme-se, querida.

— Estou bem calma, obrigada. Porém, infelizmente, preciso dizer que interpretou completamente mal o interesse do duque. Ele gosta de me provocar, nada mais.

— Isso é simplesmente um menino puxando o cabelo de uma menina de que gosta — sua avó disse.

— Não gosto que puxem meu cabelo. A senhora parece ter se esquecido de que, não importa o que o duque prefira, eu não vou me casar com ele ou com outra pessoa.

Theo resmungou.

— Isso de novo, não.

— É, isso de novo. E de novo. E de novo. Não entendo por que vocês insistem em pensar que minha decisão é algo passageiro, quando fiquei firme por todos esses anos.

— Decisões podem ser mudadas, como esta deve ser. — Sua avó deu um tapinha em sua mão de novo. — Pelo bem da família, pelo bem de seu irmão, pelo meu bem, você vai se casar com ele.

Tão agitada que temia que fosse gritar, Clara se levantou. Como ousavam interferir nesse estágio da vida dela? *Porque papai se foi e não há ninguém aqui para impedi-los.*

— Se essas são as notícias importantes, já ouvi. Agora me vou. Encorajo-os a encontrar outra solução para o que quer que seja a ameaça que pensem que o duque representa. Theo, se for esperto e não o insultar ou à família dele, ele nunca vai desafiá-lo, então toda essa trama é desnecessária, de qualquer forma.

— Se ele lhe pedir e você recusar, estará insultando-o — Theo soltou.

— Vou embora. Recuso-me a ouvir mais desta loucura.

— Você não vai embora. Vai ficar bem aqui enquanto planejamos como o pescará agora que ele foi fisgado — Vovó disse.

— Meu Deus, Stratton não é um peixe burro. Não haverá pesca. Bom dia para vocês.

Ela já estava na escada quando seu tremor começou. Não sabia se era da raiva e do choque ou do desejo inexplicável de rir. Na metade da escada, o último impulso desapareceu. E se Stratton contasse a Theo e sua avó que ele já tinha feito o pedido? Eles seriam implacáveis em coagi-la a concordar. Ela teria que se mudar para o Brasil para salvar sua sanidade.

— Sempre fico feliz ao assistir a leilões, mas estamos aqui por um motivo, Stratton? — Langford perguntou.

— Pretendo comprar um cavalo. Que outro motivo me traria aqui?

Eles se levantaram no jardim de Tattersalls, junto com outros vinte homens, enquanto saía um cavalo atrás do outro para inspeção e ofertas. Até então, nenhum tinha sido bom o suficiente. Certamente, não a atual no palco, mesmo que o leiloeiro tivesse elogiado a égua como adequada para uma mulher.

— Pretende comprar hoje? Os cinco cavalos no seu estábulo aqui da cidade não servem? Os vinte que você tem no interior precisam de um novo amigo?

— Não é para mim. É um presente.

— *Ahhhhh*. Ou seja, para sua dama.

— Ela precisa de um cavalo. Um cavalo muito bom. É uma amazona excelente, como vai descobrir. Cavalga melhor que você, embora esteja presa em uma sela lateral.

— Nenhuma mulher cavalga melhor do que eu.

— Quando eu comprar o cavalo, pode apostar corrida com ela e veremos quanto a isso.

— Está dando muitos presentes a ela. É apropriado? Primeiro o colar de rubi, agora um cavalo. — Langford olhou-o. — Você *deu* a ela o colar de rubi, suponho.

— Ainda não. Isso é para depois.

— Quanto depois? Faz semanas.

— Estou esperando o momento certo.

— Que ainda não chegou, aparentemente. — Langford sorriu. — Estou achando que a grande sedução não está se revelando como você pretendia. Não, não, não precisa explicar. Não sou o tipo de homem que pressiona um amigo por detalhes tão íntimos. Mas talvez devesse anotar quando eu lhe der uma aula.

Adam não se importaria em dar uma surra em Langford. Se não quisesse outra opinião sobre o cavalo, talvez tivesse batido nele.

— Ela sabe que você está comprando um cavalo para ela?

— Não.

— Uma surpresa, então. O estábulo do irmão dela tem espaço para outro cavalo?

— Não sei.

— Não deveria descobrir antes de comprar um?

— Pare de ser tão prático. — Isso era melhor do que dizer a Langford que Lady Clara se mudara da casa de sua família e agora arranjaria seu próprio estábulo.

A movimentação perto do leiloeiro chamou a atenção de Adam. A baia foi aberta, e os criados a levaram para longe. Um homem guiou o próximo cavalo. O castrado tinha uma cor castanha profunda, quase preto. Era alto e resistia a quem estava segurando a rédea.

— Agora aquele é um animal lindo — Langford disse.

Adam também pensou isso, então aproximou-se para olhar mais de perto, com Langford atrás.

Examinaram o cavalo por completo. Langford verificou os dentes enquanto Adam ergueu as pernas e os cascos. Outros também se amontoaram, mas o olho experiente do leiloeiro deve ter visto os cavalheiros prováveis para ofertar alto porque aproximou-se de Adam.

— Três anos — o homem repetiu, sendo que acabara de anunciar a informação. — Uma verdadeira beleza. Com personalidade suficiente para correr. Um cavalo para se cavalgar, com certeza. Não é adequado para carruagem, embora possa ser treinado para isso.

— Como ele lida com a sela?

— Tolera muito bem. Um cavalheiro com você não deve ter problema. Estaria mentindo se não admitisse que não colocaria um cavaleiro fraco nele. Ele tem a própria mente, sim, e precisa de uma mão firme.

— Parece perfeito para o cavaleiro que tenho em mente. Eles vão combinar.

— Então espero que ganhe. Espero que a oferta suba bem.

Adam se afastou. Langford se juntou a ele.

— Então é esse? Tem certeza? Se ele a jogar no chão, você vai se sentir muito culpado.

— Ela não será jogada no chão.

— Se você diz. — Langford não soou convencido.

Quinze minutos depois, Adam combinava o pagamento pelo cavalo e sua entrega em seu próprio estábulo.

— Não vamos levá-lo para ela agora? — Langford perguntou enquanto iam embora.

— *Nós* nunca vamos levá-lo para ela. Eu vou sozinho. Outro dia.

— Que pena. Eu queria ver. Se ela ama tanto cavalos, provavelmente vai cair aos seus pés quando recebê-lo.

Adam imaginou isso e deu risada, embora, em sua mente, Lady Clara se recusava a se render por completo. Não sabia se ele queria que ela o fizesse.

Clara acordou cedo na segunda-feira. Os criados que ela contratara começariam naquele dia, e ela precisava explicar seus deveres e suas expectativas. Duvidava que terminasse até a noite.

Vestiu-se e desceu para a sala a fim de tomar café da manhã. Um grande aparador a recebeu. Diferente do fraco desjejum preparado por Jocelyn, havia comida suficiente para alimentar dez pessoas. Ela provou um pouco dos ovos. Ovos quentes, diferente dos mornos que Jocelyn fazia.

Uma mulher entrou enquanto ela comia e colocou a correspondência ao lado de seu prato, depois recuou. Não era Jocelyn. Parecia uma das mulheres que ela considerara para a vaga de governanta. Provavelmente, era a que ela contratara.

Ela se levantou e foi procurar a mulher. Encontrou-a em uma conversa baixa com uma menina perto das escadas que levavam à cozinha. Ao vê-la, ambas fizeram reverência. A menina desceu as escadas correndo.

— Vejo que já está aqui, sra. Finley. Esperava recebê-la quando chegasse.

— Sua dama me deixou entrar, e já comecei. Espero que não se importe.

— Nem um pouco. A cozinheira está aqui também, reparei. Poderia lhe dizer que, no futuro, ela não precisa fazer tanta comida. Moro sozinha e não tenho grande apetite de manhã. Também diga a ela que estava tudo maravilhoso, e o café estava excelente.

— Sim, milady.

— Poderia me avisar quando o sr. Brady, o cocheiro, chegar?

— Ele está lá embaixo agora, milady, esperando a senhorita chamar. Ele disse que trouxe um cavalariço como a senhorita pediu.

Ela pediu que a sra. Finley mandasse o cocheiro e o cavalariço subirem até a biblioteca. Meia hora depois, tudo estava resolvido. O cavalariço foi contratado, e o sr. Brady foi enviado para pesquisar carruagens e um par de cavalos à venda para que ela pudesse ter um motivo para o emprego dele.

A sra. Finley entrou na biblioteca quando os dois homens saíram.

— A senhorita vai querer direcionar a cozinheira quanto às refeições e afins, ou devo lidar com isso?

— Acho que vou deixar em suas mãos capazes. Amanhã vamos sentar e chegar a uma consideração razoável para você.

— Haverá mais alguma coisa agora, milady?

— Mais uma coisa. Por favor, sente-se.

A sra. Finley acomodou sua figura robusta em uma das cadeiras. Clara a tinha contratado em parte porque era uma mulher madura que veio com boas referências. Mais, porém, porque a sra. Finley a lembrava de uma governanta que trabalhara na casa de seu pai há muitos anos.

Naquele instante, com um vestido simples cinza e uma touca grande branca que cobria a maior parte de seu cabelo castanho, a sra. Finley pareceu preocupada. Clara lhe agradeceu por cuidar da casa tão rápida e perfeitamente, depois abordou o tópico verdadeiro que queria discutir.

Ter todos esses criados colocava em risco algumas das colaboradoras do jornal. Elas não mais visitariam uma casa vazia usada apenas para reuniões. Agora encontrariam uma casa cheia na qual as atividades do jornal eram visíveis para olhos curiosos. Uma mulher que escrevia sob um apelido não gostaria que criados de Londres soubessem de sua identidade.

— Quando me encontrei com cada um de vocês, fui muito clara de que todo mundo que trabalha aqui deve ser discreto ao extremo. Quero enfatizar de novo e pedir que você, em troca, converse com os outros sobre isso. Não posso permitir que os criados fofoquem com os amigos sobre esta casa. Às vezes, pessoas importantes visitam, mesmo fora do horário de visita, e essas idas e vindas não devem ser mencionadas fora desta propriedade. Qualquer falta de discrição será pior que roubo, do meu ponto de vista. Estou falando bem sério.

— Sim, milady.

— Arrependo-me de precisar cobrá-la por reforçar esta regra. Se suspeitar que qualquer um esteja sendo desleal, deve me informar.

— Sim, milady. Não se preocupe. Vou certificar-me de que os lábios estejam fechados quando saírem desta casa.

Era o melhor que ela poderia fazer. Esperava ser o suficiente. Um deslize e ela teria que encontrar outra casa para o jornal. Seria inconveniente.

Sua manhã ocupada havia tomado apenas uma hora e meia, graças à sra. Finley. Subiu para seus aposentos e passou o resto da manhã com Jocelyn, procurando vestidos apropriados para a metade restante do luto.

Tendo aparecido na festa de Brentworth, Emilia e ela começaram a receber convites para outros eventos. Ela ansiava por interpretar a acompanhante mais um pouco.

À uma e meia, enquanto escrevia cartas, uma batida em sua porta fez Jocelyn sair do quarto de vestir e abri-la. A sra. Finley estava na porta, corada e um pouco sem fôlego.

— Desculpe, milady, mas um cavalheiro chegou. — Ela entregou um cartão a Jocelyn. — Um cavalheiro bem notável. Um daqueles importantes dos quais falou esta manhã. Eu o coloquei na biblioteca.

Jocelyn fechou a porta e entregou a Clara o cartão com uma expressão suave, mas os olhos brilhando. O cartão pertencia ao Duque de Stratton.

Sem nenhuma delas falar uma palavra, Jocelyn começou a arrumar o cabelo dela, depois franziu o cenho para seu vestido, para depois assentir.

O mais apresentável que conseguiu, Clara desceu para a biblioteca. Viu Stratton examinando a estante de livros majoritariamente vazia. No momento, ele estava com o livro que continha as cópias publicadas do *Parnassus*. Ela acreditava que ele não tivesse removido nenhuma para uma inspeção mais detalhada, mas, se tivesse, simplesmente suporia que ela fosse assinante.

Ele se virou ao escutar os passos. O coração dela acelerou com asas flutuantes com o sorriso que ele lhe deu.

— A senhorita precisa de mais livros.

— O decorador recomendou uma livraria onde eu posso comprá-los aos montes. Pensei que seria mais divertido eu mesma escolher cada um. Vai demorar, mas, em alguns anos, provavelmente terei a maioria das prateleiras cheias.

Ele se aproximou, curvou-se sobre sua mão e a beijou.

— A senhorita negligenciou o fato de exigir que eu não visitasse, então aqui estou. Está brava comigo?

Ela não poderia dizer o que deveria. Ele saberia que estava mentindo. Pior, saberia que ela era uma covarde e uma mulher que não sabia o que quer.

— Não estou brava. Estou feliz por ter me visitado.

— Venha comigo — ele pediu, ainda segurando a mão dela e levando-a para a porta. — Preciso testar minha sorte e esperar que isso não a deixe brava também.

Ela o seguiu para a porta da frente. Ele a abriu e revelou seu cavalo amarrado. Outro cavalo estava parado ao seu lado. Um cavalo maravilhoso, tão bonito quanto Galahaf e parecido em estrutura, mas mais escuro. Quase preto. Havia uma sela lateral nele.

Stratton desceu e fez um carinho firme no pescoço do animal.

— Pode dar o nome que quiser a ele. Já acertei um lugar e os cuidados em um estábulo nas proximidades.

Clara desceu e se juntou a ele para ficar onde o cavalo pudesse vê-la e vice-versa.

— É lindo. Mas não entendo.

— Ele é seu. Eu o encontrei para a senhorita. Mulheres não vão a leilões, então, para comprar o melhor, precisei fazê-lo. Gostou?

— Adorei. — Nossa, que cavalo. Tinha linhas lindas e um brilho imperial nos olhos. Ela afagou o nariz dele. O cavalo a olhou, analisando-a assim como ela o fazia.

— O que lhe devo por ele?

— Nada. É um presente, claro. — Stratton soou vagamente desesperado, mas pareceu gostar da reação dela com o animal.

Um presente. Muito valioso. Aceitar seria se comprometer. Recusar seria insultar.

— Devo insistir em comprá-lo. Vou fazê-lo quando receber meu próximo pagamento.

— A senhorita é teimosa. Passei por bastante coisa para lhe dar um presente, e agora está me transformando em pouco mais do que um vendedor de cavalos.

— Aprecio seu esforço. De verdade. Nunca poderia tê-lo encontrado. Ele é uma surpresa maravilhosa. No entanto, não posso aceitar um presente valioso assim.

Ele suspirou irritado.

— Vou pedir que meu administrador informe o valor ao seu contador. Não vou pegar seu dinheiro por completo nem estou disposto a concordar com isso.

— Obrigada. Devo lhe dar o nome perfeito, então vou pensar nisso.

— Se colocar seu traje, podemos sair para cavalgar no parque antes que fique muito cheio. A senhorita pode pensar no nome enquanto o cavalga.

Seu senso dizia que ela deveria declinar do convite, mas sua empolgação com o cavalo silenciou essa voz em dois segundos.

— Entre e aguarde enquanto me visto adequadamente. Mas será uma cavalgada rápida. Tenho muitos deveres em casa hoje.

Vinte minutos mais tarde, ela estava sentada na sela. O cavalo a testou imediatamente quando saíram. Tentou trotar antes do comando, e ela o freou com firmeza.

Stratton não perdeu nada.

— O leiloeiro alertou que ele precisava de uma mão firme. Tem personalidade e, como viu, um pouco de rebeldia.

— Consigo lidar com ele.

— Eu sabia que conseguiria. Vocês dois têm muito em comum e vão se entender rapidamente.

— Está me comparando a um cavalo?

— Só da melhor maneira.

— Suponho que não me importe muito. Poderia ter sido outra coisa. Como um peixe.

Eles foram até Strand e cavalgaram ao longo dela, manobrando pelo amontoado de carruagens. Ela manteve a atenção no cavalo, para se certificar de que se acertassem do jeito que ela quisesse.

Quando chegaram a Mayfair, Stratton os guiou pelas ruas residenciais para que não desfilassem por Bond ou Piccadilly. Finalmente, entraram no Hyde Park.

— Já escolheu um nome?

— Ele tem opinião, é temperamental e persistente. Talvez eu deva chamá-lo de Duque.

— Não conheço nenhum duque com essas qualidades.

— Não? Eu conheço. O parque está quase vazio, está muito cedo.

Vamos fazê-lo correr? O pobrezinho está agoniado com esse ritmo.

— Absolutamente. Vou segui-los.

Ela levou seu cavalo ao galope rapidamente e mirou na área ocidental do parque. Alguns cavaleiros exercitavam suas montarias ali, andando para a frente e para trás. Ela encontrou um ritmo perfeito e aproveitou a velocidade tanto quanto seu cavalo.

Ela o puxou e Stratton parou ao seu lado.

— Decidi. Será Duque. Há uma nobreza real nele.

— Então será Duque, apesar de que, quando eu estiver com a senhorita, não ficará claro com quem está falando.

— Vou chamá-lo de Stratton.

— Prefiro Adam.

Parecia uma coisa pequena, mas ela sabia que não era. Duvidava que alguém, exceto a mãe dele, o chamasse de Adam. Esse convite à informalidade implicava uma intimidade contínua e crescente.

Ela debateu sobre sua resposta. Enquanto o fazia, um cavaleiro cavalgou na direção deles, saudando Stratton. Ela apertou os olhos para ver quem poderia ser e reconheceu o cavalo, a capa e o cabelo loiro. Theo se aproximou rápido.

Que azar.

Theo freou seu cavalo e lhe ofereceu um enorme sorriso. Ele brilhava. Mesmo ao cumprimentar Stratton, seu prazer era todo por ela. Ela não via seu irmão tão feliz em meses.

Muito azar.

— Que montaria linda você tem aí, Clara. É um dos seus, Stratton?

— Ele é meu — Clara o informou. — Acabei de pegá-lo. Não queria me aproveitar da sua generosidade o tempo todo.

— Eu não teria me importado, apesar de que teria sido inconveniente para você cruzar a cidade até o meu estábulo. — Theo olhou maliciosamente para Stratton a fim de ver qual, se tivesse alguma, reação isso provocava. Já que o duque não pareceu nem um pouco confuso, Theo deve ter concluído que Stratton sabia onde ela morava agora. Seus olhos azuis brilharam com satisfação.

Maldito e infernal azar.

— Devo voltar para meus amigos — Theo disse. — Vou deixar vocês dois se entreterem. — Ele girou seu cavalo e cavalgou de volta para onde viera.

— A senhorita não gostou de ele ter nos visto — Stratton concluiu.

— Nem um pouco.

— Vai ter que contar a alguém alguma hora.

— Não há nada para contar.

— Claro que há. Será que o mundo inteiro vai saber antes da senhorita? — Ele virou o cavalo. — Vamos por aqui.

O caminho dele levava às profundezas do parque, longe dos lugares para caminhada. Ninguém os veria ali nem sorriria sabiamente da forma que Theo fizera.

Ninguém nos verá aqui. Ela olhou para Stratton, pensando que deveria se opor. Só que não o fez. Esperava que ele estivesse tramando algo. Um aperto em seu peito dizia o mesmo. Uma ansiedade vergonhosa a tomou. Ela parecia estar à beira de um precipício, preparando-se para saltar, esperando que voasse e não caísse.

Ele desmontou em uma área isolada de grama e amarrou seu cavalo. Tirou-a de Duque e o amarrou também. Juntos, sentaram-se na grama.

— Gostaria que não contasse a ninguém que tentou me dar Duque de presente — ela pediu. — Poderia ser mal interpretado como outro gesto além de amizade.

— Provavelmente, já que não tenho o hábito de dar cavalos para amigos. Também é improvável que os beije, acaricie o corpo deles, ou...

— O senhor sabe o que quero dizer. Também acho que poderíamos resolver que o que quer que tenha causado a briga entre nossas famílias esteja acabado e não seja mais importante. Tanta raiva quando ninguém sabe o que aconteceu é ridículo.

— Eu sei o que aconteceu.

Ela se virou, surpresa.

— Sabe? Lady Hollsworth disse que era um problema de honra, mulher ou propriedade.

— Foi propriedade. Meu pai explicou tudo para mim. Seu pai provavelmente fez o mesmo com Theo, embora duvide que ele e eu tenhamos escutado as mesmas histórias.

Ela esperou. Stratton observou o horizonte, seu perfil lindo provocando-a a tocar e traçar sua linha. Talvez ela o deixasse permanecer em silêncio e ficasse a próxima meia hora apenas olhando-o.

Só que ela estava curiosa. Se aquele homem estava em sua vida agora, ela queria saber por que não estivera antes.

— Vai me contar?

Ele pareceu pensar sobre isso.

— Começou com nossos avós. Houve um trato de propriedade no condado que eles disputaram. Uma herança da parte do seu avô, mas meu avô havia reivindicado antes.

— Ou disse que reivindicou.

Ela recebeu um olhar afiado por isso.

— Só quero lembrar que há dois lados aqui. Duas histórias. Por favor, continue.

— Fui aos tribunais e, como essas coisas acontecem, nada foi resolvido durante a vida deles. Os advogados ficaram ricos, os aluguéis foram pelo ralo e nada progrediu.

— Ainda está assim?

Ele balançou a cabeça.

— Seu pai encontrou uma solução. Enquanto meu pai estava na França, cortejando e se casando com minha mãe, seu pai foi ao tribunal de novo. Reabriu o caso e pressionou para um julgamento. Nosso advogado foi pego de surpresa pela rápida ação. Foi tudo feito dentro de uma semana. Não preciso dizer que seu pai recebeu o benefício daquele julgamento.

— Não me importo em como diz tudo isso. Nem sua escolha de palavras, nem seu tom. O senhor implicou que meu pai foi indigno.

— Foi mais para sagaz.

— Tenho certeza de que foi uma coincidência a corte fazer esse trato, então.

— Clara, não há coincidências em Chancelaria. O período e a velocidade revelam alguém com forte influência pressionando.

— Ainda acho que... oh!

Ele a puxou e a abraçou.

— Shhh — ele murmurou antes de beijá-la.

Ela permitiu que aqueles beijos reprimissem sua indignação. Eles removeram qualquer pensamento da guerra antiga da família de sua mente. Clara poderia ser muito feliz, pensou, sendo beijada por horas na doce brisa.

Mas não era assim. Ele verificou sua paixão crescente. Por muito tempo, ficaram ali sentados, entrelaçados, sem falar. Ela se doía e imaginava que ele também.

— É sua intenção viver sozinha para sempre? — ele perguntou.

— É.

— Por quê?

— Pode acreditar que ninguém nunca me perguntou isso? Nem sei se perguntei a mim mesma. — Só o fez agora para tentar responder. — Meu pai se casou de novo quando eu era criança. Já que a nova esposa não era minha mãe, posso ter reparado em coisas que não o faria, do contrário. A forma como ela obedecia e se submetia. As suposições que ele fazia sobre seu poder sobre ela e sua propriedade. Não gostava muito dela, mas ainda achava injusto. Eu tinha mais liberdade do que ela. Tinha até mais do meu pai de verdade do que ela. Ele nunca a ensinou a atirar ou a levou para caçar. O espaço dela na vida dele era muito pequeno, parecia para mim.

— Há alguns casais que compartilham mais afeição do que está descrevendo.

— Não sei se faltava afeição. Talvez eles se amassem profundamente. Não fazia diferença. Então decidi, um dia, quando a ouvi implorando para visitar uma amiga, como uma criança imploraria para uma governanta, e o escutei negar-lhe aquela pequena liberdade... por nenhum motivo, parecia... Decidi que não viveria assim se tivesse escolha. E tive escolha. De todos os privilégios da minha posição, essa foi a melhor coisa.

Ele acariciou sua face com a ponta dos dedos.

— Também era sua intenção viver como uma freira? Negar a si mesma amor físico? Faz parte de sua natureza assim como sua capacidade de pensar e conhecer seus sentimentos.

— Nunca pretendi isso. O senhor não é o primeiro homem que me beija. Não vivo como uma freira.

Ele se inclinou para a frente e a beijou.

— É bom saber.

De novo, aquele desejo foi suficiente para ela reagir ao beijo com mais agressividade do que costumava. Ele a virou rápido e exigente em resposta.

— Isso nunca vai dar certo — ele murmurou entre beijos que desmentiam suas palavras. — Se continuarmos a fazer isso em locais assim, inevitavelmente seremos vistos.

Ela encontrou força para afastá-lo e criar um espaço entre seus corpos. Mas seus braços permaneceram em volta dela.

Ele tinha razão. Eles arriscavam demais com esses joguinhos. Ela arriscava tudo.

— Venha comigo para minha casa — ele disse. — É apenas a algumas ruas daqui.

Ela queria concordar em ir. Cada centímetro de seu corpo queria. Mas aquelas ruas eram as mais perigosas no mundo dela. Dúzias de pessoas que moravam naquelas ruas a conheciam. Centenas. Não poderia cavalgar em uma delas sem ser reconhecida. Nem ele. Para, depois, arriscar ser vista entrando na propriedade dele, na casa dele...

— Nunca vai dar certo também — ela disse. — O senhor sabe que não.

— Em alguns minutos, devo saber. No momento, quero tanto a senhorita que não dou a mínima se alguém vir alguma coisa.

Ela precisou rir disso com pesar.

— Não posso não dar a mínima.

Ele a soltou do abraço, mas manteve um braço em volta dela.

— Vou encontrar uma forma. Quando encontrar, pretendo ir no meu tempo, depois do inferno pelo que estou passando.

Tempo dele?

Ele notou sua confusão. Passou o braço pelo pescoço dela e inclinou a cabeça dela para perto da dele.

— Beijar a senhorita. Tocá-la. Inteira. Seu pescoço. — Ele beijou o pescoço dela. — Seus seios. — Sua mão passou por seu seio, provocando

MADELINE HUNTER

um solavanco de prazer. — Suas coxas. — Ele acariciou a coxa dela do joelho ao quadril.

Não parou de falar. Disse, em detalhes chocantes, o que mais iria fazer. Era o tipo de coisas que homens decentes nunca falavam para mulheres decentes. Pelo menos era o que ela achava. Ela o teria impedido, só que suas palavras a deixaram hipnotizada, e sua excitação fervente ameaçou se tornar um incêndio.

Um silêncio profundo e pesado com poder sensual seguiu sua descrição escandalosa.

— É melhor voltarmos — ela disse.

— Provavelmente posso fazê-lo somente em uns dez minutos.

Ela demorou para entender o que ele quis dizer. Então corou intensamente. Ele deu risada.

A sociedade havia chegado ao parque quando eles passaram de volta pelo portão. As pessoas estavam muito ocupadas consigo mesmas e em serem vistas, então ela não viu muitas atentas a eles.

— Posso ir para casa sozinha — ela declarou. — Diga qual estábulo o senhor acertou para eu usar.

— Não vou atender seu pedido. Vou acompanhá-la até lá.

Ela preferiria que ele não o fizesse. Agora que estava cavalgando de novo e não mais em seus braços, ela conseguiu se livrar da sensação de ter sido escandalosa. Tão deliciosamente. Não por causa dos beijos, mas por ter ouvido o que ele disse, e como disse, e permitir aqueles toques delicados e as provocações sensuais.

Na casa dela, ele a ajudou a desmontar, depois pegou as rédeas de seu cavalo.

— Vou levá-lo ao estábulo. É de Cooper, a oeste daqui.

— Obrigada.

Ele se inclinou para lhe dar um beijo antes de voltar à sela e levar Duque embora. Ela observou-o virar a rua.

Antes de entrar em casa, olhou para a fachada como se algo invisível chamasse sua atenção. Viu um pedaço de touca branca em uma janela antes de desaparecer. Jocelyn os estivera observando. Ou era a sra. Finley.

Catorze

Clara estava sentada à mesa de sua biblioteca com papel, tinta e caneta. Tentava planejar a próxima edição do *Parnassus*. Não estava indo bem. Sua mente estava em outro lugar, não na mistura de textos e artigos que pudesse atrair leitoras.

Enquanto comia seu jantar, algumas verdades duras se apresentaram, exigindo atenção e contemplação e, já que não conseguia tirá-las da cabeça, ela as enfrentava agora.

Primeiro, Theo a tinha visto com Stratton e tirado conclusões que não eram verdade. Ela teria sorte de não encontrar sua avó colocando um anúncio de noivado nos jornais antes de a semana terminar.

Segundo, apesar de os dois não terem atraído muita atenção, foram vistos juntos. Depois de passarem tempo um com o outro na festa de Brentworth, os boatos estavam prestes a começar.

Terceiro, ela descobrira a história da velha contenda de suas famílias e, ao lhe contar, Stratton culpara seu pai muito mais do que o dele. Achou isso deselegante. Se ele não a tivesse beijado, ela teria dito o quanto sua interpretação fora injusta. Só que a beijara e, mais uma vez, a fez esquecer rapidamente por que não era para ela gostar dele ou aceitar sua companhia e como aqueles boatos de ele querer vingança poderiam ser verdade e poderiam até ser da família dela.

Quatro — ela suspirou pesadamente ao admitir —, a menos que sua perplexidade a tenha feito entender errado, ou que Stratton falasse em eufemismos poéticos, ela havia lhe dado permissão para fazer coisas com ela que não sabia que homens faziam com mulheres, muito menos mulheres como ela.

Finalmente — ela suspirou de novo, por sua falta de bom senso —, ela poderia ter lhe permitido pensar que concordava em ter um caso. O que não era verdade. Um beijo aqui e ali era uma coisa. Um caso seria muito delicioso — não, não delicioso! De onde aquela palavra tinha vindo? Imprudente e perigoso, era isso que seria. Repetiu aquelas duas palavras de novo em sua mente. Focou nelas. Imaginou-se explicando para ele. Só que ele estava magnífico em sua imaginação, aquele sorrisinho se formando enquanto ela o dissuadia por completo daquela ideia. Depois, ele a interrompeu com um beijo, e centenas de faíscas de excitação a alegraram naquela fantasia. E na realidade também, onde estava sentada em uma cadeira.

Controlou-se e se obrigou a prestar atenção de novo ao papel em branco. Pegou sua caneta e a mergulhou no tinteiro, determinada a fazer mais naquela noite do que desfalecer pelo Duque de Stratton. Havia permitido muita intimidade, e veja onde isso a trouxera: a apreciar secretamente o quanto um homem pode ser perigoso.

Adam perambulava por sua casa, andando de um lado a outro em seus aposentos imensos e o corredor. O colete estava aberto. Ele o tinha desabotoado porque o calor dele o sufocava. Não sentia o frio da noite, mesmo com muitas das janelas abertas. Totalmente o oposto. Um desconforto como uma febre o atormentava.

O calor queimava em sua cabeça mais do que em seu corpo. Imagens eróticas e impulsos se alojavam ali. Nada os tinha dissipado. Nem a leitura. Nem se enterrar nas contas da propriedade. Nem listar o que ele tinha e o que não tinha descoberto sobre a intriga em relação à morte de seu pai.

Imergir naqueles detalhes foi uma tentativa desesperada e inútil de quebrar o controle de Clara sobre ele. Tudo indicava que o pai dela havia colocado combustível no fogo daqueles boatos e possivelmente os tivesse começado. A viúva também pode tê-lo incitado. Suas tentativas atuais recentes de forjar paz diziam tudo.

Ele ainda se importava com isso, furiosamente, mas pensar em Clara interferia na raiva justificada que ele carregara de volta da França. A lealdade cega dela ao pai, ver aquilo de novo à tarde, importava agora, mesmo que não tivesse importado no começo. Quando ele começou a persegui-la, tivera um impulso de luxúria e vingança, uma forma oblíqua de provocar velhos inimigos ao possuir a filha premiada e mais privilegiada da família. Agora, ele via que a magoaria se descobrisse coisas que impugnassem o falecido conde.

Dever, dever. Entoava aquela palavra em sua mente quando se percebia criando desculpas para não fazer o que precisava, tudo por causa de uma mulher. Não poderia ignorar que, quanto mais a conhecia, mais ela enfraquecia seu plano. Quem se importaria se ele deixasse a história enterrar a mentira? Não seria a mãe dele.

Seus passos o levaram para a galeria do lado de fora do salão de baile. A luz da lua brilhava nas janelas compridas de um lado do corredor comprido, dando formas aos bancos, plantas e imagens emolduradas. Andou pelo corredor sob os olhares de seus ancestrais até chegar ao quadro de seu pai. Não havia procurado aquela pintura, mas parou quando a viu.

Ele e seu pai não se pareciam muito. Adam herdou os traços da mãe. O pai dele era totalmente inglês, com um rosto comprido e cheio e olhos inteligentes. Usava uma peruca branca no quadro, e um sorriso vago. Não parecia em nada com a última vez que Adam o viu, e era essa última imagem que permanecia vívida em sua memória agora. Talvez, se seu pai soubesse o que uma bala de pistola na têmpora causava a um corpo, teria escolhido outra maneira de morrer.

Dever, dever. Ele não conseguia dar as costas, claro. Reconhecer seu dever não bania pensamentos sobre Clara ou o fazia pesar suas escolhas racionalmente. Continuou andando, caminhando pela noite, lutando uma batalha que sabia que um homem raramente ganhava, contra a vontade de possuir uma mulher que desejava.

※

Não era a primeira vez naquela noite que Clara acordava e ficava alerta. Virou na cama, puxando o lençol e o cobertor e, com isso, virando-se de lado. Enquanto afofava os travesseiros, seus olhos se abriram por um instante. Uma luz amarela e prateada iluminou seus lençóis. Completamente acordada agora, olhou para sua janela. As cortinas estavam abertas, e a luz da lua e das ruas se infiltrava como um pó de fada.

Ela pensou ter visto Jocelyn fechar as cortinas. Aparentemente, não. Irritada pelo descuido da dama, saiu da cama e tateou para fazê-lo ela mesma.

— Não. Sem a luz, não vou conseguir vê-la.

A mão dela segurou o tecido enquanto seu corpo congelou de susto. Ela girou. Stratton estava sentado em uma cadeira do outro lado do quarto, tão relaxado como se fosse sua própria casa. Na verdade, parecia que ele estava sentado ali há algum tempo, pela forma como suas pernas estavam estendidas e a maneira como ele descansava a cabeça na mão com o braço flexionado.

— O que... Como subiu aqui?

— Sua governanta me deixou entrar. Bati, ela chegou na porta de roupão e, com um olhar, virou-se e me trouxe para cima. Foi boa o bastante apontando sua porta antes de continuar subindo para o próximo andar.

— Que comportamento bizarro.

— Ela pareceu pensar que a senhorita me esperava. — Ele recolheu as pernas e se inclinou para a frente enquanto tirava o casaco.

— Ela começou hoje. Vou precisar explicar em termos mais firmes que...

— Partes de sua conversa com a sra. Finley naquela manhã interromperam seus pensamentos. As partes sobre discrição e pessoas importantes visitando, mesmo em horas incomuns. Ninguém era mais importante do que um duque. Nada exigia mais discrição do que o caso de uma mulher solteira com um homem.

O duque agora desabotoava seu colete. O pânico tomou seu coração.

— A governanta cometeu um erro. Os empregados... minha dama...

— Sua dama também me viu. Olhei para o topo da escada e ela estava xeretando.

— Oh, meu Deus.

— Nem ela nem a governanta pareceram chocadas com a minha chegada. Só a senhorita. — Ele retirou o colete e o colocou no topo de seu casaco na cadeira ao lado da escrivaninha. — Quer que eu vá embora, Clara? Se quiser, diga agora, antes de eu terminar de me despir. Será muito irritante se acovardar depois que eu estiver nu.

Nu.

Ele aguardou. Ela encarou. O quanto seria difícil dizer *sim, quero que vá embora*? Acabou sendo muito difícil. Porque a maior parte dela não queria que ele partisse, e o resto não tinha certeza.

Ele se abaixou e tirou as botas. Levantou-se.

— É linda à luz da lua. Etérea. Prateada e cinza.

Ela olhou para si mesma. A menos que estivesse enganada, aquela luz tornava sua camisola fina transparente. Não sabia se parecia etérea, mas suspeitava parecer quase nua.

Resistiu ao impulso de se cobrir com a cortina. Não se importava com a forma como ele falou a palavra *covarde*, como se mandá-lo embora mostrasse falta de caráter em vez de admirável limitação. Uma mulher respeitável decidindo permanecer respeitável não era covarde. Era cuidadosa, sensível e... e... Ela suspirou, porque a excitação correndo por ela recusava-se a ouvir as lições antigas e previsíveis sobre bom senso e toda outra palavra entediante já usada para desencorajar o prazer.

Mesmo assim, ela teria que ficar firme, embora estivesse quase nua, e fazer o que precisava. Tê-lo em seu próprio quarto, sua própria cama, era mais do que perigoso. Era insanamente negligente.

Ela olhou para cima a fim de explicar isso, confiante de que ele entenderia, como o cavalheiro que era. Assim que o fez, ele tirou a camisa e, de repente, ela se esqueceu do que pretendia dizer.

Clara ficou simplesmente olhando para ele, os olhos arregalados com excitação e medo. Passou pela cabeça dele, quando ela acordou e ele viu o choque de sua presença, dar-lhe um beijo e recuar. Só que ela realmente estava linda e ficaria ainda mais linda assim que ele retirasse aquela touca. Ela não gritou nem o mandou sair. Em vez disso, observou-o, tão obviamente que ele tentou adivinhar o debate na mente dela.

Era a touca que dizia a ele com certeza que ela não fingiu a surpresa ao vê-lo. Uma mulher ansiosa pela chegada de um homem em seu quarto nunca usaria aquilo. A tola da nova governanta havia tirado conclusões que Clara não pensara. Ele apreciara o erro antes de saber que era um. A ideia de que ela o esperava, o recebesse e fizesse planos para recebê-lo baniu qualquer indecisão. Ele quase tinha subido a escada a cada três degraus.

Foi até ela e a pegou nos braços.

— A senhorita não falou nada. Estou aqui por causa de um conjunto de erros, mas ainda precisa ser sua escolha que eu fique.

Ela colocou as mãos no peito dele, depois apoiou a face na pele entre elas. O tecido fino de sua camisola oferecia pouca barreira para a sensação do corpo dela debaixo das mãos e dos braços dele. Sua maciez e seu calor doce entraram nele e acalmaram o descontentamento agitado que ele vivera naquela noite.

— Precisa ir antes das cinco.

— Irei bem antes disso.

— Não pode contar a ninguém. Precisa jurar. E deve prometer morrer antes de contar para minha família.

— Morrer?

Ela olhou nos olhos dele. Um brilho da Clara que ele tanto admirava apareceu entre outros que refletiam seu encantamento. Ele podia sentir a excitação dela. Mas ela ainda não havia se entregado.

— Sim, morrer. Eles não podem saber.

— Juro. — Ele provavelmente juraria qualquer coisa naquele momento.

Ela se esticou, envolveu os braços no pescoço dele e deu-lhe um beijinho.

— Então decidi que não serei covarde, como o senhor colocou de forma tão pouco generosa.

— Foi meu desejo pela senhorita tentando falar a meu favor.

— Eu sei. Funcionou.

Ele tirou a touca. O cabelo dela se soltou. Ele passou os dedos pelos fios e segurou sua cabeça para um beijo que esperara horas para ser libertado. A ferocidade do desejo dele explodiu quente e firme. Ameaçava dominá-lo. Ele precisou se controlar para não a arrebatar ali. Desabotoou o topo da sua camisola até ter abertura suficiente para conseguir tirá-la pelos ombros e braços.

Ela se aconchegou contra ele a fim de esconder sua nudez. Ele empurrou a camisola pelos quadris, depois a ergueu e a carregou para a cama.

Clara puxou os lençóis para cima assim que ele a deitou e acomodou-se ao seu lado.

— Está com frio?

Ela balançou a cabeça.

Ele tirou os lençóis.

— Então não faça isso. Quero vê-la.

Clara fechou os olhos conforme ele retirava seu escudo. Deixou-a assim enquanto se levantou e tirou o resto da roupa. A visão dela deitada ali fazia sua mente queimar.

— Dizem que os franceses são muito bons nisso — ela disse.

— Sou meio inglês.

— Talvez devesse falar francês, para chamar aquela outra metade.

— Não acho que vou falar muito. Minha boca estará ocupada demais.

Ele se juntou a ela de novo e se apoiou com um braço enquanto acariciava seu pescoço e descia por seu peito entre os seios. O bico de seus seios enrijeceu e empinou.

Sua própria mão acariciou o braço dele. Ela olhou para ele.

— Realmente pretende fazer todas aquelas coisas que falou esta tarde?

— Nem todas esta noite. — Ele não teria a paciência.

— Foi muito maldoso da sua parte. Muito escandaloso.

— E, mesmo assim, não fez nada para me impedir. Nenhuma arfada. Nenhuma palavra.

— Fiquei muito chocada.

— Pareceu, para mim, que ficou fascinada. — E excitada. Definitivamente excitada. Ele nunca teria ido tão longe se não fosse por isso.

Adam segurou ambos os bicos suavemente. Ela arfou.

— Oh! Isso é ainda melhor sem roupa.

Ele se certificou de que ela soubesse o quanto era melhor. Acariciou seus seios até ela gemer com prazer, depois baixou a cabeça e usou a língua e a boca.

A selvageria a tomou tão rápido que ela nem lutou contra. Sua paixão incendiou a dele. Imagens eróticas o atormentaram, mas ele tinha racionalidade suficiente para saber que aquela não era a noite para isso.

Acariciou suas pernas, depois colocou a mão entre suas coxas. Uma surpresa satisfeita foi emitida pelos choramingos dela. Ele explorou sua maciez úmida enquanto continuava excitando-a com dentes e língua. Perdida nas sensações, Clara abriu mais as pernas e lhe disse com suspiros imploradores que queria mais quando os carinhos dele aumentaram seu prazer.

Uma fome primitiva se libertou nele. Nada menos que se enfiar dentro dela iria satisfazer aquela necessidade agora. Ele cerrou os dentes e acariciou os lugares que a obrigariam a terminar se ela se permitisse. Ele ouviu seus gemidos aumentarem e sentiu a movimentação de seu corpo. Também sentiu o medo dela. Pressionou a boca em seu ouvido e lhe disse para relaxar. Ela o fez, abraçando aquele sentimento com um grito.

Ele se moveu para tomá-la. Os braços dela se ergueram para abraçá-lo. Ele ainda tinha a racionalidade suficiente para ir devagar primeiro e descobriu que era muito bom. Ele se segurou para não a machucar enquanto o desejo rugia dentro dele. Silenciou aquela voz primitiva o bastante para conhecer o prazer mais calmo da sensação dela revestindo-o. Fez movimentos longos e lentos enquanto pôde, mas, em certo instante, a necessidade de completude o derrotou. O alívio veio como um cataclismo e arremessou-o para o silêncio sombrio onde não havia outros sentidos e a paz absoluta reinava.

Tendo experiência com muitas mulheres, Adam sabia que não deveria dormir da forma como todo seu corpo encorajava. Em vez disso, conforme voltou ao mundo, rolou Clara e a puxou para seu braço na lateral.

Convinha a ele dizer algo assim que sua mente cooperasse. Mas a experiência não fazia diferença agora. Essa era a primeira vez para ela, o que fazia dele a primeira vez também, por assim dizer.

Clara estava pronta para falar mesmo que ele não estivesse. Por motivos que ele nunca entendeu, mulheres ficavam falantes às vezes. Ela não era exceção.

— Foi muito bom — ela disse. — Não doeu tanto quanto eu esperava.

— Bom saber. — A parte do "muito bom" o agradou. A parte de não doer o aliviou. Pareceu que ele pudesse tê-la machucado, agora que algumas lembranças infiltravam sua mente.

Ela se apoiou no cotovelo e olhou para ele.

— Sei que é para cavalheiros se sentirem culpados depois de ficarem com inocentes, mas acredito que o senhor não vá.

— Não me sinto nada culpado, já que entendo que vamos nos casar.

— Viu? É essa culpa, mesmo que negue. Bom, eu o absolvo.

— Clara, já pedi sua mão. Lembra?

— Não pediu de verdade. Não quis dizer mesmo. Foi um pedido fácil e seguro porque fez a uma mulher que nunca pretendeu se casar. Só estou dizendo que não quero que fique culpado.

— Não é culpa. Apesar de que, considerando o que acabou de acontecer, não há realmente uma escolha agora.

— Claro que há. Não finja que sua honra agora exige isso. Sabia que eu era virgem, mas isso não o impediu. Mais importante, sabia que eu era uma virgem que não casaria com o senhor depois que fizéssemos isso.

Ele não a insultaria dizendo que não sabia de nada disso. A disparidade tinha acontecido até na questão da virgindade. Era o tipo de mulher que poderia ter tido um amante por curiosidade, apenas isso. Poderia ter feito exatamente isso com ele.

— Então concordamos. Sem culpa e sem obrigações — ela disse.

Ele não concordava em nada. Haveria tempo para discutir sobre isso outro dia.

Aquele tópico terminou, para a satisfação dela, então se aninhou ao lado dele de novo.

— Sei por que realmente partiu da Inglaterra. Sei sobre seu pai.

Ele mal havia organizado seus pensamentos, e essa mudança de assunto o pegou desprevenido.

— O que sabe?

— Como ele morreu. O senhor deve ter ficado muito triste.

— Fiquei mais bravo do que triste. Com ele. Pelos motivos dele.

— Sei sobre eles também. Os motivos. Tudo parece muito injusto para mim.

— O que sabe? — ele repetiu com cuidado.

— Partes e pedaços apenas. Sobre os boatos. Ouvi que algumas joias tiveram uma participação.

Ele se esforçou muito para manter o tom casual e não diretamente.

— Quem lhe contou isso?

— Lady Hollsworth, na festa do jardim.

Fora um erro não forçar uma conversa com Hollsworth. Um erro ter adiado.

— Não sei nada sobre joias. Acho que ela se enganou — ele disse.

— Talvez.

Não falaram nada por muitos minutos. Ele ousou se permitir começar a dormir.

— Eu pensara, desde que o conheci, que o senhor carregava uma escuridão interna — ela disse, acordando-o de novo. — Algo que o fazia refletir. Só agora, enquanto estávamos juntos no prazer, fui poupada do luto pela primeira vez em seis meses. Pareceu, para mim, que talvez essa escuridão tenha diminuído no senhor também, por um tempo. Se sim, fico feliz.

Tinha, sim, de maneiras como nunca acontecera na França, independente de quem compartilhasse a cama com ele. O fato de ela reparar nisso o impressionou. O fato de ela estar feliz por isso o emocionou.

Ela não exigiu confirmação se estava correta. Tendo dito isso, finalizou. Aninhou-se ao lado dele, quieta em sua satisfação, sem nem exigir mais conversa.

Quinze

— Milady, milady! — o chamado desesperado da sra. Finley penetrou a porta do quarto.

Clara sentou-se na cama, ainda meio dormindo. Sua nudez acordou-a. Enquanto segurava os lençóis ao seu redor, tentando cobrir cada centímetro de pele até o pescoço, seu olhar varria o cômodo, procurando provas de seu visitante.

Não havia ninguém. Ele fora embora, provavelmente horas atrás enquanto ela dormia, assim como prometeu. A única prova da noite anterior era *ela*.

Jocelyn se apressou para abrir a porta. A sra. Finley falava as palavras entre respirações pesadas.

— A condessa. O conde. Aqui. A carruagem deles. — Ela parou e inalou profundamente. — A casa não está pronta. Não há café da manhã suficiente. Vou correr e falar para a cozinheira fazer alguma coisa. — Ela se virou e saiu apressada.

Jocelyn correu para a janela, olhando a rua.

— Eles estão na porta.

— O que podem estar pensando, vindo a esta hora?

— São quase dez horas.

— Ajude-me a me lavar e vestir para que eu possa recebê-los. Não, primeiro corra lá para baixo e fale para a sra. Finley que é para ela colocá-los na sala matinal com o café da manhã e, se minha avó recusar, então será na biblioteca. Vou descer logo.

Jocelyn saiu correndo. Clara encontrou sua camisola entre os lençóis emaranhados e a colocou. Era sua imaginação ou a cama inteira tinha um cheiro diferente naquela manhã? Ela cheirou, depois ruborizou. Não havia como negar o que acontecera ali.

Foi apressada para o quarto de vestir. Água quente já a aguardava e ela começou a usá-la, sem esperar a dama. Jocelyn voltou e pegou uma toalha.

— Talvez eles subam aqui. A sra. Finley está firme, mas a viúva a está encarando e não acho que seja uma briga justa.

Por que, por tudo que é...

— Faça algo com meu cabelo, rápido.

— Não consigo mais do que um coque agora.

— Então faça um coque. Mas primeiro feche a porta do meu quarto. Tranque-a. Se minha avó der um passo naquela direção, você se joga contra a porta e se recusa a se mexer independente da ameaça dela.

O coque mal estava pronto quando escutaram vozes nas escadas. Jocelyn correu até o guarda-roupa, pegou um roupão e o jogou pelo cômodo para Clara.

Clara o pegou e o abotoou com mãos trêmulas.

— Mulher, vai se mover ou meu neto vai mover você — a viúva ameaçou sombriamente, sua voz fervendo do lado de fora da porta do quarto de vestir.

— Estou dizendo que ela ainda estava na cama e me instruiu para pedir à senhora que espere até estar vestida, milady.

— Eu não espero meus netos. É o contrário. Pode acreditar na ousadia da sua irmã, Theo? Ela invade meu quarto enquanto me visto, mas parece que não posso fazer o mesmo. Não vamos tolerar isso. Mexa-se.

— Vá e convide-os para entrar, Jocelyn, antes que a sra. Finley seja jogada pelas escadas. — Clara não gostou do tom da sua avó. Nem um pouco.

Jocelyn abriu a porta e ficou de lado. Sua avó entrou no quarto com um Theo amarrotado e bocejante atrás dela. Qualquer severidade desapareceu de sua avó assim que viu Clara. Um sorriso se abriu em seu rosto. Ela se aproximou e deu um beijo raro na cabeça da neta.

— Não, não se levante. Diga à sua dama para continuar, se ela ia fazer algo com esse cabelo terrível. Um coque? Eu seria a primeira a dizer que você precisa de um novo estilo, mas não é isso.

— Bom dia, Vovó. Theo.

Theo grunhiu. Assim que a avó se sentou, ele se jogou em um pequeno divã e estendeu as pernas. Vovó bateu naquelas pernas com sua sombrinha.

— Mostre um pouco de respeito, Theo. Não estamos em uma taverna. Perdoe-o, Clara. Parece que o acordei não muito depois de ele voltar de uma noite fazendo sabe-se lá o quê. — A forma como ela espetava Theo com um olhar sugeria que sabia o que era, ou pelo menos suspeitava.

Clara não estava com vontade de buscar um aliado pelo que pensava ser uma conversa desagradável.

— Ele é jovem, Vovó. Não pode esperar que se comporte como um homem de cinquenta anos.

Theo lhe lançou um olhar de gratidão.

— Felizmente, também falta discrição nele, ou eu poderia nunca ter descoberto que sua corte com Stratton progride rapidamente. Muito bem, Clara. Muito bem, de fato.

Clara olhou para Theo desafiadoramente. Ele deu de ombros, perdido.

— O que Theo disse?

— Em seu prazer e alívio de ver seu encontro com Stratton no parque, contou-me tudo. — Ela se inclinou para a frente. — E digo tudo, Clara. *Tudo*.

— Sim, cavalgamos pelo parque juntos. Não pensei que gostaria que o ignorasse. Encontro não é a melhor forma de descrever.

— Não precisa disfarçar para mim, querida. Conheço encontros acidentais que não são verdadeiros.

Ela deu uma grande piscada.

Clara não ousou responder. Não tinha certeza do que Theo vira ou não. Assumira que, depois de falar com eles, se ocupou com os amigos. Mas e se ele os seguira ao vê-los cavalgando para a área privada? E se tivesse visto mais do que cavalgar e conversar? E se tivesse visto *tudo*?

Ela olhou para o irmão, esperando descobrir exatamente o quanto sua situação estava ruim. Infelizmente, ele caíra no sono.

— Deixe-o dormir — sua avó disse. — Agora, conte-me. Stratton lhe deu presentes valiosos?

Só um cavalo muito lindo e uma noite para recordar pelo resto da minha vida.

— O que quer dizer com valioso? Como um lenço chique de seda?

— Oh, nossa, não. Você é tão ingênua. Com sua idade avançada, normalmente me esqueço disso. Valioso como joias caras.

— Ele não me deu nenhuma joia de nenhum valor.

— Que pena. Eu tinha esperança de que... Depois do que Theo me contou...

— O que exatamente Theo lhe contou? E ele estava bêbado quando lhe contou?

— Se estava bêbado, era de felicidade. Voltou perambulando com prazer da cavalgada. O duque claramente está apaixonado, ele disse. O homem não conseguia tirar os olhos de você, ele relatou. Vocês dois foram para longe, onde podem ter encontrado um pouco de *privacidade*, ele contou. — Ela abaixou o queixo e olhou para cima ameaçadoramente nessa parte.

Clara temeu que pudesse corar e confirmar tudo.

— Se ele tivesse nos seguido, teria nos visto discutindo. Bem alto, sobre um assunto que não dizia respeito a ninguém. Embora o duque e eu tenhamos um tipo de amizade, não é nada romântica. Considerando nossas duas famílias, como poderia ser?

Vovó não se importou com isso. Franziu os lábios e contemplou essa notícia lamentável.

— Ele não precisa ter nenhuma amizade com você, Clara. Se quer sua companhia, suas intenções são mais do que amizade. Você deve me contar se ele lhe der, ou tentar dar, qualquer joia. Quando um homem faz isso, implica coisas. Para uma mulher de sua educação, é uma declaração, mas garanto que virá uma proposta em breve, senão imediatamente.

Clara imaginou o que implicava para uma mulher que não tivesse a educação dela. Intenções não honráveis, provavelmente.

Sua avó bateu de novo nas pernas de Theo com a sombrinha.

— Vamos embora para que você possa se vestir. Veja um novo estilo para seu cabelo. E diga para sua dama arrumar. — Ela cutucou a camisola com a ponta da sombrinha e a segurou a fim de acená-la como uma bandeira. Começou a falar, mas parou. Olhou aquela camisola. Cheirou. — Nossa, encontre uma nova lavadeira também. O que a sua usou nessa roupa? Água de peixe?

— Vou me certificar de encontrar uma melhor.

A camisola se agitou perto de Theo antes de Vovó soltá-la. Theo encarou o tecido no chão, depois franziu o cenho. Voltou-se para Clara com uma expressão confusa. Clara olhou de volta e fingiu ignorar a curiosidade dele. Aquele cheiro agora parecia preencher todo o quarto de vestir.

— Também deveria substituir a governanta e a dama. — Sua avó continuou dando opiniões enquanto se levantava. — E não adquira nenhum animal de estimação. Não consigo tolerar mulheres que moram sozinhas e mantêm animais.

— E aqui estava eu pensando em comprar um papagaio da América do Sul. Pensei em trazê-lo para a senhora ensiná-lo a falar. Então eu teria a alegria de suas lições o tempo todo.

— Cuidado, Clara. Não sou velha demais para reconhecer sarcasmo, e você anda em corda bamba comigo nos últimos dias. Venha, Theo. E lembre-se, Clara, qualquer presente de valor, qualquer presente, na verdade, conte-me imediatamente. Não, conte-me *qualquer coisa* que acontecer com ele. Não quero você perdendo esta oportunidade. Vai precisar do meu conselho.

Ela saiu. Theo olhou mais uma vez para a camisola antes de segui-la.

— Tente não arruinar isso, Clara. Não é como se algum outro homem fosse querê-la agora — ele disse, partindo.

Jocelyn entrou depois que eles passaram e fechou a porta.

— Isso pareceu divertido.

Clara pensou que as últimas palavras de Theo soaram sinistras. Como se ele soubesse. Ou adivinhasse. Ela olhou para a camisola. Vovó deve ter se esquecido daquele cheiro, mas, como um jovem que acabou de descobrir a vida, Theo devia estar bem familiarizado com ele nos últimos tempos.

— Ajude-me a me vestir, Jocelyn. — Ela pensou naquela folha em branco aguardando-a na biblioteca. Deveria tentar progredir. Seria difícil. Seus pensamentos já flutuavam de volta à noite anterior, e seu coração, às sensações descobertas naquela intimidade.

Adam terminou a carta para Clara e entregou para o mordomo postá-la. Também deu instruções ao homem para repassá-las aos criados de uma de suas propriedades.

Terminada a correspondência, pediu seu cavalo e foi até a cidade. Conteve uma tentação de visitar uma casa em Bedford Square e continuou reto até um prédio perto de Lincoln's Inn. Ali, apresentou-se nas câmaras de Claudius Leland, seu advogado.

O sr. Leland havia herdado seus deveres ao Duque de Stratton um ano antes da herança de Adam. Cartas do sr. Leland chegaram com regularidade em Paris, longas missivas contendo muitos detalhes sobre a propriedade. Com Adam fora, o advogado havia se responsabilizado por exigir relatórios de cada propriedade e até visitava as principais a cada trimestre. É verdade que ele falhara em ver como o administrador de Drewsbarrow roubara milhares de libras, mas o ladrão havia sido muito esperto com a contabilidade, e Adam não culpou o advogado pelo evento miserável.

Agora o sr. Leland o observava através dos óculos. Não era jovem, mas seu cabelo fino permanecera ruivo e sua cor ainda era saudável. Sentaram-se em duas cadeiras ao lado de uma linda lareira. Prateleiras de livros cobriam as paredes, a maioria delas preenchida por livros de contabilidade e arquivos. Uma estante funda tinha pergaminhos. Embora fosse cedo, Leland ofereceu xerez. Então aguardou ouvir o motivo da visita.

— Estou curioso sobre as joias da propriedade — Adam disse.

— Seus antepassados acumularam algumas peças caras ao longo das gerações. A maioria não está na moda hoje, mas as pedras e os metais são de valor muito alto. A maior parte está no banco. Uma pessoa não teria joias tão valiosas em casa assim como um homem prudente mantém milhares de notas no banco.

— E a propriedade é dona delas? Como isso funciona?

Sr. Leland cruzou as pernas. Parecia feliz em explicar esta especialidade particular para alguém, principalmente um novo duque que ainda precisava impressionar.

— Oficialmente, pertencem a cada duque. Não há como herdar tais coisas. Mas as tradições de herança o fazem. Por exemplo, é costume nas famílias que alguém, normalmente um advogado confiável, explique a uma nova duquesa que, enquanto ela pode usar as joias, e qualquer presente dado diretamente a ela pelo marido se torna sua propriedade pessoal, as joias da família não são dela de uma maneira legal e permanecem com a propriedade.

— Então meu pai ou avô poderiam ter dado qualquer dessas joias valiosas a quem quer que escolhessem. Ou vendido algumas.

— Assim como o senhor pode fazer agora, claro. Tem interesse em fazê-lo?

— Estou mais interessado em descobrir como alguém saberia se eu fizesse.

— Ah. Agora temos uma conversa que nos foi negada até agora. Ninguém saberia se o fizesse, exceto o senhor, eu e o próximo duque. É feito um inventário de tudo da propriedade quando há a morte de seu dono. Foi feito um por mim depois que seu pai faleceu. Outro inventário do valor da propriedade é feito a cada dez anos. Se há falta de conformidade entre os dois, é meu dever investigar por quê.

— Acredito que às vezes algo desapareça sem explicação.

— É meu dever encontrar, mesmo que signifique averiguar se houve roubo ou perda. Algumas vezes, com meus patrões, eu já sei que algo foi vendido porque está nas minhas contas. É mais comum meus patrões me informarem quando uma propriedade pessoal de tal valor é desembolsada para que eu possa anotar e não ficar em dúvida sobre o que aconteceu.

— Mas o primeiro inventário que fez foi depois de o meu pai falecer.

— É verdade, mas tenho todos os registros. Foram mudados para cá quando tive a honra de assumir o cargo de meu antecessor. Gostaria de ver o último inventário?

— Sim.

Leland se levantou e foi para os fundos examinar as prateleiras. Esticando-se, pegou um arquivo grande e grosso, que quase caiu em cima dele conforme o pegou. Colocou em uma mesa com um barulho alto.

— Agora, vejamos... — Ele o abriu, colocou o dedo em uma página no fim e virou as páginas pesadas. Folheou mais, depois recuou. — A seção relacionada a joias está bem aqui.

Adam se inclinou para a página. Linha após linha descrevia as joias em detalhes.

— E o inventário anterior a este?

Leland colocou um papel na página atual, depois procurou o anterior.

— Não está tão completo, claro. Nem todas as rédeas dos estábulos, por assim dizer. Somente superficialmente. — Ele encontrou o inventário, folheou e gesticulou. — Aqui. 1811.

Adam conferiu a lista. Batia bastante com a recente.

— E o inventário de 1801, se não se importa.

Leland pareceu perturbado. Encontrou o inventário, e Adam viu imediatamente uma divergência.

— Este conjunto aqui não está nos dois últimos.

Leland olhou a página.

— Filigrana de ouro com pérolas e safiras, coroa e colar. — Folheou os inventários seguintes. — Parece que não. Presumo que seu pai tenha explicado a ausência antes de 1811, ou na época esse inventário foi feito por meu antecessor.

— Ou um erro foi cometido.

— Não cometemos erros, Sua Graça.

O conjunto fora removido da lista, isso era certo.

— Sabemos como se parecia? Posso encontrá-lo em um armário algum dia.

— Claro que sabemos. — Leland voltou à prateleira. Desta vez, usou uma escada a fim de acessar a prateleira mais alta e tirou uma caixa nomeada *Stratton*. Trouxe-a até a mesa. — São desenhados. Provam-se úteis em muitas situações.

A caixa incluía desenhos datados de pratarias e quadros, assim como joias. Adam reconheceu muita coisa da propriedade. Depois de pesquisar um pouco, descobriu o desenho das joias desaparecidas.

A descrição simples não lhes fazia jus. Só o colar tinha, no mínimo, trinta pérolas e cinco safiras de um bom tamanho. O ouro fora trabalhado como filigrana, mas com muito mais quilates que a palavra implicava. A coroa era ainda mais rica.

— Pesada — ele disse. — Imagino se alguma duquesa a usou.

— Talvez uma bem robusta. — Leland deu risada de sua piadinha.

— Gostaria de levar isso comigo.

— É seu, claro. Talvez encontre a joia algum dia, guardada em um lugar tão bom e seguro que foi esquecida. Não posso nem lhe dizer o quanto isso acontece. Pensariam que alguém dono de coisas tão valiosas se lembraria do que faz com elas.

Adam dobrou o desenho e guardou em seu casaco. Seu pai lhe mostrara todos os lugares seguros e bons das propriedades da família. Ele os checaria. Não pensava que eram essas joias que Clara disse que Lady Hollsworth mencionou, no entanto. Elas tinham desaparecido há muito mais tempo. Já que nenhuma outra sumira, provavelmente Lady Hollsworth cometeu um engano ou repetiu algum boato infundado.

Não eram o dinheiro nem as joias. De que outra maneira um homem poderia ajudar o inimigo enquanto permanecia na Inglaterra?

Dois dias depois, Clara estava descobrindo que ter um caso mantido em segredo de absolutamente todo mundo exigia um nível extraordinário de evasão. Um que ela começara a acreditar não possuir.

Começou bem simples, com um convite de Stratton para acompanhá-lo ao Epsom Derby Stakes. Iriam com a carruagem dele, ele propôs, e ficariam em uma de suas propriedades não muito longe do centro. Em sua empolgação inicial, ela respondeu e concordou.

Então o planejamento começou. Como explicar sua ausência da casa? Os novos criados aceitariam o que ela dissesse, mas Jocelyn acharia suspeita qualquer desculpa. Pior, como explicar sua presença na corrida com Stratton como acompanhante? E como explicaria sua hospedagem caso alguém perguntasse, o que certamente aconteceria?

Nem todo mundo estaria lá, mas uma boa parte da cidade faria a curta viagem. A maioria dos jovens estaria lá, com certeza. Isso significava que Theo provavelmente a veria. E teria suas suspeitas confirmadas. Se contasse à avó que ela e Stratton tinham... estavam... Era suficiente dizer que seria um inferno.

Passou por sua mente, enquanto pensava quais mentiras funcionariam e se ela estaria disposta a usá-las, que o duque não se importava muito se todos assumissem o pior deles. Ele não tinha mencionado de novo que se casariam? Como se estivesse falando sério mesmo sobre isso? Talvez contasse com um escândalo pendente para fazê-la mudar de ideia sobre a resposta.

Ela não fingiria que não tinha imaginado se casar com ele algumas vezes nos últimos dias, mas colocou a culpa na influência latente da intimidade deles. No entanto, quaisquer fantasias otimistas que ela conjurasse seriam rapidamente derrotadas pelas realidades das quais não poderia fugir.

Ficaria sem controle de sua renda. Sem independência. Não mais poderia subsidiar o *Parnassus* e acabaria a publicação. Seria triste ter que contar a Althea e às outras que a aventura terminara. Quase não seria mais uma pessoa, verdade seja dita. Com algumas palavras, ela teria se tornado uma mulher que não reconheceria.

Decidiu que não havia como ir ao Derby Stakes com Stratton. Isso a entristeceu em um nível surpreendente, e não apenas por causa de sua decepção em não ver a corrida. A fim de dissipar a melancolia, decidiu visitar algumas livrarias para ver se as cópias do *Parnassus* estavam vendendo.

Seu cocheiro a tinha ajudado a comprar uma carruagem modesta e um par de cavalos, e pediu a ele que a trouxesse. Ela controlaria seu humor e escreveria a Stratton à noite explicando sua mudança de decisão.

Não havia ido muito longe quando decidiu que a companhia de uma amiga ajudaria a melhorar seu ânimo, então deu ao cocheiro o endereço da casa de Althea.

Sua amiga morava com o irmão em uma rua perto da St. James's Square. Clara foi levada para a sala de estar, onde Althea sofria em silêncio enquanto sua cunhada conversava com outras visitas. Os olhos de Althea se iluminaram quando ela viu Clara entrar. Ela pulou para apresentar Clara às damas reunidas e, na primeira oportunidade, levou-a para o lado.

— Você é uma santa — Clara disse. — Eu teria enlouquecido se tivesse que fingir que as amigas dela eram minhas amigas.

— Não me importo normalmente, mas neste momento estou muito feliz em vê-la.

— Despeça-se delas. Estou com minha nova carruagem lá fora. Vamos visitar algumas livrarias.

Althea provou concordar extremamente. Quinze minutos mais tarde, pararam na primeira loja e entraram para contar as cópias.

— Estão faltando três — Althea relatou quando voltaram à carruagem.
— Vamos verificar a Johnson's, na Oxford.

As novidades lá as emocionaram. Só faltava uma cópia ser vendida.

Quando saíam da loja, uma voz chamou Clara. Ela se virou e viu Stratton saindo de uma loja a quatro portas dali. Althea lhe lançou um olhar confuso.

— Ele e eu conversamos às vezes — Clara explicou. — Não deveria ignorá-lo.

— Claro que não. Seria muito errado ignorar um homem tão bonito.

Ele pareceu feliz em vê-la. E Clara não conseguiu esconder que também estava feliz. Esperava que fosse apenas isso que revelasse, e não o resto do que sentia. Alegria, calor e ecos de vibrações sensuais a inundavam. De canto de olho, viu Althea compreendendo tudo.

Fez as apresentações. Stratton conhecia o irmão de Althea, que se lembrou da mãe de Stratton. Finalmente, Clara se virou para a amiga.

— Tenho algo que preciso dizer ao duque. Pode nos dar licença por um minuto?

Althea sorriu gentilmente e foi até a vitrine de uma loja admirar os produtos.

— Não posso ir — Clara disse baixinho. — Sei que combinamos, e quero muito ver a corrida, mas não importa o quanto tente planejar, só vejo as fofocas se espalhando rapidamente depois. Não há como ser discreta.

— Dane-se a discrição.

— Não pode pensar assim.

— Não, não penso. Pelo menos, para o seu bem, não penso. — Olhou além dela. — Convide sua amiga. Leve-a com a senhorita. É sua carruagem? Planeje ir com ela. Vou cuidar do resto. — Ele olhou para Althea de novo. — Pode ter que lhe contar. Pode confiar nela?

— Ela deve ser a única pessoa em que *posso* confiar. Certamente é a única pessoa que sei que guarda segredo.

Ele inclinou a cabeça. Seu sorriso charmoso provocou um arrepio até seus dedos do pé.

— Tem segredos além de mim? Que intrigante. Agora vou precisar descobrir quais são.

Ela chamou Althea de volta.

— Deveríamos continuar nossas tarefas, Duque. Bom dia para o senhor.

Adam foi embora, e elas subiram na carruagem. Althea colocou a cabeça para fora da janela a fim de observar o duque se afastando. Depois se acomodou, colocou a bolsa no colo e olhou diretamente para Clara.

— Há alguma coisa que queira me contar, querida? Porque acho que compartilhou muito mais do que conversas com aquele homem.

Dezesseis

Assim que Clara falou para Adam que a amiga se juntaria a ela, seu plano se encaixou. Ele deixou uma casinha em Epsom para as damas. Só que elas não iriam usá-la, na verdade.

Adam compartilhou seu plano genial com Langford e Brentworth, naquela noite, em um salão de jogos enquanto jogavam.

— Você está desafiando o diabo — Brentworth disse. — Pelo menos metade da cidade estará em Derby Stakes. As estradas de Surrey estarão lotadas com carruagens. Com certeza o irmão dela irá. Poderia se ver casado com a ponta da espada.

— Não entende? Stratton não vai ao Derby — Langford revelou. — Se tivesse a mulher que queria sozinha em um lugar privado, interromperia o romance para desperdiçar um dia em uma corrida de cavalos?

— Talvez ele queira ver a corrida. Talvez ela queira.

— Prometi que ela veria a corrida — Adam contou.

— Ela não vai sentir falta se você não for desajeitado. Tenho que aconselhá-lo nisso também?

— Por favor, não — Brentworth pediu. — Imploro a você, e Stratton insiste, tenho certeza.

Langford fez algumas apostas.

— Vou apostar com vocês dois que não fará sentido ir à corrida. Estou confiante de que meu conhecimento vasto sobre mulheres está correto. Diga quanto.

— Cem libras — Adam disse.

Langford parou e desistiu de suas apostas.

— Retiro o desafio, se aposta tanto assim. Já que você tem controle do resultado, devo concluir que vai garantir que ganhe, mesmo se for contra seus interesses.

— Se sedução fosse meu único objetivo, não precisaria sair de Londres. Ela quer ver a corrida, e eu vou passar por uma dificuldade considerável para conseguir isso. Tanto que, mesmo que ela insista em abdicar disso, vou exigir que completemos o plano.

Langford deu risada.

— *Não, minha querida, não podemos ficar na cama o dia todo. Temos que ir para Epsom em breve. Pare com esses carinhos. Não serei persuadido pelas artimanhas femininas de mudar o plano.* — Ele imitou a voz de Adam.

— Ignore-o — Brentworth disse. — Procure meu lugar na corrida. Vamos assistir juntos e brindar ao vencedor, que espero que seja o meu cavalo.

Ele e Langford começaram a falar de probabilidades e da competição. Adam observou a roda girar. Três dias até Clara se juntar a ele em Surrey. Tinha certeza de que ficaria louco antes disso.

Clara fingiu entrar na casa em Epsom com Althea. Ela ficou parada na rua por, no mínimo, cinco minutos, enquanto o sr. Brady carregava suas valises para dentro da casa.

Ela cumprimentou muitas mulheres que conhecia.

— Muito bem — Althea disse assim que estavam lá dentro e a carruagem fora embora. — Vejo-a de manhã cedo. Agora, são quase duas, e hora do seu encontro. Vá.

Clara olhou em volta na sala de estar da casa, vagamente notando que era aconchegante e acolhedora. A maior parte de sua concentração estava em tudo que poderia dar errado nessa aventura. Um ataque de nervos sério estivera se formando nos últimos oito quilômetros.

— Se meu irmão souber que estou ficando aqui e vier...

— Vou me certificar de que ele não saiba onde você está. — Althea pegou suas mãos. — Claro, se preferir permanecer aqui, não vou acusá-la de covarde.

— Seria mais generosa do que eu comigo mesma. Ainda assim, não posso negar que isto é diferente da última vez. Desta vez, eu estou tomando uma decisão muito deliberada bem adiantada.

— Acho que é melhor assim. Não acha?

Ela achava? Podia ser mais escolha dela, mas não era mais fácil. Ela não conseguiria fingir que sucumbira à surpresa ou que fora arrastada por beijos à luz mágica da lua.

Pegou sua valise e foi até os fundos da casa.

— Você deveria provavelmente subornar o cocheiro para garantir a discrição dele — Althea disse, andando ao lado dela.

— Aumentei o salário do sr. Brady ontem. Acho que ele sabe por quê.

— Se não, vai saber em breve.

Elas saíram da casa e andaram por um pequeno, mas bem cuidado, jardim murado até o portão do fundo. Do outro lado, sua carruagem aguardava. Ela deu um beijo em Althea.

— Vou retornar a tempo de acompanhá-la à corrida amanhã.

Subiu na carruagem e Althea acenou. Ela puxou as cortinas até a metade.

A carruagem deixou a cidade e seguiu para oeste. As estradas naquela direção não tinham o mesmo trânsito que o sentido oposto. O tráfego atrasara consideravelmente a viagem, o suficiente para, às vezes, passageiros saírem e andarem até carruagens de amigos e para dar água aos cavalos. Cinco dos vizinhos de Mayfair de seu irmão tomaram ar entre a multidão no espaço para os cocheiros.

A propriedade de Stratton era perto de Guilford, no lado oposto. Quando estavam bem longe de Epsom, ela abriu as cortinas e aproveitou a paisagem do interior.

Após uma hora, saíram da estrada principal e subiram um lago particular. Quando as árvores espaçaram e a casa apareceu, Clara teve que rir. A pequena e secundária propriedade de Stratton provavelmente era uma das maiores casas do condado. Seu tamanho era a maior característica de ostentação. No entanto, o piso cinza e o design comedido indicavam não ser muito antiga.

Stratton saiu enquanto o cocheiro entregava a valise dela para um criado. Depois de recebê-la e dar as instruções ao criado de buscar a governanta, falou em particular com o sr. Brady. Clara não conseguiu ouvir o que conversaram, mas pensou ter visto uma moeda sendo entregue pelo duque ao motorista.

— Contou a ele sobre amanhã? — ela perguntou quando Stratton se reuniu a ela e a acompanhou para dentro de casa.

— Com uma torturante precisão. Ele vai nos encontrar em um lugar designado do lado de fora de Epsom e estará esperando desde as nove horas.

— Será um emprego incomumente lucrativo para ele, eu acho, já que também o paguei a mais por seu silêncio.

— Não o suficiente. Ele entendeu minhas expectativas e minha ameaça repentina quando pegou aquele guinéu. Não é burro.

Um guinéu! Quem diria que aquele pecado pudesse ser tão caro? Ela não sabia o que esperar quando chegou. Não as formalidades que a tragaram. Ela se viu sendo tratada como qualquer hóspede. Uma governanta chegou para levá-la ao seu quarto. Uma dama esperava ali, a fim de desfazer sua valise e ajudá-la a se vestir para descansar. Antes de sair, a dama prometeu acordá-la para prepará-la para o jantar.

Ela verificou seu relógio de bolso e pensou que teria pelo menos três horas até a dama retornar. Já que não sentia necessidade de descansar, ficar presa ali a incomodava. No mínimo, Stratton poderia tê-la convidado para explorar a casa e o jardim sozinha se ele não queria sua companhia imediatamente.

Ela não sabia como amantes eram tratadas quando havia encontros marcados, mas nunca achou que ficaria entediada.

O mordomo acompanhou Adam ao piso superior. Enquanto ele dava os passos previsíveis para se acomodar, sua mente media como a recepção de Clara estava progredindo.

— Preparamos a suíte para o senhor, Sua Graça. Um criado, Timothy, vai servi-lo. Ele tem experiência como camareiro.

— Excelente. — *Eles estariam mostrando a Clara seus aposentos agora.*

Adam virou a escada para subir ao próximo andar, onde estava sua suíte. O mordomo não o fez.

— Sua Graça, mudamos tudo para a suíte do duque. Espero que não tenhamos errado.

A dama dela está desfazendo sua valise agora.

— Nem um pouco. — Ele acompanhou o mordomo até a porta dos aposentos usados pela última vez por seu pai e se preparou para um ataque de lembranças.

Ele não ia a Kengrove Abbey desde o dia em que os restos de seu pai foram transportados para o norte. Não pretendia entrar nos espaços particulares naquela visita. Agora, com o mordomo atrás dele, virou a tranca com um mau pressentimento.

As portas se abriram totalmente, revelando um lugar estranho. Ele entrou, amenizando sua reação. Não reconheceu nada da suíte que um dia vira. Nada do falecido duque. Aqueles aposentos poderiam até ser em outra casa.

Ela está verificando os aposentos e a vista da janela agora.

Pretendera evitar as lembranças, mas agora sentia como se tivessem sido roubadas dele.

— O que aconteceu aqui? Quem fez essas mudanças?

— A duquesa, Sua Graça. Chegaram cartas da França com instruções dela, há muito tempo.

Agora, seus próprios livros preenchiam as prateleiras na sala de estar. Suas próprias roupas preenchiam o novo guarda-roupa. Ele entrou no quarto. Cada item de mobília fora mudado e as paredes, repintadas e com novo papel de parede. A cama tinha até sido posicionada de forma diferente.

— O que fizeram com as coisas do meu pai?

— Foram encaixotadas e colocadas no sótão.

— E seus documentos pessoais?

— Enviados a Drewsbarrow, Sua Graça.

— Deixe-me — ele demandou. — Diga a Timothy que não o quero até o jantar.

A porta se fechou em silêncio atrás do mordomo. Adam deu mais uma volta na suíte diferente. Fora decisão da mãe dele fazer isso. Ela deve ter adivinhado que ele evitaria fazer mudanças por conta própria.

Ela poderia ter lhe contado. Sem saber, ele resistira a ir ali desde que voltou à Inglaterra. Aquele fora seu verdadeiro lar, não Drewsbarrow, em Warwickshire. Cresceu ali e em Londres. Poderiam passar anos até ele usar a suíte se não tivesse sido reformada.

Concluiu que gostara das mudanças. Não se importaria de usar os aposentos porque não guardavam aquelas lembranças. Elas seriam encontradas em outro lugar, claro.

Em certo momento, ele as enfrentaria, mas não por muito tempo ainda.

Sua dama a está despindo e convidando-a para descansar da viagem.

Ele tirou seus casacos e arregaçou as mangas. Voltou ao quarto e olhou uma parede. Os painéis foram pintados, mas não retirados. Colocou a mão em um deles e pressionou delicadamente.

Finalmente, encontrou o ponto onde o painel cedia sob sua pressão. Um clique baixo soou, e o painel se abriu.

Bom, lugares seguros, o advogado tinha dito. Aquele era um deles, e havia outros.

A primeira coisa que viu foi uma pilha de dinheiro. O sr. Leland ficaria chocado em saber que muitas famílias, na verdade, guardavam, sim, milhares de notas em casa.

Ele as colocou de lado, depois se esforçou para ver o que mais se escondia atrás da parede.

Ela está sozinha agora. A dama saíra.

Cinco minutos mais tarde, os conteúdos do esconderijo estavam espalhados na cama. Não incluíam joias. Havia outros esconderijos seguros ali em Abbey que também deveriam ser examinados.

Ele cuidaria disso depois. No momento, outras coisas precisavam de sua atenção, como a adorável hóspede em um dos aposentos acima.

Dezessete

Ela perambulou pelo quarto. A dama tinha afastado os lençóis e fechado as cortinas. Ela puxou o tecido para o lado para que a luz de uma janela lhe permitisse ver os arredores. Aquele aposento devia ter sido decorado bem recentemente, já que mostrava elementos góticos que ainda estavam na moda.

Os pisos inferiores não pareciam um típico jardim. Bem diferente, pequenos lagos, colinas e plantações criavam ornamentos de grande apelo. Nenhuma das floreiras parecia planejada, embora ela soubesse que eram muito bem cuidadas devido aos desenhos.

Mãos circularam sua cintura. O calor pressionou suas costas. Um beijo trilhou a lateral de seu pescoço. O rosto de Stratton flanqueou o seu, e ele olhou junto com ela.

— Era obra da minha mãe — ele disse sobre o jardim.

Ela se apoiou nele, que a abraçou.

— Temi que fosse prisioneira aqui, e sozinha.

— Foi minha intenção ser um anfitrião atencioso e permitir que descansasse da viagem. — Ele beijou seu pescoço de novo. — Depois, outras intenções mudaram essa ideia.

— Suas outras intenções são muito mais interessantes.

Um de seus braços subiu pelo corpo dela. Sua mão acariciou seu seio, fazendo-a arfar. A boca dele pressionou o pulso no pescoço dela, que fechou os olhos e se entregou às deliciosas sensações.

O carinho dele a acalmava e excitava. Ela não tinha mais dúvida de sua decisão. Claro que tinha vindo. Para isso. Para o prazer e a intimidade. Para a chance de se sentir desejada e cuidada.

O toque em seu seio a excitou misericordiosamente. De costas para ele, ela poderia apenas aceitar a forma como ele a provocava em direção ao delírio. Seu corpo ficou tenso de ansiedade quando sua outra mão começou a desabotoar sua camisola. O lento progresso dele a deixou louca de impaciência. Tensa com seu desejo, seus seios reagiam ao mais leve estímulo, até o movimento do tecido de sua camisola contra os mamilos.

Ele puxou sua camisola para baixo e ela se acumulou aos pés. Ele segurou seus seios e acariciou gentilmente as auréolas com os polegares.

— É para isso que está implorando?

Ela mal conseguia falar, e sua mente só sabia de prazer e desejo. Conforme o prazer crescia e se espalhava, ela se flexionava contra ele, e seus quadris pressionavam a excitação dele cada vez mais. A impaciência logo a incomodou de novo, até ela querer gritar. Agarrou os ombros de sua camisa de debaixo do pijama e a puxou para baixo, para poder sentir o toque dele na pele. Ele a abaixou mais, até ela estar nua em seus braços.

A excitação dela cresceu cada vez mais até se tornar um poder lindo que consumiu sua consciência. Ela o deixou segurá-la e abraçar o abandono. A forma como ele a tocava era boa demais para suportar, e cada toque e carinho só a faziam querer mais. Ela desejava o que ele fizera da última vez, sua boca em seus seios e barriga, sua mão pressionando o meio de suas pernas, a insanidade de o prazer enlouquecê-la até nada mais existir.

Os dentes dele se fecharam em seu lóbulo da orelha e mordiscaram gentilmente.

— Juro que esta noite vou devagar, mas faz muito tempo e preciso de você agora. — Sua mão escorregou pelo corpo dela até as coxas. Ele a virou o suficiente para que conseguisse beijá-la. Segurou-a assim e violou sua boca enquanto acariciava seus lábios inferiores latejantes.

Cada carinho longo e oculto enviava uma reverberação silenciosa que tomava todo o corpo dela, cada um mais intenso e completo em reunir seu desejo em uma exigência furiosa por algo mais, algo completo, algo final.

Ele a moveu, inclinou-a e pressionou suas costas. Ele não mais a abraçava. Em vez disso, ela se sentiu brocada sob as mãos dele. Inclinou-se sobre o braço grosso do divã de barriga para baixo, seus quadris descansando no alto e suas pernas penduradas para o lado.

Pareceu que ele a deixou um tempo assim, posando de forma tão escandalosa. Então ele acariciou suas costas e nádegas. Uma mão firme permaneceu na sua lombar, mas a outra buscou de novo a fonte de sua loucura.

A sensação a desmoronou. Firme, profunda e intensa, a fez gritar. Ela tentou engolir o som, mas não conseguiu.

Ela o sentiu então, entrando nela, primeiro devagar, depois forte. A intensidade concentrou em sua completude e em suas investidas. Ela soube do alívio primeiro, mas depois um tremor começou e cresceu, um que ela não conseguiu controlar. Os tremores rígidos a assustaram, e os movimentos dele só os deixaram mais fortes. O corpo dela pareceu desaparecer, exceto de onde eles se juntavam, e a intensidade aumentou em algo doloroso, mas atraente. Deixou-a mais tensa até e, de repente, o tremor tomou seu corpo em uma onda poderosa de sensação que a inundou.

A visão retornou, mas pouca força veio com ela. Ele segurou o braço do divã com as duas mãos, equilibrando-se para não cair em cima de Clara. Adormecida e em silêncio, ela não emitiu som agora, mas o cômodo ainda reverberava com o gemido de alegria dela alguns instantes antes.

Ele se inclinou para beijar sua lombar e, então, a pele macia de suas nádegas. Mesmo agora, saciada depois de um alívio desconcertante, o erotismo de sua pose a envolvia.

Ele arrumou as roupas, depois a levantou. Com um solavanco, pegou-a e a carregou até a cama. Ela se aninhou no travesseiro enquanto ele a cobria com o lençol. Clara esticou o braço e colocou a mão no braço dele, e olhou-o através das pálpebras pesadas.

— Realmente sabe como deixar os hóspedes à vontade.

— Faço meu melhor.

— Se esse é seu melhor, é espetacular. — Ela esfregou o tecido da manga dele entre dois dedos. — O senhor não se despiu, e parece pronto para encontrar a rainha. Eu, por outro lado... — Ela olhou para os delicados cumes de seu corpo debaixo do lençol.

Ele se abaixou para beijá-la.

— Vou pedir que a dama venha em uma hora, e um banho também, se quiser.

— Um banho será maravilhoso, supondo que consiga me mexer até lá.

— Até mais tarde. — Ele se virou para sair.

Ela se virou de lado e se aconchegou no travesseiro.

— Ainda consigo senti-lo. Ainda consigo sentir o que aconteceu — murmurou, sonolenta.

Ele também. Delicadamente, acariciou sua face e a observou cair no sono, depois foi para seus aposentos.

Diferente de Clara, ele não dormiu. Nem descansou. Continuou o que estava fazendo antes de seus pensamentos o levarem ao quarto dela.

Na suíte do duque, logo, havia livros espalhados no chão em vez de nas prateleiras da sala de estar. A parede atrás de uma prateleira estava aberta, revelando um buraco. Seus conteúdos agora estavam na mesa dele.

Ele passou por uma bolsa de moedas de ouro e pilhas de papéis e foi ao quarto de vestir. Puxou o tapete e se ajoelhou em um canto, sentindo a madeira com os dedos. Encontrou o lugar que procurava e empurrou forte. A parte do piso, um quadrado, afundou em um esconderijo. Ele sentiu a estrutura subjacente da casa.

Aprender os locais desses esconderijos foi parte de sua educação tanto quanto aprender a história do partido conservador. Esses lugares secretos foram construídos junto com a casa, assim como poderia encontrar outros na maioria de suas propriedades. Moedas de ouro normalmente são encontradas em lugares assim. Ele tateou, escorregando os dedos pelas vigas, garantindo que não tivesse sobrado nada. Sua mão encontrou um saquinho. Arrastou-o para a luz e o abriu. Caiu uma joia em sua mão.

A peça não se parecia com a que faltava no último inventário. Nem a prata, pérolas e pedras roxas batiam com a descrição de algo que viu nos inventários. Parecia muito antiga. Talvez estivesse escondida por gerações.

Ele a guardou de volta no esconderijo e colocou a parte do piso. Essa era a casa mais provável para encontrar as joias perdidas e, como aquele colar de prata, esquecidas. Agora, ele precisaria procurar em Drewsbarrow, o que demoraria muito.

— Acredito que sua amiga não a repreendeu muito. — Stratton serviu vinho enquanto fazia essa observação.

Eles haviam jantado uma boa refeição e ainda estavam à mesa, aproveitando o restante do vinho tinto.

Uma soneca e um banho tinham revigorado Clara. Ela nem tinha corado quando desceu para se juntar ao duque no jantar. Mas deveria. A tarde fora uma revelação de várias maneiras, nada tão empolgante quanto à forma dominadora como ele lidou com ela.

Outro dia ela pensaria no que aquilo dizia sobre ele. Ela também teria que refletir no que dizia sobre ela, supunha.

— Só alertou de que teria que pagar o diabo se fosse só uma vez. Eu já sabia disso.

— Althea tinha dado mais do que um conselho, que não seria compartilhado com o duque. Sobre as dificuldades de se ter um caso realmente discreto. Sobre o perigo de ser uma mulher solteira. Estava falando por experiência própria.

— Conheço o irmão dela, mas confesso que nunca a tinha visto antes de a senhorita nos apresentar.

— Althea tem uma história trágica. Diferente de meu pai, o dela a deixou dependente do irmão. Quando ele tentou casá-la com um homem cujo favor ele desejava suprir, ela se recusou e, em vez disso, casou-se com um oficial do exército que, infelizmente, morreu na guerra. É tratada como a pobre parente desde então. Uma governanta viveria melhor.

— Ela pareceu elegante quando a encontrei. Não com roupas maltrapilhas.

— Leva jeito com a agulha, então consegue se virar bem para ficar confortável com as amigas da juventude. Agora, conte-me sobre esta casa.

— Ela mudou de assunto rápido porque falar de Althea os aproximava do assunto sobre o jornal.

Althea realmente tinha talento para costura, mas não era como ela mantinha sua aparência. Essa era uma ficção designada para explicar a todo mundo, mas principalmente à cunhada dela, sobre as adições cuidadosamente escolhidas que apareciam de vez em quando em seu armário. Nunca daria certo explicar que Althea tinha emprego tanto como autora quanto como editora de jornal. Clara lhe pagava pela ajuda, mas não o suficiente, considerando o papel que Althea desempenhava.

O duque começara a descrever a história da casa.

— Talvez queira vê-la — ele ofereceu.

— Sim, por favor.

Enquanto passeavam pelos cômodos comuns no térreo, ela percebeu, cada vez mais, que, como seu quarto, tinham decoração mais moderna. As cores ricas, diferente do que fora popular há vinte anos, destacavam os diversos detalhes exóticos. A sala matinal, por exemplo, dava a impressão de um jardim árabe com suas molduras pontudas distintas, telas de filigrana e azulejos azuis e verdes na lareira.

— Penso que não seja uma propriedade obscura raramente visitada — ela disse.

— Era a que mais usávamos. Raramente íamos a Drewsbarrow. Esta era mais conveniente por ser mais próxima da cidade.

Ela pensou se o motivo pelos quais raramente visitavam Drewsbarrow tinha algo a ver com as sensações ruins compartilhadas com outra família naquele condado. Provavelmente, sim. O falecido duque não iria querer participar de um evento do condado para se martirizar ao evitar o outro lorde presente. Que confusão aquela briga tinha criado. E tudo por causa de um pedaço idiota de terra. Ambas as famílias com certeza tinham muitas propriedades.

Eles subiram as escadas e Stratton a levou a um cômodo anexo à biblioteca.

— Isso foi adicionado há uns dez anos.

Com painéis parecidos com os da biblioteca, aquele cômodo não continha livros. Em vez disso, havia uma grande mesa de bilhar no centro. Ela uniu as mãos com prazer.

— Podemos jogar?

— Você sabe?

— Nem um pouco. Meu pai começou a me ensinar, mas minha avó insistiu que não era coisa de uma dama, e ele parou.

— Ele a levou para caçar e a ensinou a atirar, mas concordou que bilhar era passar dos limites?

— Acho que era porque outros poderiam me ver com um taco, mas não poderiam me ver com um mosquete. Mas o senhor pode me ensinar. Aprendo rápido.

— Isso eu já sei. — Ele pegou dois tacos de um armário totalmente esculpido e lhe entregou um. — Faça como eu digo, e vai ser profissional muito rápido.

— Quer dizer que logo será muito normal para mim. Bem natural.

Ele percebeu a insinuação.

— Exatamente. — Ele arrumou as bolas, depois usou o taco para espalhá-las. — Uma batida rápida. Viu?

— Talvez eu devesse praticar primeiro. — Ela juntou todas as bolas de novo e ficou ao lado dele.

Posicionou seu taco.

— Deve se inclinar para mirar — ele disse.

— Assim?

A mão dele gentilmente pressionou as costas dela. Bem como tinha feito há algumas horas.

— Mais assim.

Ela olhou para trás e para cima.

— Acho que entendo a preocupação da Vovó. Não teria entendido ontem, claro. — Ela tentou fazer como ele fizera e falhou miseravelmente. Uma das bolas pulou o suficiente para cair da mesa. — Talvez eu devesse deixar o senhor me guiar, já que é bem mais experiente.

Ele juntou as bolas de novo.

— Vamos começar da maneira mais simples. Se achar que gosta, com o tempo, vou mostrar formas mais sofisticadas de jogar. Há algumas técnicas interessantes que não são para aprendizes.

— Está me provocando a não querer fazer mais nada, se há grandes mistérios por trás. — Ela se inclinou para mirar o taco.

Ele se inclinou sobre ela e reposicionou suas mãos.

— Agora, mire no meio da bola da frente.

— Devo tentar uma batida forte e direta ou uma mais cuidadosamente colocada e efetiva atribuída ao talento mais do que à força?

Ele deu risada e beijou-a em suas costas bem disponíveis.

— Está incorrigível esta noite. Uma dama bem ruim.

Ela riu e olhou a ponta de seu taco.

— Vou me atrapalhar se não me instruir mais.

Ela optou por menos força e mais precisão. Nenhuma das bolas caiu da mesa, pelo menos.

Eles jogaram, mas só era a vez dela quando pensava que ele errava deliberadamente. Quando ela ia jogar, ele a ajudava, seu corpo cobria o dela e seus braços compridos ensinava os dela aonde ir e como atacar a bola que ela escolheu.

— Vou perder — ela disse enquanto se inclinava mais para jogar o que com certeza seria sua última tacada. — É para o senhor me deixar ganhar. Qualquer cavalheiro faria isso.

Ele ficou em cima dela de novo, sua voz perto de seu ouvido.

— Achei que ficaria insultada se eu perdesse deliberadamente. Não que pudesse, mesmo que tentasse, já que se recusa a seguir minhas instruções.

Ele moveu a mão dela na ponta do taco.

— Se segurasse o taco assim como eu disse, teria se desenvolvido mais.

— Então devo segurar o cabo firmemente assim, mas deixar a ponta dos dedos acariciar a ponta para ele deslizar. Parece mais eficiente. Da próxima vez que me disser como segurar um taco, vou escutar. — Ela mirou, mas sua tacada nem acertou a bola porque, de novo, ele acariciou sua lombar.

Só que, desta vez, a mão dele permaneceu ali.

— Tem um senso de humor obsceno para uma jovem bem-educada, Clara.

Ela se endireitou, indo para os braços dele.

— Deve ser o vinho. Eu o choquei?

Ele deu risada e a puxou mais para perto.

— Não acho que consiga me chocar.

— Decepcionante. Tentei muito.

— Se está determinada, provavelmente terá sucesso um dia. — Ele a beijou. — Suspeito que esteja acostumada a fazer a maioria das coisas do seu jeito.

— Sou muito ignorante para saber qual é meu jeito em algumas coisas.

Ele segurou sua cabeça e lhe deu um beijo fervoroso.

— Vamos retificar isso em breve.

Não havia mais ironia, nem jogo. Aquele beijo nunca terminava. Ela se pendurou nele e ficou excitada com ele conforme os beijos se tornaram famintos e os abraços, de perder o fôlego. Ela pensou que ele a deitaria ali mesmo na mesa. Esperava que o fizesse. Em vez disso, ele a soltou, depois pegou suas mãos e a tirou do cômodo, puxando-a enquanto ele subia as escadas.

Ele a levou para dentro do quarto dela e a sentou na cama. Jogou as cobertas para o lado, depois se ajoelhou diante dela. Enquanto a abraçava e beijava, seus dedos encontraram os colchetes de seu vestido. Depois, ele se sentou nos tornozelos. Com os olhos ardentes e a expressão rígida, ele acariciou suas pernas debaixo do vestido. Carícias longas e firmes pinicaram sua pele com calor. Ele ergueu sua saia.

— Tire o vestido enquanto a beijo. — Ele se abaixou ali mesmo na parte interna de sua coxa.

Ela observou enquanto erguia a saia até os quadris, depois tirou o vestido por cima da cabeça. Sua camisa permaneceu acumulada nas coxas. Os beijos dele foram naquela direção. O efeito a maravilhou. Assim como o caminho deles.

Ele havia descrito isso no parque — falado em beijar suas coxas nuas repetidas vezes, até ele finalmente dar o beijo mais íntimo imaginável. Agora, conforme a tensão sensual se espalhava por sua virilha e ela latejava a meros centímetros da cabeça dele, entendia o que não entendera na época.

— O senhor vai... vai... — Sua respiração continuava falhando a cada beijo, e ela não conseguia falar.

Ele segurou seus quadris e a puxou para a beirada da cama.

— Vou. — Ele abriu mais as coxas dela. — Deite-se.

Ela afundou na cama. Beijos quentes e devastadores subiam cada vez mais por suas pernas. Ele a tocava, e o prazer a fazia delirar. Então ela sentiu os beijos mais íntimos imagináveis, e enlouqueceu até sua consciência explodir de prazer.

Quando a sanidade reapareceu, ele estava em pé ao lado da cama, segurando suas pernas enquanto estocava dentro dela. Ela olhou o próprio corpo, depois os olhos dele. Observou a fúria crescer nele, depois dominá-lo e, enfim, trazê-lo ao único êxtase que as pessoas conheciam.

Adam passava os dedos para cima e para baixo nas costas de Clara. Agora nua, ela estava deitada ao lado dele de barriga para baixo, abraçando um travesseiro onde apoiava a cabeça. Seus olhos estavam fechados, mas ela não estava dormindo. A ponta dos dedos perambulantes dele continuava fazendo-a sorrir.

Ela esticou o braço e apoiou a mão no peito dele, como se buscasse certeza de que ele estava ali.

— A senhorita é linda, Clara. Sua pele cremosa parece seda e veludo. Seu cabelo nessa luz fraca é um cetim escuro, exceto por manchas onde a luz encontra algumas mechas ruivas.

— Não pare. Meu orgulho está devorando sua bajulação. Normalmente, quando ouço comentários sobre minha aparência, alguém está apontando os defeitos.

— Impossível. Não há defeitos.

— Que mentiroso encantador. Disseram que minha boca é grande demais. Com certeza, notou.

— Acho que sua boca é perfeita, e erótica.

Ela abriu os olhos.

— Erótica? — Ela ficou confusa. — Obrigada por pelo menos não a odiar. Um *perfeito* do senhor vale mais do que centenas de críticas de outros. Mesmo assim, acho que podemos concordar que a irmã oferecida ao senhor era a mais bonita.

Ele a abraçou e a colocou por cima dele, então seus seios e rosto ficaram pressionados no peito dele, não apenas a mão dela. Ela se sentiu bem e segura nos braços dele daquela forma, toda maciez e calor femininos. Sua respiração fazia cócegas no peito dele e, lentamente, reavivava outras sensações.

— Eu não concordo. Mesmo de longe, pensei que a senhorita seria o grande prêmio. Assim que nos conhecemos, tive certeza. A senhorita não é nada menos do que magnífica, querida.

Ela ergueu a cabeça e o olhou. Uma cortina grossa, livre de grampos, caiu em seu rosto de apenas um lado.

— Acha mesmo?

— Não sou falso bajulador. — Sim, magnífica. Ele lhe diria mais. Deveria encontrar palavras para explicar como ela era rara de uma forma que se desdobrava inteira durante a paixão. Como ela fazia escolhas por conta própria. Não era imune a opiniões do mundo, claro. O subterfúgio elaborado para levá-la até ali provou isso. Mas, no fim, ela *estava* ali, sem culpa ou preocupação, encantando-o com seu corpo e mente.

— O senhor pareceu um verdadeiro hóspede quando andamos pela casa — ela disse.

— Não vinha para cá há anos. Desde que voltei, visitei a principal propriedade em Drewsbarrow, mas não vim aqui.

— E é tão perto de Londres.

— Estava ocupado com outros assuntos da propriedade. Depois estava ocupado perseguindo-a.

— Não fomos ao jardim. Ele é incomum. Vou me aventurar pela manhã, antes de sairmos para a corrida.

— Aguarde-me, ou vai permanecer no jardim. Não quero que se perca.

Ela deu risada.

— Não acho que isso vá acontecer.

— Nós vamos juntos. — Ele beijou sua cabeça. — Você se lembra do que fazer amanhã?

— Se eu esquecer, Althea vai lembrar. Ela está sendo bem protetora. Muito maternal.

— Deve achar irritante.

— O cuidado dela comigo é desarmante. Toda a sua preocupação vem com boa intenção. Não é o mesmo que as repreensões e os sermões de membros da família que só estão pensando em si mesmos.

— Se ela cuida tanto da senhorita, provavelmente não me aprova. Não assim.

— Ela não disse nada. Também, diferente da minha família, não me trata como idiota. Supõe que eu já tenha pensado em qualquer cautela ou alerta que poderia dizer.

Ele sabia quais seriam esses. Ela não precisava listar os itens que devem passar por sua mente às vezes. Talvez o fizessem com frequência. Como naquele instante.

Não havia uma maneira boa de falar sobre isso. Certamente não agora e não ali. Ela precisava pensar, às vezes, se interpretara mal os motivos de ele persegui-la, no entanto.

— Não acha estranho estarmos aqui assim? Tudo em nossa vida diria que seria impossível.

O DUQUE MAIS PERIGOSO DE LONDRES

Ela falou em um tom de curiosidade, como se tivesse escutado os pensamentos dele. Ele ficou impressionado por ela ter tocado no assunto. Parecia ser mais corajosa do que ele.

— O desejo cria os próprios argumentos, eu acho.

— É isso? O senhor poderia ir embora quando estivesse satisfeito. Mas não foi. A menos que se sentisse obrigado a estar aqui comigo. Ou talvez tolere essa intimidade enquanto espera o desejo chegar de novo.

Nada na voz dela indicava que buscava uma resposta específica. Ela mal falava sobre coisas que pensava. Ou pelo menos algumas das coisas.

— Não me senti obrigado. Vou admitir que pretendo tê-la novamente, mas estar com a senhorita não é algo que apenas tolero para isso, Clara.

— Talvez o que nos conecte seja mais do que desejo. Talvez seja também a amizade.

Não era a palavra que ele usaria. Se ela escolheu essa, ele não se oporia.

Ela ergueu a cabeça de novo, depois olhou para a lateral do corpo. Brilhos maliciosos preencheram seus olhos.

— Eu não me mexi, mas estou achando que o senhor, sim.

— Não me movi.

— Então cresceu.

Ele fingiu pensar muito.

— Ah. Sim, acredito que esteja correta. — O pênis dele inchou mais e pressionou a barriga dela.

— Acredito que o desejo tenha subido à sua cabeça de novo. — Ela se sentou, rindo da sua piada de duplo sentido. Descansou as nádegas nas coxas dele e observou fascinada a transformação contínua. — É uma maravilha não ter me matado da primeira vez. — Ela o cutucou com delicadeza. Ele inchou mais.

Ela veio por cima e o beijou profundamente, quase de maneira selvagem. Ele a fez voltar para onde estava sentada, pegou sua mão e fechou-a na base de seu pênis.

— Exatamente igual ao taco — ela disse, divertida. — Devo lidar com a outra ponta mais delicadamente?

Ele disse a ela o que fazer.

Clara pensou que nunca conheceria tal prazer. Mesmo as revelações no início da noite não se comparavam. Continuou provocando-a a um alívio que permanecia além do alcance.

Ela estava deitada sobre ele, apoiada nas mãos e nos joelhos. A boca dele torturava seus seios enquanto a cabeça de seu pênis incitava a entrada de sua passagem. A satisfação de absorvê-lo permanecia além do alcance, transformando-se em uma provocação impiedosa.

Finalmente, ela não conseguiu aguentar. Desistiu de um prazer pelo outro. Foi para trás e o colocou para dentro. Nada nunca foi tão bom.

O alívio não demorou. Ela mexeu os quadris para senti-lo melhor. Ergueu-se, e depois pressionou para baixo a fim de criar mais sensações.

— Isso. Assim — ele disse. — Até o fim, se quiser.

Ela ficou surpreendida por ele aceitar tanta passividade. Movimentou-se de várias formas, explorando as sensações, encontrando a pressão de sua completude que a fez arfar. Certificou-se de arfar cada vez mais, obtendo o prazer gananciosamente, ferozmente, até ficar desesperada. Ele ajudou então, segurando os quadris dela e estocando. Ela gritou de alegria a cada investida que compartilharam, até aquele incrível êxtase trazer o alívio profundo.

Dezoito

Adam esperava impaciente enquanto seu criado limpava sua sobrecasaca. Ele tinha se levantado mais tarde do que pretendia, e aquele criado havia levado o dobro de tempo do que seu lacaio de sempre demorava para fazer seus deveres. Já que até agora a mão do homem tremia enquanto segurava a escova, estava óbvio que servir Sua Graça provavelmente estava sendo enervante para o camarada.

Ele engoliu o impulso de dizer para ele se apressar e sofreu com o esforço. Finalmente terminado, ele partiu e foi para a sala matinal.

Não havia ninguém lá. Ele comeu o café da manhã, depois perguntou ao mordomo se Lady Clara já tinha descido.

— Ela desceu há algum tempo, Sua Graça. Quase uma hora, eu diria. Fez o desjejum, depois foi lá para fora.

Clara decidiu passear no jardim sozinha. Ele saiu no terraço e a procurou. Não a encontrou. Espreitou, esperando que saísse de trás de um arbusto ou de uma das delicadas floreiras da paisagem. Finalmente, viu uma movimentação na pequena colina nos fundos. Clara estava parada entre duas árvores, olhando para baixo daquele ângulo. Ela não o tinha visto. Enquanto ele observava, ela se virou e desapareceu.

Havia descido pelo outro lado. Os jardins acabavam ali. Pelo menos os oficiais. Não havia nada na direção em que ela foi, exceto um pouco de vida selvagem. Ele esperou que ela percebesse e reaparecesse. Só que não o fez.

Amaldiçoando sua teimosia, ele foi atrás dela. Ele não tinha falado para ela esperá-lo? Não tinha exigido que ficasse no jardim? Ele andou rápido. Seu rancor aumentava mais do que tinha direito, mas não conseguia se controlar. Não queria que ela perambulasse pela floresta. Com certeza não queria ter que ir atrás dela.

Do topo da colina baixa, ele olhou para a encosta com as árvores e o arbusto. Aquela área rústica não tinha mais do que quatrocentos metros, mas não tinha espaços abertos. Ele poderia andar vendado, já que brincava ali quando menino. Uma estranha, no entanto, poderia se perder.

Xingando e pensando que, em vez de acariciar suas nádegas redondas e lindas, deveria ter dado um tapa nela, desceu a colina e entrou nas árvores. Parou a fim de enxergar o vestido em tons de hortênsia que ela estava usando. Quando não a viu, chamou-a.

— Estou aqui — ela gritou de volta. — Do lado de um pequeno lago.

Ela *iria* encontrar o caminho até *ali*. Inferno.

Clara observava a água borbulhar em uma ponta da piscina. Deveria ser uma nascente. Ela estava sentada na rocha grande admirando a pequena clareira. Pensou que era um dos lugares mais encantadores que vira em anos.

Ouviu Stratton chegando. Ele se aproximava enquanto ela pensava em tirar os sapatos e enfiar os pés na água. Então ele chegou. Ela o sentiu à sua esquerda enquanto as bolhas a fascinavam.

— Não é lindo? — ela perguntou. — Tão tranquilo e sereno. Deve ser perfeito no verão.

— Venha comigo, Clara.

O tom dele assustou-a. Ela olhou por cima do ombro. Ele estava ali parado, um homem muito diferente do que ela tinha visto nos últimos dias. Sombrio. Severo. Ele a lembrou de como se comportara no primeiro encontro deles, quando ele estava bravo por ela o expulsar. Não conseguia imaginar por que estava bravo agora.

— Por que está tão mal-humorado?

Ele não a olhou diretamente, mas mais para o lago.

— Eu disse para não ir ao jardim se saísse sozinha. Poderia ter se perdido.

Ela queria rir.

— Tem um caminho que me trouxe até aqui. Acho que teria encontrado o caminho de volta.

— Mesmo assim, eu disse para não o fazer. Agora, dissera para vir comigo, e também desobedeceu.

— Não pode ficar surpreso. Já sabia que não obedeço ordens, principalmente as que não são racionais.

Ele olhou de repente para ela. Não, não para ela. Para a rocha em que estava sentada. O olhar dele travou ali. Não disse nada. Enquanto ela observava, algo emergiu nele e se misturou com a raiva. Não a substituiu. Se fez alguma coisa, só a piorou. Mas ela não conseguiu ignorar a mudança nele. Seus olhos não ardiam mais apenas com fúria. Também tinham profunda tristeza.

MADELINE HUNTER

Ela olhou para a rocha, depois voltou à concentração dele. No seguinte instante terrível, ela pensou que sabia o que o tinha mudado tanto, e o que ele via enquanto encarava.

Ela saiu da rocha.

— Sim, vamos. Obrigada por me encontrar. Posso ter me perdido, apesar de achar que nunca o faria.

Ela passou por ele e foi para a beirada da clareira e o começo do caminho. Ele permaneceu onde estava, longe dela, dentro de sua mente.

Ela voltou e o abraçou, por algum tempo. Isso o fez olhar para ela. O coração dela se apertou com a dor que viu nele. Ela pegou seu braço com um sorriso, como se não tivesse percebido, e apressou-o para sair da clareira.

Eles voltaram para a casa em silêncio. Ela não ousou falar. Tinha se intrometido em algo particular naquela clareira ao qual não tinha direito. Perguntou-se se um dia ele a perdoaria por isso.

O caminho de Epsom para a pista de corrida era de apenas um quilômetro e meio, mas Clara concluiu que poderiam ter ido andando e chegado em metade do tempo que a carruagem levou. Ela tinha voltado à cidade a fim de se reencontrar com Althea. A única coisa boa sobre a viagem lenta entre centenas de outros veículos era sua confiança de que muitos olhos a viam com sua amiga em uma quinta de manhã.

Pessoas de todos os lugares preenchiam a estrada. Das carruagens mais chiques às carroças mais humildes, todos iam para a corrida que demoraria apenas alguns minutos para se completar. Ela olhou para fora pela janela e percebeu que não seria uma boa ideia ir andando. Aqueles que usavam os pés em vez de rodas eram obrigados a sair da estrada completamente e andar nos campos molhados e na grama ao lado.

— Não me importo de disfarçar por onde realmente anda, Clara — Althea disse. — Mas acho que significa que posso ouvir se seu encontro está indo bem.

— Foi muito bom. Pelo menos até esta manhã depois do café.

— Vocês discutiram?

— Mal conversamos antes de eu partir. — Ela contou a Althea sobre o passeio na floresta e encontrar o lago e a rocha. — A raiva dele não fazia sentido, até eu perceber onde estava. Acho que o pai dele fez ali. Matou-se.

— Oh, nossa. Por isso ele não a queria andando sozinha.

— Consegui perambular exatamente por onde ele não escolheu andar. Acho que provocou lembranças que permaneceram nele até minha carruagem partir.

Ela nunca esqueceria do olhar nos olhos dele na clareira. Raiva vívida e dor profunda e emotiva. O coração dela conhecia o luto e o reconheceu nele. Deve ter sido muito pior perder um pai da forma como ele perdera.

— Ainda vamos nos juntar a ele na arquibancada, como ele planejou? — Althea perguntou.

— Acho que vamos descobrir em breve. Ele disse que um criado viria até nós quando chegássemos. Se ninguém o fizer, ou ficar claro que não nos veremos...

— Ainda assistiremos à corrida, apenas com uma vista menos vantajosa.

Clara não teve coragem de contar a Althea que ver a corrida, que ela estivera tão empolgada desde a proposta de Stratton, não lhe interessava mais. Uma preocupação doentia se alojara em seu coração. Depois de ficarem tão próximos na noite anterior, a distância de Stratton naquela manhã a deixou nervosa. A formalidade fria tingia cada palavra que ele disse. Fora como se tivessem compartilhado intimidades em um mundo diferente. Talvez o tivessem, e entrar naquela clareira o trouxera de volta à Terra.

A carruagem não se movera em alguns minutos. Agora, o sr. Brady abriu a porta.

— Não chegaremos mais perto. — Ele colocou a escadinha e lhes estendeu a mão. Apontou para a ponta de uma cerca ao longo da estrada. — Estarei bem ali quando precisarem de mim. Procurem aquele último poste e estarei ali perto, independente de onde a carruagem estiver. Não me demoraria muito na corrida se quisesse chegar a Epsom antes do cair da noite.

Clara lhe agradeceu, depois ela e Althea passaram pelo mar de carruagens e o monte de pessoas.

— Não sei como alguém vai ver alguma coisa — Althea disse. — Parece que estão indo para perto da pista. Tem mais de um quilômetro, então a vista ficará longe do final.

Claro que elas precisavam ir até onde a corrida iria terminar, então isso não ajudou muito. Finalmente, depois de muito desvio e caminhada, chegaram à arquibancada grande onde a família real assistia confortavelmente no alto.

A arquibancada grande era a única construção permanente, mas havia outras colocadas ali temporariamente ao redor. Algumas tendas grandes as rodeavam.

Clara se obrigou a não olhar para as arquibancadas. Uma pertencia a Brentworth, que tinha um cavalo de corrida. Seria o criado dele que viria convidá-las para subir, se ninguém o fizesse.

— Não pareça tão carrancuda — Althea falou. — Tenho certeza de que superestimou o humor dele esta manhã. O pior que pode acontecer é eu e você aproveitarmos o dia, e você vai ficar comigo naquela casa muito linda esta noite. É tão encantadora que estou ficando mimada. Estou certa de que ele precisava me deixar ali por mais do que dois dias. Talvez você e eu possamos ficar por uma semana antes de voltarmos.

Clara enganchou o braço no de Althea.

— Parece o paraíso. Podemos passar o tempo planejando as próximas três edições do jornal entre visitas ao spa para longas imersões.

Encontraram um lugar onde conseguiam ver alguma coisa além de chapéus de homens e boinas de mulheres. Não muito depois de terem chegado ali às cotoveladas, um criado uniformizado se aproximou para informá-las de que o Duque de Brentworth pedia a companhia delas na arquibancada dele.

— Viu? — Althea disse enquanto seguiam o criado de volta pela multidão.

Clara pensou que não *veria* nada até olhar Stratton de novo nos olhos.

Dezenove

— Deveríamos apresentar um projeto de lei para melhorar as estradas de Londres — Langford disse.

Estava ao lado de Adam enquanto ele olhava a multidão no mesmo nível em que os cavalos iriam correr. Ao lado de Langford estava a estilosa e adorável sra. Harper. Pela forma como ela e Langford trocavam sorrisos, Adam supôs que a sra. Harper era uma nova e complacente amante.

Brentworth observava do outro lado de Adam. Brentworth deixara sua amante em Londres. Adam achava que a maior parte da cidade nem sabia que ele tinha uma.

Outros se apertavam na plataforma. Como proprietário de um dos cavalos, Brentworth criara uma pequena festa ali e convidara, no mínimo, vinte pessoas para se juntar a ele. No fundo da arquibancada, havia uma plataforma com mesa arrumada com prataria, louças e toalha chiques com comida suficiente para alimentar cinquenta.

Langford e sua nova amante saíram para se sentar nas cadeiras confortáveis e voltaram sua atenção somente um para o outro.

Brentworth olhou por cima do ombro para a sra. Harper.

— Ouso dizer que Langford ficará muito mais pobre antes que ela acabe com ele.

— Ambos parecem euforicamente felizes, então duvido que ele vá se importar com o custo.

— Langford se comportou assim, pelo menos, umas doze vezes, pelo que me lembro. Nós todos ficamos euforicamente felizes no auge da paixão. Exceto você, aparentemente. Está cismado, apesar de seus esforços para esconder.

— É passageiro. — E era. Ver aquele lugar de novo tinha estremecido sua alma, e bem pior do que esperava. Conforme ele ficava ali parado, tudo voltava. O choque e o luto, e também o ódio. Sabia que tudo aquilo o esperava. Evitara retornar por um motivo.

— Talvez, quando Lady Clara se juntar a nós, passe totalmente. Aí vem ela.

— Não sei como consegue ver alguma coisa nessa multidão.

— Faço meus criados usarem uniforme, assim consigo enxergar o trançado dourado em seus chapéus tricornes. Quando penso em acabar com as tradições antiquadas, penso nesse trançado e em como é útil para ocasiões assim.

Adam viu o chapéu e as duas mulheres atrás dele. Clara olhou para cima ao encarar as escadas. Ela o viu imediatamente. Seu sorriso pareceu tentador.

Ele havia se comportado mal de manhã quando a encontrou na nascente. Tinha sido grosseiro e permitira que o passado controlasse sua reação.

Clara adivinhara o motivo. Ele soube, pela forma delicada como ela falou com ele e a maneira como o apressou para se afastar do local.

Assistiu-a subir, seus lindos olhos brilhando com humor enquanto ria de algo que Althea disse. Ele fora um caos de sentimentos sombrios naquela manhã, mas só a presença dela já fornecera o conforto que ele conhecia.

Ela e Althea entraram na plataforma. Ele e Brentworth foram até elas, e Clara apresentou a amiga. Ambas lhe agradeceram pela gentileza de convidá-las para assistir daquele lugar elevado.

Adam levou Clara para o lado. Podia ver sinais de sua hesitação, e a intimidade profunda da noite pareceu distante.

— Está aborrecida por ter demorado muito para encontrar as senhoritas e trazê-las aqui? — ele perguntou.

— Nem um pouco. Com essa multidão, é um milagre o criado ter conseguido.

— Então, por que o sorriso rígido e os olhares semicerrados, Clara?

Ela permaneceu em silêncio, sujeitando-o a uma longa análise.

— Estou me perguntando com que Stratton estarei hoje. O de ontem à noite, ou o desta manhã.

— Sou sempre o mesmo homem.

— É mesmo? Eu era uma estranha naquela casa esta manhã, depois de retornarmos do jardim. Uma estranha para o senhor. Em troca, o senhor era um estranho para mim. Acho que sei por quê, e como me ver naquela nascente o afetou seriamente. Apesar de eu me solidarizar bastante, não gostei de ser despejada esta manhã com menos cerimônia ou gentileza do que alguma prostituta que encontra em uma taverna. — Sentimentos além da raiva coloriam sua expressão.

— Está exagerando. Não fui tão frio assim.

— Duvido que se lembre bem o suficiente para saber. O senhor estava completamente imerso em pensamentos, e nenhum deles tinha a ver comigo.

— Claro que a senhorita estava em meus pensamentos.

Ela inclinou a cabeça.

— Não de uma forma boa, então.

Ele não queria ter aquela conversa ali, e falou as palavras necessárias a fim de garantir que não iria acontecer.

— Então peço que me perdoe por esta manhã, Clara. Não merecia a maneira como falei com a senhorita quando a encontrei na nascente e a forma com que a tratei depois. Minha distração não tinha nada a ver com a senhorita.

Só que não era completamente verdade. Uma parte era, não era? O que acontecera na clareira o enviara para longe da Inglaterra e o trouxera de volta, e ela não estava totalmente excluída dos acontecimentos, mesmo que ele tentasse dizer a si mesmo que não.

Ela sabia disso também. Ele podia ver em seus olhos.

— Família, até paixão, não muda o que somos — ela disse.

Soava como se ele fosse condenado, e um epitáfio para o caso de amor deles.

— Althea sugeriu que eu fique em Epsom com ela esta noite. Na verdade, ela quer que aproveitemos aquela casa por muitas noites ainda.

— Pode fazer como quiser. No entanto, eu espero que não o faça.

Pelo sorriso que ela lhe deu, ele pôde ver o que ela faria. Clara voltou a atenção para o tablado atrás deles.

— Se nos aproximarmos daquela parede casualmente, acha que consigo xeretar os duques reais sem ser tão óbvia?

— Vou apresentá-la a alguns deles, então não precisará xeretar.

Ele a acompanhou até lá e o fez. Os duques reais, todos, tinham olho bom para mulheres, e haviam conhecido o pai dela. Alguns pareceram surpresos em vê-la na companhia do Duque de Stratton. Conversaram um pouco e foram apenas interrompidos pelos gritos da multidão, indicando que a corrida começara. Então voltaram à frente da plataforma.

Clara assistiu à corrida com uma expressão extasiada. Brentworth torceu por seu cavalo, e em volta deles havia uma empolgação crescente. Quando os cavalos saíram de vista, Clara se equilibrou pegando o braço de Adam e se debruçou para fora da arquibancada o máximo que pôde para continuar vendo-os.

Acabou em minutos quando os cavalos alcançaram a linha de chegada. O dinheiro começou a trocar de mão.

— Quase — Adam disse a Brentworth, que fez uma careta severa para os resultados.

— Isso não me salva disso. — Ele colocou a mão no bolso e tirou um pacote de notas de dinheiro. Tirando cem, ele entrega a Langford, que estava esperando.

— Você aposta contra o cavalo dele, mas comeu a comida dele e aproveitou sua hospitalidade? — Clara perguntou.

— Eu sabia que Moses ia ganhar. Tenho observado-o por um ano. Até tentei comprá-lo para o Duque de York. — Langford sorriu para o dinheiro.

— É bem parecido com achar dinheiro perdido na rua. Implora para ser gasto de forma decadente.

— Você vai pensar em algo apropriado — Brentworth disse.

Langford olhou por cima do ombro para sua adorável sra. Harper.

— Acho que vou pensar ali.

Lá embaixo, a multidão se agitava como um animal enorme vivo, criando tentáculos conforme as pessoas iam embora em filas. Haveria entretenimento no campo para aqueles que quisessem passar o dia, mas a apresentação principal tinha terminado.

Ainda corada com empolgação, Clara olhou em volta na plataforma.

— Ah, ali está ela. — Acenou para a amiga, que estava sentada perto do fundo, conversando com uma mulher.

Althea pediu licença e veio se juntar a eles.

— Deveríamos procurar o sr. Brady? — ela perguntou à Clara.

— Acho que sim. Vou me despedir de Brentworth. — Então se afastou.

Althea permaneceu. Baixa, elegante e loira, sorriu serenamente.

— Eu deveria explicar uma coisa, Sua Graça.

— O que é?

— Ela confiou no senhor com pouco motivo para isso e muito motivo para não o fazer. Se abusar dela de alguma forma, se trouxer mágoa e humilhação para a vida dela, o senhor vai responder a mim.

Nunca uma pessoa tão pequena o tinha ameaçado de maneira tão poderosa. Ele teria dado risada, mas ela falava sério. Mesmo com todos os seus sorrisos, ela estava mortalmente séria.

— Não farei isso.

Assentindo, ela foi se juntar à Clara. Ele ficou observando até ambas partirem.

Na plataforma, as damas estavam sentadas para jantar à mesa. Os cavalheiros apostavam em um bar improvisado adiante. Um dos criados dava as cartas para jogar vinte e um.

— Isso é bem melhor do que tentar passar por todas aquelas carruagens — Langford disse enquanto olhava suas cartas.

— Sou obrigado a concordar. Além disso, quanto mais você fica, mais certeza tenho de que vou ganhar de volta aquele dinheiro — Brentworth declarou.

— Não estamos jogando um contra o outro, mas contra o banco.

— E quem você acha que forneceu o banco? — Adam perguntou.

Langford olhou para o criado e a pilha de dinheiro diante dele.

— Excelente argumento.

A multidão lá embaixo havia dispersado bastante, mas ainda se podia ouvir o barulho do campo no qual muitos veículos aguardavam. Adam pensou se Clara e Althea já tinham conseguido sair.

Também se perguntou se o subterfúgio do dia anterior iria se repetir ou ele deveria presumir que Clara permaneceria com a amiga. Provavelmente a segunda opção. Já que voltar a Kengrove Abbey significaria encarar a verdade, ele não estava com pressa de ir embora.

Nem seus dois amigos. Ambos eram convidados dos Oaks e do Conde de Derby, cujo nome foi homenageado pela corrida. Derby se juntara a eles e se sentou no bar de cartas por um tempo. O Duque de Clarence, que se tornara herdeiro da coroa com a ascensão de seu irmão George, acomodou-se para uma visita mais longa. Outros vinham e iam. Isso lembrou Adam dos camarotes no teatro, já que outras plataformas também davam suas festas.

As apostas aumentaram. O vinho e o uísque fluíam. Os homens começaram a conversar do jeito que faziam em seus clubes. Com algumas sobrancelhas erguidas, as damas iam embora para buscar companhias mais gentis. Até a sra. Harper desapareceu. Os criados trouxeram charutos.

A notícia de que se poderia passar um bom tempo na plataforma de Brentworth se espalhou, porque mais homens entraram. Um grupo atacou a comida na mesa e usou a ponta dela para outros objetivos. Os criados continuavam trazendo mais garrafas.

— A sorte está com você hoje, Stratton. Você está positivo, em o quê, duzentos? — Brentworth perguntou.

— Verdade? Não estou contando.

— Olha só, gosto de homens que não reparam em seus ganhos e perdas. Geralmente perdem mais — o Duque de Clarence gritou. — Sinta-se à vontade para apostar comigo a qualquer hora.

Langford saíra por um tempo, mas agora recuperara seu lugar.

— Sua comida está bem superior à da plataforma de Portland. Ele nem tem champagne.

— Nem eu — Brentworth disse.

— Daí minha pequena missão de busca.

— Você foi ao acampamento do inimigo para ver se as provisões eram superiores? — Adam perguntou. — Que desleal da sua parte.

— Tinha esperança de beber champagne. Só uma taça. Brentworth aqui não se importa com isso, então todos nós devemos sofrer.

Brentworth bebeu uma taça com algo bem mais poderoso do que simplesmente champagne.

— Não consigo suportar vinho que provoca bolhas no nariz.

— Você nunca desenvolveu gosto. Não teve isso em sua juventude, porque seu pai era o duque certinho, assim como você é agora. Minha família, por outro lado, de alguma forma, conseguiu obter champagne durante toda a guerra.

— Havia somente uma maneira de fazer isso — Adam disse. — Você acabou de admitir que comprava produtos contrabandeados, Langford.

— Alguém tinha que comprar. Do contrário, as estradas de Kent a Londres teriam ficado cheias de caixas de mercadoria.

Brentworth balançou a cabeça.

— Nós tínhamos bastante champagne em casa durante a guerra. Meu avô comprava uma boa quantidade quando via oportunidade, então nossa adega ficava bem abastecida. Já que ele não era o... como você disse?... duque certinho, é verdade que meu pai não apoiava contrabandistas. Se não estivesse bêbado, não admitiria que sua família fazia isso. Soa desleal.

— Não tão desleal quanto os feitos de algumas das suas famílias, sem mencionar nomes, claro. — A voz inserindo essa observação veio detrás deles.

Adam virou a cabeça e viu o Marquês de Rothborne em cima de seu ombro, olhando para baixo com um sorriso embriagado e olhos lacrimejantes. O marquês não era mais jovem e arruinara sua saúde há muito tempo com bebida.

— Excelente uísque, Brentworth — Rothborne elogiou, erguendo o copo. — Escocês?

— Irlandês, e acho que o senhor aproveitou bastante dele.

— Ouvi que você tinha o melhor, então aqui estou. Claro que ninguém me falou sobre sua companhia. Sou um pouco mais nervoso do que você, acho. Evito me sentar à mesa com um homem que só tem título porque seu pai escapou do julgamento atirando nos próprios miolos.

Rothborne deu risada de sua própria piada. Brentworth congelou. Adam começou a decidir qual amigo seria seu assistente no duelo. Ninguém na mesa disse nada. Parecia que ninguém também respirava muito.

— Está bêbado, Rothborne — Langford disse. — Desculpe-se, depois sente e jogue. Estou perdendo muito, e o destino ordena que eu pare um pouco. — Ele se levantou. — Aqui, use minha cadeira. Posso arruinar minha fortuna outro dia.

— Nunca vou sentar ao lado dele.

Com um sorriso afável, Langford segurou o ombro de Rothborne. Apertou forte, colocando seu peso e sua força.

— Eu insisto que se sente em meu lugar. *Sente.*

O corpo de Rothborne caiu na cadeira. Seu rosto ficou vermelho. Lentamente, ele virou a cabeça até olhar para Adam, bem ao seu lado.

— Tenho certeza de que quer se desculpar — Brentworth disse do outro lado de Adam e gesticulou para o criado lhe dar outra carta. — Será sábio fazê-lo antes de essa jogada terminar. Duvido que possa segurar Stratton mais tempo que isso.

— Para o inferno que vou me desculpar.

Brentworth suspirou e balançou a cabeça.

— E hoje foi um dia tão agradável. Agora vai terminar mal, e tudo por causa de um tolo bêbado que não soube segurar a língua. Desculpe, Stratton. Como anfitrião, sinto-me responsável.

— Alguma hora tinha que acontecer. Se não fosse esse tolo bêbado, então seria outro. De alguma forma, acostumei-me a matá-los. — Ele voltou seu olhar para Rothborne e esperou que esse tolo em particular recuperasse sua razão nos próximos dois minutos.

Langford se inclinou para falar no ouvido de Rothborne.

— Caso tenha se esquecido de como isso funciona, deixe-me lembrá-lo. Stratton precisa contestá-lo agora. Seu orgulho não vai deixá-lo recusar, mesmo quando, pela manhã, acordar sóbrio e perceber que vai morrer em breve. Não foi um pequeno insulto à honra dele, e ele era um atirador especialista quando tinha quinze anos.

— Eu não vou morrer. Ele vai, com mais honra que o pai, pelo menos.

Outro silêncio rígido pairou sobre os homens à mesa. Adam percebeu que alguns dos outros da plataforma agora observavam. Inferno.

— Rothborne, não me dá escolha a não ser...

— Desculpe-se — o Duque de Clarence, que estivera assistindo com minuciosa atenção, cuspiu o comando. — Vou ter que explicar que me sentei aqui enquanto um duque e um marquês arranjavam um duelo? Pare de ser idiota, Rothborne.

— Mas eu...

— Eu disse para se desculpar agora, ou vou pedir para George chamá-lo no palácio como uma criança e enviá-lo para o sul do país. Alguns anos em lugares rústicos podem lhe fazer bem.

Rothborne pareceu miserável. Seu queixo baixou até o peito. Ele murmurou algo. Langford, ainda perto dele, olhou para Adam e deu de ombros.

— Não conseguimos ouvi-lo — o Duque de Clarence anunciou. — O senhor insulta alto o suficiente. Pode falar claramente agora também.

— Desculpe, Stratton. Não estou me sentindo bem hoje. — Ele mal falou, sua voz estava muito estrangulada.

Langford soltou o ombro de Rothborne, mas lhe deu um tapa bem caloroso nas costas que chacoalhou o corpo do homem.

— Ah, isso mesmo. Agora, fique e jogue uma ou duas rodadas, para todo mundo ver que todos somos bons amigos.

Rothborne jogou duas rodadas, depois se levantou e saiu cambaleando. Langford retomou seu assento. Seu olhar encontrou o de Adam de uma forma ameaçadora. Adam não falou nada. Agradeceria a Langford e Brentworth depois.

— Agradecemos sua ajuda — Brentworth disse ao duque real.

— Sim — Adam concordou. — O senhor me poupou de um aborrecimento desagradável.

— Não poderia deixar que ele arruinasse um dia em que estou bebendo um uísque tão bom. Irlandês, então? — Ele bebeu tudo.

— Vou pedir que enviem uma caixa ao senhor — Brentworth prometeu.

— Não precisa, não precisa. Meu médico pede que eu beba mais cerveja ultimamente. Embora não me importaria de beber um pouco daquele champagne que seu avô escondeu, se tiver sobrado.

— Brentworth vai me contar sobre a fonte, e vou enviar um pouco da França — Adam disse.

Eles continuaram jogando. Adam ficou porque ir embora agora ficaria ruim. Contribuiu com a camaradagem, mas a ameaça de Rothborne pesou nele.

Haveria outro tolo outro dia. Mesmo que, por um milagre, ele limpasse o nome do pai, duvidava que isso fosse parar.

Vinte

𝒞lara assistiu ao entardecer, depois a noite se acumulou do lado de fora das janelas. Começou a pensar que Stratton não voltaria naquela noite.

Culpava apenas a si mesma se isso acontecesse. Ela não tinha lhe prometido que iria lá, como planejado originalmente. Quando eles se separaram, ela não sabia se iria.

Mesmo assim, ali estava ela, sentindo-se menos confiante em sua decisão a cada minuto. Ele fora muito gentil na corrida. Muito charmoso. Ela não duvidava que sua desculpa tenha sido sincera. O tempo amenizara o pior de seu humor também. Ela ainda sentiu aquela sombra e a viu em seus olhos, mas não com a intensidade da manhã.

Perigoso. Havia se esquecido de que as pessoas diziam isso sobre ele. Ele não parecera perigoso para ela. Não da forma que os boatos diziam. Naquela manhã, no entanto, quando ele apareceu na clareira, aquela palavra se encaixou bem demais.

Será que ele estivera lá naquele dia? Será que tinha visto o resultado? Ela suspeitava que sim. Ele estivera perdido para ela, para o mundo todo, enquanto encarava aquela rocha. Perdido para si mesmo também. Olhou em volta no cômodo no qual descansava. Althea dissera para ela não ir lá. *Se ele precisar de você, vai encontrá-la*, ela tinha dito. Althea pensava que, como a maioria dos homens, Stratton iria querer ficar sozinho depois de perder a batalha para si mesmo. Provavelmente, Althea estava certa.

Adam entrou na casa perto da meia-noite. Tinha sido um dia infernal. A única coisa boa havia sido ver Clara. O tempo que passaram juntos na corrida foi um período brilhante rodeado por tempestades. Havia um quadro assim na galeria, uma paisagem de um dia nublado com feixes da luz do sol ultrapassando as nuvens, iluminando algumas fazendas no meio. Eventualmente, claro, as nuvens iriam se fechar sobre aquelas fazendas também.

Demorara dois meses para alguém desafiá-lo ali na Inglaterra. Como esperado, não tinha sido um homem que se responsabilizava pelo que acontecera há anos. Rothborne poderia saber o que qualquer um em sua posição saberia ou ouviria em conversas privadas, mas estava bêbado com tanta frequência que sua voz não tinha influência, e sua mente confusa nunca poderia formar um argumento para agir.

Adam subiu as escadas. Por impulso, foi até o cômodo que Clara tinha usado. No segundo antes de abrir a porta, uma esperança o tomou. No instante seguinte, essa esperança desapareceu. Ela não estava ali, claro. Por que estaria? Um pedido de desculpa não o absolvia da forma fria com que a tratara naquela manhã. Ele não a culpara, não com palavras, nem em sua mente, mas ela havia visto o que tinha dentro dele e provavelmente achou que ele culpava a família dela.

Família, até paixão, não muda o que somos.

Foi até seu quarto, grato agora por ter sido completamente reformado para que nada de seu ocupante anterior o assombrasse. Seu servo dormia em uma cadeira no quarto de vestir. Ele não queria nenhum criado bajulador se impondo sobre ele agora. Empurrou o camarada para acordar e o expulsou. Então tirou seus casacos e se sentou para tirar as botas.

A segunda bota fez um barulho alto no chão. Ele tirou a camisa.

Havia outra presença no quarto; ele sentiu antes de olhar. Quando virou a cabeça, viu Clara na soleira, envolvida com o lençol. Seu ombro nu indicava que ela estava nua por baixo. Estava linda ali, iluminada pela luz dourada fraca do candelabro. Parecia estar emergindo das sombras, pouco visível, mas elegante e linda.

— Pensei que tivesse ficado em Epsom — ele disse.

— Decidi não ficar.

— Não posso imaginar por quê.

Ela ergueu um pouco a sobrancelha.

— Não sei se posso também.

Ele estendeu o braço.

— Venha aqui. Solte o lençol.

Ela soltou e foi até ele, nua e adorável. Ele a colocou no colo encarando-o, para que ela conseguisse segurar no peito dele. Seu calor o inundou. A satisfação se espalhou como um suspiro longo e físico.

Seu rosto se aconchegou no pescoço dele.

— Fiz errado? Cometi um erro?

— Estou feliz que esteja aqui. — Acariciou as costas dela e desceu até o quadril e as nádegas enquanto ela se deitava contra ele. As respirações dela se aceleraram de um jeito ritmado conforme sua excitação crescia.

Ele deveria levá-la para a cama e lhe mostrar gratidão dando-lhe todo o prazer que ela já imaginou. Deveria expressar sua afeição fazendo amor lentamente. Em vez disso, um desejo forte e desesperado explodiu nele.

Ergueu-a de joelhos e a colocou para montar nele. Ele usou a boca em seus seios e tirou as roupas de baixo. Ela apoiou os braços no encosto da cadeira enquanto ele empurrava impiedosamente na direção da renúncia que não lhe negaria nada.

Ele colocou a mão nela até ela chegar ao alívio, depois assistiu-a desfalecer. Os tremores de seu alívio a chacoalharam com força. Lindamente. Enquanto ela os sentia, ele colocou suas pernas em volta de sua cintura, levantou-se e a carregou para a parede mais próxima. Com furiosas investidas, ele exorcizou as lembranças e os ressentimentos que o assombravam.

— Essa cama é muito boa. — Clara fez a observação durante a noite.

Eram as primeiras palavras desde aquelas no quarto de vestir. Só agora, uma hora depois que ele a carregara para sua cama e fizera amor uma segunda vez, ambos se acalmaram o suficiente para alguma conversa. Parecia um assunto seguro.

— É, não acha? Boa e grande, para que eu me sinta um duque apropriado. É tudo novo. Fiquei surpreso ao ver quando cheguei.

Muitas respostas vinham à sua mente, mas cada uma o levava de volta ao seu pai. Então ela não disse nada.

A cama em questão parecia desonrada naquele momento. Eles estavam deitados sob o lençol que ela tirou no quarto de vestir. Mal os cobria, fora levado até ali de algum jeito e jogado desordenadamente. As empregadas se perguntariam o que tinha acontecido. Mas provavelmente saberiam.

Ela estava deitada no peito dele, saciada, e, para dizer a verdade, um pouco dolorida. Não se importava. Seu espírito soubera o que havia dentro dele enquanto acontecia. Seus alívios foram muito mais do que um prazer carnal.

— Quase tive que desafiar um homem hoje — ele disse. — Um camarada bêbado e estúpido. Ele não conseguia se conter. No mínimo, vinte homens ouviram o que ele disse, então não poderia fingir que eu não o tinha.

— Ainda assim, não o desafiou. — Ela fez uma declaração, mas procurou confirmação. Não havia garantia de que o estúpido camarada não era bom com uma pistola.

— Langford e Brentworth tentaram intervir, mas foi o Duque de Clarence que salvou o dia. Graças a Deus ele gosta de desobedecer seu médico ao beber o uísque de Brentworth, ou poderia ter ido embora mais cedo.

— Dizem que ele é chamado de Tolinho. — Seu pai tinha lhe contado isso, mas ela não disse essa parte.

— Eu sei, mas não por mim depois de hoje.

Ficaram deitados em um silêncio pacífico, ambos acordados, a mão dele subindo e descendo pelas costas dela como se ditasse os ritmos dos pensamentos dele.

— Ele morreu lá, naquela clareira. Mas acho que adivinhou isso.

As palavras dele cortaram a noite. Clara prendeu a respiração.

— Era um de seus lugares preferidos. Ele e minha mãe iam lá. Acho que às vezes se banhavam naquela nascente, não que eu já tenha visto.

Ela não ousou falar. Permitiria que ele dissesse o que quisesse, embora seu coração já pulasse pelo que estava prestes a ouvir.

— Ele esteve melancólico por meses. Eu não sabia de tudo ainda, mas sabia o suficiente, porque também não fui poupado. Naquele dia, sugeri que fôssemos cavalgar. Era minha tentativa de distraí-lo. Quando ele não apareceu no estábulo na hora combinada, eu soube. Simplesmente soube. Então fui procurá-lo.

Clara fechou os olhos para tentar conter a angústia que sentia por ele.

— Ele deve ter se sentado naquela rocha, mas caíra ao lado dela. Era o que os romanos antigos faziam, para salvar suas famílias e fortunas, quando a desgraça caía sobre eles. Para salvar seus filhos. Senti uma raiva terrível naquele dia, a maior parte por ele. Ainda sinto, o que parece injusto.

— Essa raiva é comum quando aqueles que amamos nos deixam.

Ela sabia disso por experiência própria, e não perdera o pai do jeito que ele perdeu.

Ele beijou sua cabeça.

— Não tinha ido lá desde aquele dia. Até esta manhã. Foi por isso que...

— Não precisa explicar. — Ela se esticou e o beijou.

Ele passou os dedos no cabelo dela e segurou sua cabeça para um beijo mais profundo, cheio de sentimento. Então puxou o lençol até os ombros dela e a aconchegou debaixo de seu braço.

Ela ficou ali, sonolenta agora, seu coração inundado com camadas de emoção.

— Não precisava explicar — ele disse. — Mas queria.

Brentworth percebeu a distração de Adam.

— Vejo que o estou entediando.

— Estou escutando cada palavra. Acabou de confessar que tem uma nova amante. Estou esperando descobrir o nome dela, mas pensando se planeja compartilhar.

— Acho que agora não. O que está olhando? Parece um tigre observando sua presa. — Ele virou a cabeça para procurar na multidão do salão. — Já foi ruim você ter me convencido a vir. Sabe que não gosto de festas assim, e Lady Prideux não tem limite em seus convites. Você poderia, pelo menos, me ocupar com uma conversa.

— Eu precisava de você aqui. Ele pode me ignorar, mas não vai ignorar você.

— Quem é ele?

— Hollsworth. Venha comigo.

Adam deu três passos, depois percebeu que Brentworth não o seguira. Olhou para trás e viu a expressão severa de Brentworth em seu estilo bem ducal.

— Não vou a lugar algum — Brentworth disse. — A menos que me adiante por que vou aonde quer que seja. E, antes que diga alguma coisa, vou deixar bem claro que não serei seu assistente se desafiar Hollsworth. Ele é idoso, e um duelo seria o mesmo que assassinato a sangue frio.

— Acha que sou capaz disso?

Brentworth suspirou.

— Claro que não. É só que... — Ele suspirou de novo. — Vá na frente. Tente não me obrigar a perder um amigo esta noite. Meu pai conhecia Hollsworth há décadas.

— Não acho que vá perder a amizade dele esta noite.

— Não estava me referindo a essa amizade em particular, Stratton.

Adam guiou o caminho pela multidão até as portas do terraço.

— Está úmido esta noite. Neblina pesada. Não acho que teremos muita companhia.

A neblina estava tão baixa que a figura solitária de Hollsworth mal aparecia perto da fachada de pedra.

— O que ele está fazendo aqui fora? Ah, está com um charuto — Brentworth sussurrou. — Mas está tendo uma dificuldade dos diabos para acendê-lo. Não vai ficar muito tempo.

— Convide-o para se juntar a nós. — Adam tirou dois charutos do casaco.

— Você nunca vai conseguir acender nesse tempo.

— Convide-o. Vou acendê-los.

Brentworth fez uma demonstração de aparecer através da névoa.

— Hollsworth, é o senhor aí? Junte-se a nós. O senhor e eu podemos apostar se meu companheiro consegue acender.

Hollsworth olhou.

— Brentworth. Não o vi aí. Se conseguir acender, será melhor que eu. Maldita neblina.

Ele andou devagar. Só quando chegou ao lado de Brentworth foi que viu Adam. Demonstrou desânimo por trás das lentes grossas.

Adam usou seu fósforo na área coberta da fachada do terraço e acendeu o fogo. Hollsworth o usou rapidamente, depois foi Brentworth. Apagou antes de Adam tentar acender seu próprio charuto.

— Isso é muito melhor do que aquela multidão lá dentro — Brentworth declarou.

— Eu mesmo detesto-a — Hollsworth disse. — Minha esposa sempre quer participar, mas eu fujo quando posso. Na minha idade, bailes não são interessantes. São para os jovens, como vocês dois. Uma chance de ver todas essas moças.

— Normalmente estaríamos fazendo exatamente isso, mas o terraço chamou Stratton aqui.

— Bom, não há nada como um bom charuto, concordo.

— Não foi a chance de fumar que o atraiu. Foi o senhor.

Hollsworth soprou fumaça tranquilamente. Não parecia feliz. Mas não se moveu.

— Ele precisa saber — Brentworth disse. — Tenho certeza de que concorda.

— Se está querendo brigar com alguém, não tenho um nome para ele.

— Só quero saber a acusação contra meu pai — Adam esclareceu. — Não pode ter sido simplesmente um boato.

Hollsworth olhou para baixo para a ponta brilhante do charuto. Depois, por cima do ombro para Brentworth, que se afastou para a outra ponta do terraço.

— As pessoas escutam coisas — Hollsworth disse.

Adam tinha certeza de que Hollsworth escutava mais do que a maioria. Era o tipo de homem que todos tratavam como amigo porque ele nunca falava muito para criar inimigos. Se ele estivesse na corrida na plataforma de Brentworth, e tivesse sentado para jogar cartas, em quinze minutos, a maioria deles esqueceria sua presença.

— Soube que algumas joias podem ter sido envolvidas.

Hollsworth assentiu.

— Valiosas, pertencentes à sua família. Valem milhares, de acordo com a conta de alguns. Bom, as pessoas falam. Quem sabe o valor? Caíram nas mãos erradas enquanto iam de Córsega a Elba. Mãos francesas. Foram usadas para ajudar a financiar o novo exército.

— Como souberam ou provaram?

— Depois da guerra, foram levantados questionamentos dos envolvidos. Os métodos comuns. Não por nós, claro. Somos mais civilizados.

— Claro.

— Dois oficiais conhecidos falaram disso.

A mente de Adam se rebelava em absorver isso. Os boatos foram infundados.

— Quem as recebeu? Para quem foram enviadas?

— Marechal Ney. — Hollsworth soprou demoradamente, e uma nuvem de fumaça saiu girando pela névoa. — Era amigo do pai de sua mãe.

Inferno. Droga. Ney era o oficial de mais alta patente que se juntou à campanha de Cem Dias de Napoleão, e o único a morrer por isso.

O que será que seu pai disse quando apresentou sua história? Como explicara enviar algo para Ney? E, se enviou — ele não conseguia acreditar que se permitia pensar isso —, por quê? Porque sua mãe pediu para ele ajudar um velho amigo da família?

As perguntas continuavam vindo, um caos, enchendo sua cabeça e esvaziando sua alma.

— Ney corroborou alguma coisa disso antes de sua execução?

— Nada. Provou-se um inconveniente. Estávamos muito interessados em saber de onde o dinheiro tinha vindo, como pode imaginar. Precisava de mais do que aquelas joias para montar um exército, a menos que um alqueire de joias francesas completasse. A investigação continuou por muitos anos na França. E aqui.

Adam sabia como tinha terminado, mas não como tinha começado. Cedo, parecia. Muito antes das questões e suspeitas afetarem visivelmente o humor e a distração de seu pai.

— Pode entender por que o governo tinha que verificar tudo isso — Hollsworth disse baixinho. — Era para ser muito discreto. Bem secreto. Bom, isso nunca aconteceu, embora pouquíssimos soubessem dos detalhes. Foi esquecido por um tempo, então vozes que importavam insistiram em continuar e... bom...

— Quais vozes?

— Não lhe darei nomes, eu disse.

— Acho que sei, de qualquer forma.

O charuto de Hollsworth, pela metade, esmoreceu, então. Seu brilho diminuiu, depois se apagou.

— Todo homem tem inimigos. Até um homem como seu pai.

— O senhor não tem.

Hollsworth deu risada.

— Pode-se dizer isso quando se é esquecido. — Ele jogou o charuto no jardim. — Seu pai fez o que achou que deveria fazer. Talvez você devesse deixar assim. — Ele andou para as portas do terraço.

Brentworth saiu da névoa.

— Descobriu alguma coisa?

— Nada bom. — A ideia de entrar naquele baile era horrível para ele. Toda aquela alegria... A neblina úmida combinava melhor com ele.

Mesmo assim, juntou-se a Brentworth na caminhada pelo terraço.

— Acho que não lhe fiz um favor, se não foi nada bom.

— Você me fez um grande favor. Obrigado. Estava certo quando disse a ele que eu precisava saber. — Ele abriu a janela francesa. — Agora me conte sobre essa mulher que o seduziu. Não olhe assim para mim. Você não é tão astuto para eu acreditar que foi tudo ideia sua.

Clara estava sentada no divã em sua sala de estar, com Althea ao lado. Uma mesa portátil, dessas que viajantes usam, estava sobre uma almofada entre elas. Althea estava de frente para ela, com uma caneta no tinteiro. Lady Farnsworth, Lady Grace, sra. Clark e sra. Dalton estavam sentadas com elas. Lady Farnsworth havia pedido xerez de novo, e até instruído a sra. Finley onde encontrá-lo.

Se ela, um dia, tivesse seu clube de mulheres ali, Clara esperava que as tardes nele fossem mais como a que acontecia naquele instante.

— O objetivo — ela disse — é planejar as próximas duas edições do *Parnassus*. Temos aqui uma lista de assuntos e extensões. Precisamos determinar a forma como os assuntos serão abordados e qual colaboradora escreverá.

— Haverá poesia? — a sra. Clark fez a pergunta em sua voz normal hesitante.

Ela raramente aceitava os convites de Clara para participar dessas reuniões. Embora a sra. Clark sempre tivesse a boa desculpa de sua chapelaria, Clara pensava que o verdadeiro motivo era que a mulher não se sentia confortável sentada assim com outras nascidas em classe tão superior a ela.

Naquele dia, no entanto, a sra. Dalton também estava lá. Uma aristocrata de circunferência considerável e uma nuvem de cabelo branco, a sra. Dalton fornecia textos pesquisados historicamente que assinava como Filha de Boadiceia. Ela tinha ficado amiga da sra. Clark e levara todas as suas boinas e chapéus para serem feitos em sua loja.

— Claro que haverá poesia — a sra. Dalton disse. — Que pergunta.

— Haverá mesmo. Já estou recebendo rascunhos deixados para o jornal em algumas das livrarias. Talvez possa examiná-los e escolher as próximas, sra. Clark.

Clara abriu a mesinha e pegou um maço de papéis.

— Como sabemos que não são escritos por homens? — Lady Farnsworth perguntou.

— É só ver a letra para saber — Althea disse. — Suponho que muitos homens possam ditar para uma mulher a fim de nos enganar. Entretanto, os sentimentos na maioria deles não parecem ser masculinos.

A sra. Clark pareceu feliz e nervosa por terem pedido para ela escolher os próximos poemas. Ela olhou o primeiro com interesse.

— Agora, quanto ao texto de viagem — Clara iniciou.

Lady Grace pigarreou.

— Se estivermos dispostas a receber uma nova colaboradora, poderíamos publicar um texto que provavelmente nos faria triplicar a impressão.

— Que tipo de texto de viagem seria? — Althea perguntou.

— A jornada de uma dama pelo continente com uma pessoa do mais alto cargo. Poderíamos permitir que fosse escrito como uma confiança compartilhada com a autora, se ela não quiser usar o próprio nome.

— Estou correta em presumir que a pessoa seria a falecida Princesa Caroline? — Lady Farnsworth perguntou diretamente. — Pensei que sim. Significa que sua colaboradora seria Lady Anne Hamilton. Visto que Anne já escrevera indiscretamente uma vez sobre a situação de Caroline enquanto a pobrezinha estava viva, não duvido de que ela concordará em fazê-lo de novo, agora que está morta. Quanto à questão de ser sábio para o *Parnassus* publicar, deixo para outras decidirem.

Seu tom deixou bem clara sua opinião sobre tal sugestão.

— Se preferir que eu não a convide, não vou, é claro — Lady Grace disse.

— Quero pensar sobre isso — Clara pediu. — Sra. Dalton, tem o assunto do seu próximo artigo de história?

— Acho que será uma mulher romana da nobreza. Todos gostam de ler sobre romanos.

— Gostam de ler sobre as orgias, quer dizer — Lady Farnsworth falou. — Encontre uma maneira de incluir isso, e vamos triplicar nossa impressão sem recorrer à traição de Anne em relação à memória da pobre Caroline.

A sra. Dalton ficou triste.

— Não sei se conheço o suficiente sobre orgias romanas.

Clara deu risada.

— Não são necessárias orgias, sra. Dalton. Não deveria dizer tais coisas, Lady Farnsworth. Ela pensa que está falando sério.

— E acha que não estou? — Lady Farnsworth sorriu misteriosamente.

Clara estava prestes a mudar para o próximo item quando a sra. Finley entrou no cômodo e se apressou ao seu lado, inclinando-se para seu ouvido.

— Há uma carruagem estacionando lá fora. A carruagem do seu *irmão*.

Althea escutou. Levantou-se e olhou para fora.

— Aí vem ela.

Clara sabia quem era *ela*.

— Ladies, estamos prestes a receber uma visita — Clara anunciou. — Por favor, conversem sobre outra coisa até ela ir embora. Qualquer coisa. — Ela se esticou, tirou os poemas das mãos da sra. Clark e os guardou na mesinha. Althea pegou a mesinha e a colocou na prateleira.

— Ela está aqui? — A voz da viúva podia ser ouvida. — Disse que ela tem visitas? Então vou me juntar a elas.

A viúva apareceu na porta. Parou, surpresa pelo grupo de mulheres que visitaram coincidentemente no mesmo dia. Usando sua sombrinha como muleta, ela entrou e as analisou.

— Bolos. Você é uma anfitriã generosa, Clara. — Seu olhar pairou no decanter. — É álcool?

— Xerez — Clara disse. — Gostaria?

— Devo dizer que não.

— Talvez devesse, mas é isso mesmo que vai dizer, Hannah? — Lady Farnsworth perguntou, rouca.

Isso chamou a atenção da viúva.

— *Dorothy*. Que estranho encontrá-la aqui.

— Ouso dizer que Clara gosta da minha visita tanto quanto gosta da sua, *Hannah*.

Sua avó entendeu a insinuação.

— Bom, que festinha boa. — Franzindo o rosto, ela procurou um lugar para sentar.

— Por favor, madame. — A sra. Clark se levantou e ofereceu sua cadeira.

Sua avó aceitou e virou-se assim que se sentou, analisando muito e demoradamente a sra. Clark.

— Por favor, junte-se a nós aqui, sra. Clark — Clara falou, indicando o lugar onde esteve recentemente a mesa portátil.

Clara fez as apresentações. Só falou o nome de suas convidadas e esperou que sua avó não começasse a perguntar o histórico de cada uma. Lady Grace, é claro, já conhecia a viúva, assim como Lady Farnsworth.

— Não deixem que eu interrompa — Vovó disse. — Continuem.

— Estávamos falando sobre a triste história da falecida Princesa Caroline — Lady Farnsworth respondeu. — Tenho certeza de que tem opiniões sobre isso, Hannah.

Tinha mesmo. Dada a idade avançada, ela produziu um monólogo. Pela forma como o sorriso de Lady Farnsworth endurecia, Clara pensou que *Dorothy* discordava de cada palavra que *Hannah* disse.

— Você é bem severa, Hannah. Mesmo assim, ficou amiga dela logo, depois se virou contra ela quando o marido libertino dela o fez. — Lady Farnsworth bebeu seu xerez. — Suponho que não quisesse arriscar perder convites das festas obscenamente excessivas dele ao defender uma amiga.

A viúva pareceu, momentaneamente, desanimada com o ataque direto, mas recuperou-se rapidamente.

— Nunca fui amiga dela, Dorothy. Sua memória a engana. Talvez seja todo esse xerez.

— Minha memória está excelente, Hannah. Na verdade, eu estava presente quando tentou ser uma das damas dela. Seria bom se ela tivesse aceitado. Teria lhe dado algo para fazer além de aterrorizar todo mundo.

Os olhos da viúva se estreitaram perigosamente.

— Ao falar *algo para fazer*, suponho que queira dizer escrever artigos ingênuos sobre política que são publicados em jornais de origens suspeitas, como faz atualmente.

— Se soubesse algo sobre política, saberia que os artigos estão bem longe de serem ingênuos, e o jornal está acima de qualquer suspeita. Mas, sim, quero dizer *algo* assim.

Clara e Althea trocaram olhares desesperados. A sra. Clark viu, sentada entre elas como estava. Inclinou-se para a frente e pegou o prato de bolo.

— Alguém gostaria de outro? Estão deliciosos.

— Eu gostaria. — Lady Grace pegou um. — Falem, alguém ouviu algum detalhe sobre aquele pequeno drama na arquibancada de Brentworth na corrida? Disseram que Rothborne insultou Stratton e só um dos duques reais impediu que houvesse um duelo ali mesmo.

A atenção da viúva se voltou para Lady Grace. Estava tão chocada que parecia que alguém a tinha estapeado.

— Parece que isso é novidade para você, Hannah — Lady Farnsworth ronronou. — Não sei por quê. Em certo momento, alguém iria começar a falar, e Stratton iniciaria os duelos. Pergunto-me o que Rothborne disse. Acredito que não tenha dito nomes. Deus, que problema isso seria para *certas* pessoas.

Lady Grace olhou de uma mulher para outra.

— Não acho que foram ditos nomes. — Ela deu uma grande mordida no bolo.

Lady Farnsworth se arrumou e se levantou.

— Bom, é só uma questão de tempo até alguém fazê-lo. Preciso ir, Clara. Aproveitei-me muito de sua hospitalidade, e tenho *algo para fazer*. — Ela quase gritou as últimas palavras bem no ouvido da viúva ao passar.

Clara acompanhou Lady Farnsworth até a porta.

— Sinto muito por nossa reunião ter sido interrompida.

— Eu não sinto. Não teria faltado por nada. Vou escrever para você com algumas ideias para meu próximo artigo.

A partida de Lady Farnsworth deu às outras uma boa chance de ir embora também. Uma por uma, elas fugiram, até somente Clara permanecer na sala de estar. Não sozinha, infelizmente. Sua avó escolhera ficar.

— Que mulher terrível é a Dorothy. Passa dos limites. — Sua avó havia retornado à postura altiva e rígida. — Não consigo entender por que a recebeu. Ela não tem noção de limite. É escandalosa, prepotente e emite suas opiniões como se fosse o próprio Deus falando. É um milagre que alguém consiga suportar sua companhia.

Clara mal conteve um sorriso no rosto.

— Bom, ela já foi. Que bom que a senhora ficou.

— Precisava ficar. Vim por um motivo. Soube que foi ao Derby. Com uma amiga. Não Dorothy, eu espero.

— Não. Com a sra. Galbreath. — Ela apontou para o lugar de Althea no divã. — É viúva. Seu falecido marido era do exército e morreu em Waterloo.

— Seria melhor se não passasse tempo demais com ela, se é viúva. Não quer que Stratton pense que esteja a par de confidências de uma mulher experiente.

Clara só olhou para ela. Sua avó, na verdade, parecia mortificada.

— Sim, bom, falando do Stratton, fiquei sabendo que foi à arquibancada de Brentworth, e Stratton estava lá.

— Fui, e ele estava.

— É vista bastante com ele.

— Não muito.

— Suficiente para haver falatório. Do melhor tipo. O mundo está esperando, por assim dizer. Se ele não se declarar logo, pode refletir mal para nós.

Clara gostou daquele "nós".

Sua avó segurou o cabo de sua sombrinha com ambas as mãos e inclinou-se para a frente, usando a sombrinha como apoio.

— Aqui está o que acho que devemos fazer. Acredito que seu irmão deveria visitar Stratton e perguntar a ele.

— Qual seria a pergunta?

— Sobre as intenções dele, é claro. Como o parente homem responsável por você, seria apropriado que Theo buscasse informação de intenções honráveis. Stratton pode estar precisando só de um empurrãozinho.

Clara imaginou aquele encontro. Viu Theo pomposo como algum chefe de família perguntando a Stratton. Então ouviu Stratton dizer a Theo para não se preocupar, já que fora feita uma proposta há semanas.

Ele prometera não revelar isso, não é? Ela, com certeza, lembrara-se de extrair essa garantia dele.

— Vovó, devo insistir que não encoraje Theo a interrogar Stratton de nenhuma maneira. Tal conversa sugere que Theo não confia em Stratton, e, pelo contrário, implica que ele questiona a honra do duque. Depois de todos os seus esforços para ser amiga dele, seria lamentável se as coisas só piorassem.

Sua avó refletiu sobre isso, franzindo o cenho.

— Normalmente, eu discordaria. Dois cavalheiros tendo tal conversa é muito comum. No entanto, após o que Grace disse sobre quase ter havido um duelo... — Ela perfurou Clara com um olhar fuzilante. — Você estava lá? Viu isso?

— Tinha ido embora há muito tempo nessa hora.

— Que infortúnio. Gostaria muito de saber exatamente o que aconteceu.

— A senhora poderia perguntar a Stratton.

— Perguntar ao duque? Acho que não! — Ela se levantou. — Que ideia imprudente. De verdade, Clara, às vezes, não entendo a insistência de meu filho de você ser tão esperta quanto eu. Agora, vou embora. — Ela foi para a porta, onde a sra. Finley aguardava para acompanhá-la. — Perguntar a Stratton...

Vinte e Dois

— Preciso ir a Drewsbarrow — Adam disse.

Ele combinara para Clara visitá-lo na Casa Penrose, seu lar em Londres. Ele e Clara subiram as escadas quando ela chegou, e agora satisfaziam outros apetites no jantar.

— O senhor me seduz, depois me abandona rápido assim? Acho que está muito seguro de mim quando não lhe dei motivo para tal confiança.

Os olhos dela refletiam seu desprazer com o anúncio dele. Ele gostou como ela não escondeu a reação à sua ausência iminente. A sofisticação que ela mostrava a outros não mais se estendia a ele.

— Quanto tempo vai ficar fora?

— Uma semana, talvez.

— Não é muito tempo. Mas é tempo suficiente para eu flertar com outros homens. Vou precisar rever meus convites e escolher algumas boas festas.

Ele pegou sua mão e entrelaçou os dedos com os dela.

— É tempo demais, mas necessário.

— Então, claro que deve ir. Vou sentir sua falta, mas tenho assuntos particulares para resolver que farão meus dias voarem.

Ele se perguntava, às vezes, como ela passava o tempo. Sua chegada na carruagem alugada hoje o lembrou que ela as usava no passado e se lembrou de encontrá-la sozinha na cidade longe de Mayfair quando ela ainda morava na casa do irmão.

— Mais afazeres misteriosos? — ele perguntou. — Que assuntos exigem sua atenção?

— Coisas normais de mulher.

— Que tipo de coisas de mulher? A senhorita não faz muitas visitas agora, e não está comprando muitas roupas.

— Mulheres não fazem apenas visitas e compras. Somos pessoas frequentemente ocupadas. Se homens não sabem disso, é devido à falta de interesse, e não nos importamos.

— Porque os homens seriam contra? É isso que está insinuando.

— Talvez. A maioria das mulheres têm um homem que elas podem pensar que vá interferir. Eu, é claro, não tenho.

Não respondo a ninguém, nem ao senhor. Ele entendia que ela tinha motivos para recusar se casar, ambos emocionais e práticos. Só que agora se perguntou se Clara poderia estar envolvida em algo que temia que um marido pudesse proibir.

O que poderia ser? Trabalho de reforma que a levava a áreas perigosas? Demonstrações radicais que pudessem se tornar violentas? O que quer que fosse, a capacidade de ir e vir quando quisesse sem interferência poderia ser o motivo de ela agora morar em Bedford Square.

— Espero que saiba que eu não tentaria impedi-la de fazer algo que realmente importa para a senhorita, Clara.

Ela sorriu docemente, mas ele duvidava de que ela soubesse realmente disso. Ao terminarem a refeição, foram à biblioteca.

— Eu adoro este cômodo. — Ela abriu os braços e deu um pequeno giro no meio dele, olhando para cima. — Foi meu preferido assim que o vi quando o senhor me levou para um tour antes do jantar. Ninguém adivinharia, olhando a casa por fora, que a biblioteca teria uma abóbada.

— À noite, se olhar por aquelas janelas, consegue ver as estrelas na noite limpa, ou até a lua.

Ela se jogou em um divã debaixo da abóbada e olhou para cima.

— Pode mesmo! Que maravilha. A luz da vela daqui de baixo não a alcança, então as janelas ficam bem pretas.

Ele foi até uma escrivaninha e pegou uma caixa na gaveta.

— Tenho algo para a senhorita.

Ele sentou-se ao lado dela e lhe entregou a caixa. O colar de rubi, há tanto tempo comprado, estava lá dentro. Ela o ergueu. A luz do candelabro criou brilhos intensos nas pedras.

— É lindo. E gentil da sua parte. — Ela o abriu e colocou em seu pescoço. — Também é muito generoso.

— Não acho que seja generoso o suficiente. Já passou do tempo de eu expressar meu... afeto pela senhorita.

Ela não pareceu notar a breve pausa causada pela confusão das palavras dele. Ela olhou para baixo, admirando as joias em seu peito.

Para expressar meu amor pela senhorita. Foi isso que ele quase disse. A palavra emergiu em sua língua sem pensar ou escolher. Ele parou porque tais declarações exigiam ambas as coisas. Não queria soar como um homem que declara amor facilmente, sem significado, mesmo que ele tivesse sido esse homem no passado às vezes. Agora se perguntava como ela teria reagido se ele tivesse sido menos cuidadoso.

Ela colocou a mão atrás do pescoço para tirar o colar.

— É esplêndido. Vou encomendar um vestido especial para usar com ele assim que eu puder ostentar joias de novo. Devo encontrar um evento apropriado para a riqueza dele. Um ao qual minha avó não irá.

— Acha que ela não vai gostar dele?

— Ela vai adorar. Este colar é do gosto dela. Adicione mais quatro ou cinco pedras e ela iria amar mais ainda. Não quero que o veja porque vai me perguntar como adquiri.

Ele colocou o braço em volta dos ombros dela.

— Diga a ela que seu amante lhe deu.

Ela deu risada.

— Ou melhor ainda, direi a ela que *um* dos meus amantes me deu. Oh, posso imaginá-la agora, desconfiada de que eu a esteja provocando, mas se perguntando preocupada se estou falando a verdade.

Ele beijou sua têmpora.

— Ou melhor ainda, diga a ela que eu lhe dei.

Ela parou de rir, segurando o conjunto de ouro com o rubi maior.

— Então ela será implacável tentando forçar uma proposta. O senhor deve me prometer que nunca vai contar a ela que já houve uma. Falsa, mas houve.

— Não vou dar a ela motivo para intimidar a senhorita, mas... nós poderíamos fazer muito pior, querida.

— O senhor certamente poderia fazer muito melhor.

— Acho que não. — Ele virou o rosto dela para poder olhá-la nos olhos. — Preciso me casar, eventualmente. Sabe disso. A senhorita pode escolher continuar assim, mas eu não posso.

A expressão dela se entristeceu.

— Claro que sei. É indelicado me lembrar disso agora, ainda mais depois de me dar esse presente.

— Tem razão. Foi indelicado e atrapalhado. — Ele beijou sua face e sentiu umidade. Nunca esperou ver Clara chorar por nada, muito menos por ele.

Puxou-a para seu colo para abraçá-la e beijá-la até o prazer fazê-la esquecer qualquer infelicidade.

Meia hora mais tarde, eles estavam deitados entrelaçados no tapete, debaixo da abóbada, recuperando a respiração enquanto olhavam para as estrelas manchando as janelas. Ela usava apenas o colar, e ele não usava nada.

— Venha para o interior comigo — ele disse. — Pode ficar em Grange e cavalgar para Dresbarrow todos os dias para ficar comigo.

Ela não respondeu de imediato.

— Claro, se seus afazeres misteriosos permitirem isso...

— Soa escandaloso — ela respondeu com um sorriso malicioso. — Chocante. Uma semana inteira de paixão desenfreada. Alguns chamariam isso de decadente. Que tipo de mulher pensa que sou?

— Uma mulher encantadora. Uma mulher linda. — Ele a beijou. — Uma mulher rara.

Ela deu risada.

— Foram respostas excelentes.

— Posso continuar.

— Por favor, continue.

Ele continuou elogiando-a, com as palavras e depois com as mãos e a boca, até ela concordar tentar se juntar a ele em Warwickshire.

Clara não acreditava que poderia sair da cidade por uma semana sem sua família saber. Teria que contar a eles, mas precisava encontrar bons motivos para ir para lá. Na manhã seguinte, escreveu para sua avó, explicando que precisava ir a Hickory Grange a fim de encontrar o administrador para falar de alguns inquilinos de sua propriedade. Ofereceu-se para trazer qualquer coisa que sua avó quisesse.

Uma carta chegou na postagem seguinte, de Emilia. *Fiquei sabendo que vai para Warwickshire. Por favor, não fique muito tempo lá. Ficarei com uma companhia diferente durante sua ausência, o que significa que não me divertirei nem um pouco.*

Naquela noite, uma carta de Theo chegou, pedindo-lhe para trazer seu casaco favorito que ele esquecera. Nenhuma resposta veio da avó. Nenhuma repreensão. Nenhuma reclamação. Nenhuma objeção. Que esquisito. Talvez ela planejasse usar esse período para enviar Theo a Stratton, para interrogar o duque. Se fosse isso, Theo não seria capaz de fazê-lo.

De malas prontas, no dia seguinte, ela e Jocelyn subiram em uma carruagem com o sr. Brady às rédeas. Dois dias depois, chegaram na mansão de Hickory Grange.

Ela deixou Jocelyn se acomodar enquanto encontrava o administrador durante a tarde. Não havia mentido sobre ter negócios com ele. Usava o mesmo que Theo e, juntos, cavalgaram pelas fazendas em questão e falaram sobre melhorias que ele sentia que as duas casas precisavam.

Terminaram cedo o suficiente para ela debater seus planos. Pretendera cavalgar a Drewsbarrow pela manhã, mas agora ela já estava na metade do caminho.

— Por favor, diga à governanta e ao mordomo que resolvi continuar cavalgando — ela instruiu ao administrador. — Devo chegar em casa ao entardecer, mas, de qualquer forma, eles não precisam se preocupar. Se a noite ou o tempo me impedirem, vou parar na casa de um vizinho.

Ele foi embora encarregado do recado. Ela virou seu cavalo para o leste. Stratton ficaria surpreso em vê-la agora, mas de um jeito bom.

Nunca tinha ido a Drewsbarrow. Nunca tinha nem espiado a casa da estrada. Conforme cavalgava na direção dela, sua aparência atingiu-a. Um bosque denso a rodeava em sua colina, cheio de carvalhos antigos e altos. Pessoas do condado normalmente se referiam a ela pelo nome antigo da colina de séculos antes. Na época, era chamada de Druidas Barrow, ou bosque dos druidas.

Nenhum druida a recebeu. Apenas criados. A casa, construída em pedra, era alta, ampla e formidável. Havia pouca decoração. Qualquer pensamento de que não deveria ter sido um lugar confortável desapareceu assim que um mordomo a recebeu. Uma luxúria da moda antiga aguardava.

Os criados não a conheciam, mas sabiam quem ela era. O mordomo nem olhou para seu cartão de visita.

— A senhorita é esperada — ele disse. — Vou levá-la à Sua Graça imediatamente.

Vaguearam por cômodos cavernosos e corredores vazios que davam eco. Os painéis ricos, os tetos altos, as tapeçarias grossas e as lareiras enormes a faziam sentir que estava andando por um dos castelos da Rainha Elizabeth.

Finalmente, no que parecia um canto profundo no térreo, o mordomo abriu a porta. Havia um escritório simples do outro lado, com paredes de gesso e pergaminhos estendidos por uma mesa comprida. Só quando o mordomo a anunciou foi que uma cabeça escura emergiu do outro lado da parede.

— Lady Clara. Que surpresa boa. — Stratton se levantou e deu a volta na mesa.

Ele se curvou. Clara o cumprimentou. Ele mandou o mordomo embora e, assim que o trinco se fechou, a segurou.

— Nossa, pensei que nunca iria chegar aqui — ele murmurou entre beijos. — Tinha perdido as esperanças para hoje.

— Posso ficar só um pouco antes de voltar cavalgando. — Ela olhou para as caixas. — O que está fazendo?

— Estudando documentos da família enviados para cá de Kengrove Abbey.

Os documentos do pai dele, ela presumiu.

— Passou os quatro dias aqui fazendo isso?

— Não, primeiro abri todos os esconderijos, para ver o que tinha neles. Há muitos deles.

— Descobriu algum tesouro?

— Não o que eu procurava. — Ele pegou a mão dela e a levou para fora do cômodo. — Sei que está fora por horas, mas eu fiquei enclausurado aqui. Vamos tomar um ar.

Uma porta para fora não era muito longe. Dava acesso ao bosque.

Assim que saíram, ela olhou para cima para a fachada severa de pedra da casa.

— Poderia fazer uma nova decoração.

— Acha mesmo? Não aprecia o gosto do meu bisavô?

Ela deu risada.

— É tudo muito escuro.

Ele deu de ombros.

— Ficou abandonada depois que meu pai se casou. Eles moravam em Kengrove Abbey, não aqui.

— Quer dizer que não vinham para cá por nossa causa.

— É.

Ela detestava como aquela briga antiga durou anos, afetando não apenas a geração que a começou, mas a seguinte. E a atual, ela tinha que admitir. Perguntou-se se poderia realmente acabar. Talvez se todos eles concordassem em não falar nada para os filhos que nascessem, eventualmente, isso acabaria.

Ele a colocou de costas em uma das árvores e lhe deu um beijo demorado.

— Quanto tempo pode ficar?

— Não o suficiente para o que está pensando.

Ele deu risada.

— Sou tão óbvio?

— Leio sua mente em seu beijo. Prometo vir cedo amanhã para que tenhamos muitas horas juntos.

Ele a beijou de novo como se isso não o acalmasse. Com um suspiro de resignação, ele a soltou e pegou sua mão.

— Venha para dentro e vou lhe mostrar alguns dos esconderijos. Há um que poderia abrigar muitas pessoas dentro das paredes.

Jocelyn arrumou seu traje verde para cavalgar.

— Esse terá que servir para hoje. Ou tem o preto. Preciso consertar o azul.

— Esse está bom.

Jocelyn começou a ajudá-la a se vestir.

— Os criados estão falando um pouco sobre suas cavalgadas todos os dias, o dia inteiro. As mulheres temem que a senhorita se machuque de alguma forma, com todo esse tempo na sela. Os homens lembram como fez isso depois que seu pai faleceu, e se preocupam de estar de novo perdida no luto.

— E você?

— Eu acho que a senhorita não está cavalgando o dia inteiro.

— Apenas guarde esses pensamentos para você.

— Claro.

— E assegure aos criados que estou saudável e feliz e muito além do luto profundo. Não quero ninguém se sentindo obrigado a escrever a Londres com preocupações.

— Vou cuidar disso.

Vestida e pronta, de novo apontou seu cavalo para o leste. Ela duvidava de que um dia iria viver momentos grandiosos assim. Ela e Stratton tinham trocado o dia pela noite. Passavam a manhã na cama e, depois dos dois primeiros dias, quando ainda estavam lá no fim da tarde, vestiam-se, comiam e brincavam como crianças. Em um dia lindo, ele a levou para um lago, onde se banharam. Outro dia, fizeram uma competição de arco e flecha. No dia anterior, levaram pistolas e mosquetes e praticaram tiro. E, claro, tinham se beijado. Tinham se beijado muito.

Ele também lhe contava histórias, sobre como o pai conhecera a mãe quando ela era pequena, depois voltou à França para se casar com ela e trazê-la antes de os problemas começarem. Ele lhe mostrou o túmulo da família, onde dois irmãos mais velhos estavam enterrados. Ambos tinham morrido quando bebês, o que tornou sua sobrevivência um milagre. Descreveu Paris nos anos logo após a guerra, quando parecia que toda a sociedade do mundo inteiro chegava para andar na Champs Élysées. Nenhuma vez mencionou a morte do pai ou o motivo dela. Ela começou a pensar que talvez, só talvez, não precisaria de outra geração para as lembranças antigas desaparecerem.

Eles poderiam fazer isso juntos. Poderiam encontrar paz eterna, se tentassem.

Um cavalariço aguardava para pegar o cavalo dela, como sempre. Um mordomo abriu a porta. Nenhuma formalidade a recebeu, no entanto. Ela foi para as escadas e subiu ao quarto de Adam.

Tinha decoração antiga, como a casa inteira, mas pelo menos aqueles aposentos tinham sido reformados no último século. Entalhes dourados enfeitavam a cabeceira enorme da cama. As molduras se dissolviam em arabescos de folhas. O quarto inteiro tinha um clima de excesso e decadência.

Ele ainda estava deitado na cama. As cortinas nem tinham sido abertas. Ela se aproximou e se sentou na cama, e ele desabotoou o traje dela. Clara se despiu totalmente e subiu na cama com ele.

— Queria que pudesse ficar aqui e fosse poupada de todo esse coloca e tira de roupa — ele disse após um beijo. — Eu a tomaria o tempo todo.

— Nós teríamos que pagar o diabo para não sermos descobertos. Além disso, não estou vestindo nada durante o tempo aqui, então a parte de se vestir é mais fácil. — Assim como a brincadeira indecente no fim do dia, quando eles queriam.

— Qual é a pior coisa que pode acontecer se formos descobertos? Seu irmão exigir que me case com a senhorita?

Provavelmente era o pior que poderia acontecer. Naquela manhã, depois da crescente familiaridade daquela semana e das profundezas da intimidade entre eles, não soava tão ruim.

— Ficaríamos aqui juntos e cavalgaríamos, nadaríamos e atiraríamos durante o dia e seríamos escandalosos à noite — ele enumerou. — A senhorita poderia redecorar esta casa antiga e reformar os jardins, e eu poderia recuperar meu lugar no estado e no condado.

— Soa bem doméstico.

— Não é? Tudo é muito atraente para mim. — Ele a olhou de canto de olho.

Também era atraente para ela. Mais porque ele deixou as partes ruins de fora.

— Ou, se não ficar, a senhorita poderia cavalgar como Godiva e ser poupada de qualquer roupa.

— Seria uma visão e tanto para os inquilinos.

— Ficariam admirados. Lá estaria a senhorita, cavalgando na névoa da manhã, seu cabelo esvoaçante, toda cremosa naquele cavalo preto. Pareceria algo saído de um mito ou sonho. As lendas começariam. Centenas de anos depois, fazendeiros falariam sobre a fada nua que aparecia na primavera.

— Que imaginação o senhor tem. Deveria escrever poemas ou romances.

— O que posso fazer se a senhorita me inspira? — Ele a puxou para mais perto. — Prefiro o prazer criativo do que poesia, no entanto. Estou pensando que a senhorita também.

Ele provou o que queria dizer. Sua boca a provocou com uma precisão devastadora. Ela não tinha mais defesas com ele e sucumbia rapidamente a tudo que ele fazia. Naquela manhã, chegara tão ardente e cheia de alegria que um olhar sedutor poderia tê-la deixado sem fôlego. No fim, ele tinha muito mais em mente.

Seus beijos fizeram uma trilha quente pelo corpo dela. Ela sabia o que ele iria fazer, mas ele se movia tão devagar que ela gemeu com impaciência. Ele também não seguiu até embaixo de seu corpo, mas inclinou-se para beijar sua barriga, e mais além.

A respiração era quente em seu centro. Ele segurou firme seu quadril. Virou-a de lado, e depois se virou também para que ambos se encarassem de cabeça para baixo. Ele ergueu o joelho dela sobre o ombro e a fez gritar de delírio. Mesmo em sua confusão, ela percebeu que aquela posição estranha lhe permitia acariciá-lo. Ela pegou seu falo nas mãos para lhe dar prazer também. Quanto mais ela o agradava, mais ele lhe dava, até finalmente ela usar a boca também, primeiro com beijos, depois com mais, enquanto a língua dele não parava de deixá-la extasiada.

Adam se levantou da cama enquanto Clara dormia. Foi ao quarto de vestir e colocou calças, botas e uma camisa. Saiu assim que seu criado entrou, carregando um de seus casacos. Voltou ao quarto, pegou o traje de cavalgar de Clara e sua camisa, e os estendeu na cadeira próxima. Colocou o casaco em cima deles.

Saiu do aposento pelo quarto de vestir.

— Não a perturbe. Deixe água quente aqui, depois pode se retirar. Estarei no antigo escritório.

Ele desceu as escadas e foi até o cômodo com as caixas.

Desde que chegou, tinha examinado cada esconderijo mais uma vez, procurando a joia desaparecida. Não encontrara nada de tanto valor. Então havia começado a longa missão de procurar nos documentos pessoais de seu pai. Encarou as caixas de novo e puxou uma para perto.

Quando o mordomo de Kengrove Abbey encaixotou tudo aquilo, começara com os documentos mais recentes e trabalhou no sentido contrário do tempo. Se não acabava rapidamente era porque cada carta revelava algo sobre seu pai. Até os relatórios dos administradores abriam pequenas janelas.

Os itens mais interessantes foram cartas de sua mãe, escritas antes de eles se casarem. Enviadas da França, ela relatou o clima em seu país e expressou suas preocupações. Mas não eram cartas de amor, eram carinhosas e afetuosas como amigos. Ele as tinha colocado de lado para dar a ela na próxima vez que a visse.

Ele sentou-se atrás das caixas e tirou uma grande pilha de uma das últimas. Em dez minutos, percebeu que tinha, diante dele, documentos do último ano da vida de seu pai. Eram muitos, e muitas cartas de outros lordes. Ele abriu cada uma e leu.

Em algumas, as pessoas recusavam o convite de uma festa que a mãe dele planejara. Em outras, colegas recusavam formalmente os boatos e escreviam sobre contas a serem discutidas. Mas o tom começou a mudar. Um homem escreveu que romperia a amizade deles. Outro bruscamente se referiu ao cheiro da traição. Então, por muitos meses, não houve cartas.

Finalmente, ele soube o motivo. Uma carta longa em uma letra rebuscada começou com arrependimentos com as dificuldades que um velho amigo encontrava. No entanto, delicadamente, deu a má notícia.

Marwood enviou um homem para a França, sem o conhecimento de ninguém, garanto-lhe. Nenhum ministro aprovou esta missão, e mais de um está bravo pela interferência e insistência do conde em mexer de novo nesse caldeirão de insinuação. Infelizmente, o homem dele encontrou a loja de penhores em que as joias eram vendidas e resgatou uma descrição que, junto com a explicação do penhorista sobre o patrimônio dado a ele, liga diretamente a você. Está por toda a cidade, e lhe imploro que fique em Surrey até o pior passar. Arrependo-me de precisar lhe informar, mas você precisa saber. É hora, velho amigo, de descobrir o que puder sobre esses acontecimentos, para que não seja impugnado pela ação de outros. Estava assinada. Brentworth.

Ficou emocionado pelo falecido Brentworth ter permanecido um amigo até o fim e até presumiu que os boatos fossem mentira, apesar da nova evidência provando o contrário. A última frase aparecia em letras maiores, no entanto. *Se não foi você, então quem foi?*

Havia apenas uma pessoa possível. A mais provável. Será que seu pai perguntou a ela e descobriu que ela tinha realmente feito isso? Será que ele havia escolhido um caminho que garantisse que nunca perguntassem a ela, ele ou outra pessoa?

Adam encarou cegamente a carta por muito tempo. As revelações nela o esvaziaram até haver um buraco negro no lugar de seu coração. Ele presumira que encontraria provas que comprovassem que as acusações estavam erradas. Quanto à pessoa...

— O que tem aí que o faz franzir a testa de maneira tão séria?

Ele olhou para cima. Clara estava dentro do cômodo. Uma fita amarrava seu cabelo na nuca. Ela estava usando o casaco, e ele achou que era só isso. Era grande demais, e as mangas cobriam suas mãos. A barra se acumulava em seus pés. Se algum criado a tinha visto, ela nunca saberia. Todos eles tinham ordens de desaparecer caso ela o visitasse.

Seus olhos tinham brilhos maliciosos que diziam que ela queria brincar. Os brilhos se apagaram, um por um, conforme ela olhava para ele. Foi até a ponta da mesa e olhou a pilha de documentos diante dele.

— Os documentos de seu pai.

— Estou analisando a última parte. — Colocou a pilha de volta na caixa. — Vou levar estes comigo para Londres e terminar lá.

— O que estava lendo, Adam? Estava longe e quase perdido.

Ele olhou para baixo, para a carta, não dobrando-a de novo.

— Foi uma carta que ele recebeu explicando o que ele enfrentava. — Ergueu a mão. — Vamos. Vou pedir para levarem o café da manhã ao quarto.

Ela não pegou a mão dele, em vez disso, continuou olhando para a caixa.

— Descobriu alguma coisa?

— Algumas, sim.

— Descobriu que meu pai teve participação?

Ele queria mentir, desesperadamente. Se ela tivesse perguntado uma hora antes ou uma hora depois, ele provavelmente teria mentido.

— Sim.

— Acho que o senhor sempre suspeitou disso. Temia que descobrisse bem aqui. É por isso que meu irmão o teme e minha avó está tão ansiosa para fazer as pazes. Não por causa de uma velha briga sobre um pedaço de terra. Por causa disso.

Ela o olhou com um olhar triste e desafiador ao mesmo tempo.

— Pensa em meu pai quando me vê?

— Não mais. Não desde muito antes. Por favor, acredite nisso.

— Não sei se acredito. E se descobrir que ele é o culpado de tudo? Ou já descobriu? Ele está morto e não pode desafiá-lo. Vai se vingar como pode através de mim? — Sua voz tinha fúria e mágoa. — Quando está comigo, talvez fique pensando *"Olhe o que estou fazendo com sua querida filha, seu canalha"*.

— Não é verdade. Não diga isso. — Ele tentou segurá-la, mas ela se afastou. De costas para ele, ela se abraçou. Ele foi para perto dela, mas se conteve do abraço que desejava lhe dar. — Quando estou com a senhorita, penso em como gostaria de viver aqui com a senhorita, como eu disse de manhã.

— Aqui? A alguns quilômetros da casa dele? Da casa da minha família? O senhor nunca vai desistir disso, nunca, se morar aqui, com o túmulo de um homem que culpa a meros quilômetros de distância. Quanto a mim, devo abandoná-los? Cruzar a fronteira e nunca olhar para trás?

Ele ousou tocar em seu braço. Ela não o empurrou nem se afastou.

— Podemos fazer as pazes, assim como sua avó propôs. Não haveria necessidade de cruzar uma fronteira se for construída uma ponte.

Ela se virou, ainda brava, e olhou para ele.

— O que estava lendo quando cheguei, Adam? Algo ruim, eu acho. Muito ruim, se não quer falar disso.

— Confirmou algumas coisas que eu já tinha pensado e me contou outras que eu desejava não saber.

— Foi suficiente? Suas perguntas estão respondidas? Acabou com isso? Porque, se não, não haverá ponte que suporte muito tempo, e não haverá lugar para mim em seu coração em que eu consiga confiar.

Será que tinha terminado? Tinha acabado? Ele queria que tivesse. Com toda a sua alma, se significasse que poderia ficar com ela.

A expressão dela suavizou. Ergueu a mão e a descansou no rosto dele. Ele se lembraria eternamente do olhar que ela lhe deu, como se buscasse memorizar seu rosto.

— Precisa acabar com isso, claro. Este é seu legado, assim como essas terras. Como fui tola em me apaixonar pelo senhor, sabendo disso. E, ainda assim, não estou arrependida, mesmo sabendo que vou sofrer.

— Clara...

Ela tocou os lábios dele com a ponta dos dedos.

— Não. Por favor, não. Acho que mentiria se precisasse, e seria triste demais. — Ela ergueu a barra do casaco e foi até a porta. — Por favor, fique aqui até eu ir embora.

Ela desapareceu. A mente dele ficou preta e ele socou a parede. Depois se arrastou para baixo até sentar-se no chão, e o vazio dentro dele se preencheu de angústia.

Vinte e Três

Clara abriu a carta. Ela sabia o que leria. Sabia que Adam a tinha enviado.

Venha para mim, ela leu.

Cartas parecidas chegavam três vezes por dia. Continuaram chegando por uma semana. Só a primeira, falando sobre o retorno dele a Londres, tinha sido mais longa.

Disse que se apaixonou por mim. E eu, pela senhorita. Rejeitar o amor quando o encontramos é um grande pecado. Venha para mim.

Cada carta a fazia querer chorar. Cada uma também acendia uma chama minúscula de incerteza.

Poderia fazer isso? Será que o amor lhes permitiria separá-los do passado? Mesmo que aquele passado incluísse a crença dele de que o pai dela cometeu um erro gravíssimo com o dele?

Significaria acreditar nele mais do que o senso comum garantia. Mais do que ela acreditava realmente em qualquer pessoa. Será que o amor permitiria que ela visse mais do que o normal ou a cegaria?

A sra. Finley anunciou que Althea estava chegando. Clara guardou a carta em sua escrivaninha junto com as outras e tirou uma pilha de notas e uma bolsa de moedas.

— Está com tudo? — Althea perguntou assim que entrou.

— Fui a todas as lojas nos últimos dois dias. Aqui está. Três cópias permaneceram na Ackermann's, mas ele espera vendê-las e me disse para aumentar o pedido para vinte da próxima vez.

Althea abriu uma folha de papel na mesa, depois pegou seu tinteiro.

— Vamos continuar, então, para que nossas senhoras vejam os frutos do trabalho delas.

O papel de Althea listava todas as mulheres que tinham contribuído com a última edição do *Parnassus*, desde Lady Farnsworth até as mulheres que levaram as cópias às lojas. Ela lia a quantia que cada uma receberia, e Clara contava.

— Sra. Galbreath, dez xelins — Althea leu o último nome.

Clara pegou uma nota de cinco libras e a colocou ao lado das outras. Althea viu, depois olhou para Clara.

— Aí não tem dez xelins.

— Não mesmo. Mas acho que é a quantia certa. Sua lista estava errada.

— Concordamos com dez xelins há quase dois anos.

— Concordamos antes de saber se venderíamos uma única cópia. Você faz mais da metade do trabalho, Althea. Não poderia fazer isso com você, muito menos contemplar uma programação regular de publicação. Na verdade, acho que deveria ser minha sócia oficialmente, não apenas na responsabilidade.

O grande sorriso de Althea a fez brilhar.

— Também acho. Onde assino?

Clara riu até chorar. Enxugou os olhos.

— Oh, isso foi muito bom. Estava começando a pensar que nunca riria de novo. — Ela respirou fundo. — Vou pedir ao meu advogado para fazer um contrato, e vamos assinar assim que estiver pronto. Agora, pegue essas notas antes que eu decida que seriam boas para dar uma festa.

Althea pegou e guardou em sua bolsa.

— Se entregar o dinheiro àquelas que vivem perto, vou fazer com as que moram perto de Mayfair.

— Você terá que ser mais discreta do que eu.

Na forma organizada de Althea, ela colocou pedacinhos de papel com nome em cada pilha, depois guardou as moedas em saquinhos com o papel dentro. Juntou as pilhas de Mayfair de um lado e do leste de Londres do outro.

— Agora — ela disse —, quero comemorar e fazer algo decadente com meu salário. Acho que deveria vir comigo para Berkeley Square e se deliciar com um sorvete.

— O sr. Brady pode nos levar, depois deixar você em casa antes de voltarmos para cá. — Clara foi até o hall para chamar a sra. Finley e lhe disse para avisar ao sr. Brady.

Ela e Althea colocaram suas boinas.

— Estou muito feliz por ir comigo nessa pequena orgia — Althea declarou. — Enquanto nos deliciamos no Gunter's, você pode explicar por que temeu que nunca mais daria risada.

Clara mergulhou a colher no sorvete, depois saboreou a doçura gelada e boa. Ajudou a amenizar a tristeza que veio quando ela explicou o término com Stratton para Althea.

De sua mesinha, ela pôde ver os outros produtos que tornavam Gunter's famoso: bolos, biscoitos e outras sobremesas alinhadas no balcão da confeitaria. Também tinha marzipã, decorado com esculturas minúsculas artísticas de animais e flores. Um cheiro doce luxurioso permeava os arredores.

— Claro que não podia confiar nos motivos dele, não tinha mais nada a fazer — Althea concordou.

— Foi isso que disse para mim mesma.

— Seria horrível continuar, só para depois descobrir que ele a enganou o tempo todo.

— Terrível. Só que... parece, para mim, que ele não é de enganar. Dizer isso é injusto.

— Então não acha que teria descoberto? — Ela pensou nisso. — Suponho que havia a chance de eu descobrir. Prefiro pensar que não.

Althea soltou sua colher.

— Se acredita que ele não a enganaria, por que duvida dos motivos dele em persegui-la? Está se contradizendo, querida.

Clara colocou uma colher cheia de sorvete na boca. Era demais. Doía.

— Como posso me casar com um homem que carrega tanto ódio pelo pai que me amou e me protegeu? E ele deve odiá-lo, e descobriu que meu pai encorajou as acusações contra o pai dele. Por um instante, quando ele me olhou naquele dia, acho que me odiou também, ou pelo menos odiou o fantasma que viu atrás de mim.

Althea ergueu a mão, segurando a colher.

— Pare, por favor. Vamos voltar à sua primeira frase. Você disse *casar*?

— Disse?

— Tenho certeza de que disse. Está pensando nisso?

— Acho que um pouco.

— Ele lhe propôs, mesmo um pouco?

— Oh, ele propôs na segunda vez que conversamos. Era uma forma astuta de vingança. Ele admitiu.

— Ele propôs de novo?

Clara cutucava o resto do sorvete repetidamente com a colher.

— Acho que sim.

Althea estendeu a mão e deu um tapinha no braço dela.

— Você está achando muito. O coração partido está deixando-a estúpida?

— Acho que sim — ela murmurou.

— Clara, sua menção ao casamento me faz mudar de opinião sobre ele e entender melhor sua tristeza atual. Se pensou até em se casar, deve gostar muito dele. Acredito que deva descobrir se há possibilidade de felicidade com ele. Deve ter muita certeza antes de desperdiçar essa chance.

— Ele disse a mesma coisa — Clara confessou quando elas terminaram. — Ou melhor, escreveu.

— Então talvez devesse vê-lo mais uma vez, e precisam conversar honestamente.

Naquela noite, depois de debater muito, Clara pegou sua pena e tinta.

Vou visitá-lo na sexta à tarde. Precisa me contar tudo. Não haverá beijo.

Não era covardia que a fazia adiar o encontro com Adam, ela disse a si mesma. Não temia o que poderia ser a separação final e imutável com ele. Nem um pouco. Não passava as noites lutando contra a esperança impossível de querer controlar seu coração. Ela só não poderia vê-lo naquele momento porque tinha coisas a fazer, só isso.

No dia seguinte, saiu cedo para pagar suas colaboradoras. Visitou a sra. Dalton primeiro, em sua casa perto do rio. Seu marido e ela deixavam a casa modesta apenas para a Temporada, depois retornavam à propriedade deles em Kent.

O sr. Dalton não sabia que sua esposa era a Filha de Boadiceia, então Clara chegou à uma da tarde, supostamente para fazer uma visita. Enquanto ela e a sra. Dalton conversavam sobre fofocas da sociedade, o saquinho foi movido da bolsa de Clara para o corpete amplo da sra. Dalton.

Nenhum truque de mãos foi necessário com a sra. Clark. Ela recebeu Clara em sua loja e a levou a um escritório minúsculo, onde fizeram negócios.

— Se tiver o pagamento das outras, posso entregar antes — a sra. Clark disse.

— Gostaria de pagá-las eu mesma, se me disser o endereço delas.

— Bondade sua, mas pode ser melhor que eu o faça. As ruas delas não são adequadas para uma dama como a senhorita.

— Tenho um cocheiro comigo. Acho que ficarei bem segura. Se a senhora anda nessas ruas, eu também consigo.

A sra. Clark não gostou disso. Mesmo assim, anotou os endereços.

— Tome cuidado, Lady Clara. Há batedores de carteira e pior por lá. Não deixe seu homem abandonar a carruagem, independente do que ele fizer, e diga para ele ficar com o chicote preparado.

— Prometo ficar alerta e ser cautelosa, sra. Clark. — Antes de ela partir, admirou algumas das boinas na loja. Quando embarcasse na orgia do excesso de roupas, precisaria encomendar algumas coisas ali.

O alerta da sra. Clark provou ser menos encantador e mais sensível quando a carruagem de Clara entrou no bairro onde uma de suas mulheres da entrega morava. O sr. Brady não queria que ela saísse da carruagem quando encontraram a triste casa da sra. Watkins. Clara insistiu, no entanto, e bateu à porta.

Claro que nenhum criado atendeu, mas, sim, a própria sra. Watkins. Uma jovem a acompanhava, segurando a saia.

— Milady. O que a traz aqui? Aquele senhor da livraria disse que não levei os jornais para ele? Se sim, ele está mentindo para roubá-la. Eu levei, com certeza, e...

— Não houve reclamação, sra. Watkins. Vim para lhe trazer isso. — Ela entregou o saco de moedas.

A menina ouviu o som e arregalou os olhos. A sra. Watkins corou.

— Mil perdões. Só fiquei surpresa ao vê-la aqui na minha porta. — Ela olhou para trás. — Não vai entrar?

Clara pôde ver o cômodo e as preparações de um jantar. Havia um pano cobrindo uma parede. A sra. Watkins e sua família pareciam ocupar apenas esse cômodo, e não a casa inteira.

— Não quero atrapalhar, e tenho mais coisas a fazer — ela disse, para poupar a mulher da dificuldade de tentar receber uma visita. — Só queria trazer isso à senhora e agradecer muito pela ajuda.

A sra. Watkins sorriu.

— Eu que agradeço, milady. Fico feliz em fazê-lo a qualquer hora.

Clara voltou à carruagem. O sr. Brady a colocou rápido para dentro.

— Bedford Square? — ele perguntou pela janela.

— Temo que não. Vamos agora para St. Giles.

— Lady Clara, não acho que...

— St. Giles, sr. Brady.

Ela olhou para a casa da sra. Watkins enquanto eles iam embora. O *Parnassus* poderia ser um passatempo para ela e outras, como Lady Farnsworth e Lady Grace, mas, para a sra. Clark e a sra. Watkins, e até a sra. Dalton e Althea, os pequenos ganhos que elas recebiam com o jornal faziam diferença. Muita, em alguns casos.

Vinte e Quatro

Adam puxou os remos, forte. Seu corpo não doía porque toda a sua concentração permanecia nos pensamentos. Eles voltavam ao ritmo de sua remada. Clara queria saber de tudo. Acreditava que ele nunca poderia separá-la do resto, das ações de sua família, de seu dever de extrair justiça. Poderia convencê-la do contrário. *Tudo*, entretanto, incluía as recentes revelações que ele descobriu naquela carta.

Que o levou a um lugar terrível, onde seus pensamentos moraram por dias. Se não tivesse perdido Clara, poderia ter tido uma melhor ideia de onde seu dever terminava. Nunca esperou enfrentar uma escolha entre dois familiares, mas agora o fazia.

Deixar a mentira como estava, e o bom nome de seu pai permanecer desonrado. Ou tentar retificar uma injustiça, e significaria fazer perguntas que nenhum filho deveria fazer à mulher que lhe deu a vida.

Ele puxou mais forte, seu corpo todo se esticava, seus ombros tensionando com o esforço. Sexta, Clara tinha dito. No dia seguinte. *Terminou isso?* Talvez poderia ter terminado. Se ela não o abandonasse completamente, ele poderia.

Ouviu gritos. Olhou em volta. Atrás dele, viu braços abanando.

— Você ganhou, droga — Brentworth gritou. — Planeja remar até Richmond?

Ele ergueu os remos enquanto ia com a correnteza, depois virou o barco e foi para a margem.

Brentworth e Langford já tinham vestido seus casacos. Criados que os seguiram ao longo da margem começaram a levar os barcos de volta para onde todos começaram a corrida. Outros seguravam os cavalos. O barco de Adam bateu na margem, e ele pulou para fora.

— Inferno, você remou como se sua vida dependesse daquilo — Langford disse. — Nem tivemos chance.

— O exercício foi bom para meu humor e me ajudou a pensar.

— Está fazendo muito isso esses dias. — Langford enxugou a cabeça com uma toalha. Seus cachos emergiram mais rebeldes. — Vamos tomar uma cerveja para seu cérebro encontrar um pouco de tranquilidade.

Havia uma taverna do outro lado da rua. Os três sentaram-se a uma mesa e Langford foi pegar as canecas.

— Ele tem razão — Brentworth começou. — Você está muito absorto em pensamentos. Parece bravo. Deixa os homens nervosos. Ontem à noite, no White's, o salão de cartas quase se esvaziou quando você chegou.

— Não reparei.

— Claro que não.

Langford voltou com a bebida.

— Está contando a Stratton que ele está lançando um terror em toda a Temporada com seu humor infernal?

Adam bebeu a cerveja, depois a colocou de lado.

— Descobri uma coisa. Muitas coisas. Agora desejo que não tivesse descoberto.

Nenhum amigo o incitou. Apenas esperaram.

— Descobri uma carta do seu pai para o meu — ele disse a Brentworth, e descreveu o que estava escrito.

Langford assobiou.

— Então o conde não deixou isso passar enquanto os outros escolheram fazê-lo. Não há como buscar satisfação com ele morto, não que algum júri aceitaria isso como justa causa para um desafio, de qualquer forma.

— Não é isso que o assombra, é? — Brentworth perguntou.

— Não.

— Escreveu para ela e perguntou sobre isso?

Langford entendeu a direção que a conversa estava tomando.

— Oh, inferno. Sim, claro. — Sua expressão se tornou francamente solidária.

— Escrevi a carta e anexei uma cópia do desenho da joia em questão para enviar. Não a selei e enviei. Na verdade, estou evitando a escrivaninha onde ela está.

— Caramba — Langford murmurou. — Alguns se perguntaram se você parecia um homem ansioso que iria acabar com alguém nos últimos dias. Se enviar essa carta para pedir que ela admita... que a morte dele... Acho que eu não conseguiria.

— Pode viver sem enviá-la? — Brenworth questionou. — Viver sem saber, e permitir que tudo permaneça como está?

— Essa é a questão que me consome. — Adam gesticulou para pedir mais bebida. — Vamos falar de outra coisa, para que eu não pareça um homem querendo brigar. Me contem como vão as coisas com suas damas.

Ele tinha tocado no assunto preferido de Langford, e seu amigo não o decepcionou.

À uma hora, e ainda pensando na conversa que teria com Stratton no dia seguinte, Clara pediu sua carruagem e que o sr. Brady a levasse à cidade para um compromisso com seu advogado.

O próprio sr. Smithers a recebeu. Um jovem quase novo na profissão, ele tinha gostado de obter tal cliente distinta. Ela tivera muita dificuldade para encontrar um advogado que era altamente recomendado e em que confiasse que resistiria às tentativas de alguém em descobrir seus negócios particulares. Quando Theo descobriu que ela mudara seus negócios privados para outra pessoa, e não o advogado da família — que tinha lhe informado sobre as decisões problemáticas dela, sem pedir, é claro —, foi uma confusão e tanto.

Agora, o sr. Smithers arrumava seu cabelo loiro, endireitava a gravata e sorria gentilmente do outro lado da mesa em seu escritório. Ele lhe entregou o documento que preparara a pedido dela para dar metade da posse do *Parnassus* a Althea.

— Vai ver que ela deve lhe pagar um xelim, que é o que chamamos de consideração. No entanto, como proprietárias iguais, vão compartilhar qualquer lucro. Confio que a sra. Galbreath entende que também será igualmente responsável por qualquer dívida.

Clara leu o contrato. Não haveria dívidas. O *Parnassus* tinha um benfeitor que pagava qualquer custo além daqueles cobertos pelas assinaturas e vendas.

— Se me enviar as cópias, vou mandá-las assinadas.

— Muito bem, Lady Clara.

Por impulso, ela levantou outra questão.

— Estou curiosa com uma coisa. Se eu me casar, o que é meu continua sendo meu?

Ela o surpreendeu.

— Está pensando em se casar?

— Não. Só estou curiosa.

— Pergunto porque há uma resposta simples que pode satisfazê-la. No entanto, caso planeje se casar, explicações mais longas podem ser mais sábias para que entenda completamente a situação. A resposta simples é que tudo que é seu continua sendo seu. Entretanto, sua propriedade real seria do uso e lucro do seu marido durante a vida toda. Ele poderia substituir os moradores, ou construir vilas, por exemplo. A renda seria dele.

— Então eu perderia o controle da terra. Pensei nisso, mas queria estar certa.

— Sim, e também a casa que comprou recentemente. Se tivesse usado seu legado para comprar vestidos, seriam propriedade pessoal. A casa, no entanto, é propriedade real.

— Eu sabia da terra, mas também ter um homem permitido pela lei caçando minha casa parece muito injusto.

O sr. Smithers deu risada.

— *Caçando* é uma palavra divertida para descrever. Tende a ser animada, no entanto. Um marido poderia usá-la ou deixá-la. Não daria, porém, para vendê-la sem convencer um juiz que a senhorita concorda livremente.

Aquele encontro pendente com Stratton ficava se apossando de sua mente e de seu coração. Já que ela estava ali...

— Tenho outra pergunta. O senhor tem conhecimento da propriedade que foi contestada por anos por minha família e aquela do Duque de Stratton?

— Nossa, sim. O caso é bem conhecido, mesmo que tenha acontecido antes de eu nascer. É o tipo de história que advogados mais velhos contam aos mais jovens durante um vinho.

— Pode descobrir os detalhes de como foi finalmente destinada? Quando e como. Pergunto porque me disseram que meu pai pode ter se aproveitado da situação, e eu gostaria de ter prova de que ele não o fez.

— Para poder apresentar essa prova à pessoa que o depreciou?

— Possivelmente.

Ele anotou em um papel.

— Há registros, claro. Nada que acontece legalmente na corte é segredo. Encontrar tais registros pode ser difícil, mas é o que advogados fazem. Vou fazer isso imediatamente, para que possa colocar essa fofoca no lugar dela. Embora o resultado mais recente seja de seu conhecimento.

— Está dizendo que foi vendida?

O sr. Smithers olhou para ela, confuso.

— Nossa, não. Por ter tido tanto trabalho e esperado tanto para tê-la, vendê-la seria muito estranho.

— Extremamente estranho. Então, o que quer dizer com seu recente resultado?

— Vejo que não sabe. Peço desculpas, mas pensei que soubesse. — Ele se inclinou na direção dela e ofereceu um sorriso confortador. — Não se preocupe. Permanece segura na família, Lady Clara. É sua agora. É a propriedade que foi deixada por seu pai para a senhorita.

Exercício, ar fresco e amizade mudaram o humor de Adam. Ele ainda enfrentava uma escolha difícil, mas sua cabeça tinha se anuviado. Decidiu que esperaria alguns dias, depois tomaria uma decisão sobre aquela carta preparada para enviar a Paris.

No fim da tarde, ele colocou a carta e outros documentos relacionados de lado na escrivaninha de seu escritório e se ocupou com negócios da propriedade. Em específico, continuou uma comunicação em andamento com o administrador da casa de Drewsbarrow sobre melhorar a aparência do imóvel. Todas as madeiras e ouro realmente tinham que mudar. A última carta do administrador implicava que poderia ser dinheiro perdido, já que ninguém usava muito a casa. Adam escreveu uma carta deixando claro que isso iria mudar.

Uma hora escrevendo cartas o fez pensar que poderia ter passado da hora de contratar uma secretária. Estava pensando em como proceder com isso, quando começou uma comoção na casa que aumentou intensamente.

De repente, a porta de seu escritório se abriu rápido. Clara estava ali parada. Atrás dela, o mordomo fazia expressões e gestos de perdão.

Um dia melhor se tornou um maravilhoso quando Adam a viu. Ela tinha mesmo ido até ele, finalmente, um dia inteiro antes do que ela tinha prometido.

Infelizmente, sua expressão indicava que sua chegada inesperada poderia não ter boas notícias. Seus olhos azuis brilhavam como joias que poderiam cortar o aço. Sua postura permaneceu rígida como um bastão. Sua expressão sombria encorajou a impressão de um poder de destruição. Ela estava brava como ele nunca tinha visto.

Ele pensou que ela estava linda.

Levantou-se e foi até ela, gesticulando para o mordomo sair.

— Que surpresa maravilhosa, Clara. — Ele tentou tocar nela.

Ela passou por ele, entrando no escritório.

— Não. Me. Toque. — Pelo tom dela, ela poderia também ter adicionado *Seu. Canalha. Miserável.*

— Vejo que está de bom humor hoje.

— Eu estava. Há uma hora. — Virou-se para ele. — Pode esperar até amanhã para me contar o resto, mas hoje exijo que me conte isto. Sabia que eu tinha herdado aquela propriedade contestada? Sabe a qual terra me refiro. A propriedade que começou os anos de aborrecimento entre nossas famílias

Maldição. Ele passara dias pensando em explicações e promessas de seus pais, suas famílias, seus deveres, seu amor por ela. Não esperara que isso viesse à tona, muito menos agora.

Ela o examinou.

— Não tente mentir. Agora o conheço muito bem. Vou saber se disfarçar o mínimo que for.

Inferno.

— Sim, tive conhecimento disso.

— Quando?

— Só não sei quando. Acho que...

— *Quando?*

MADELINE HUNTER

Merda.

— Percebi isso depois de conversarmos no primeiro dia. Cavalguei de volta para Drewsbarrow o caminho que fez durante todo nosso tempo lá. — *Nosso tempo glorioso, apaixonado e amoroso lá.* — Reconheci alguns marcos de fronteira, como a cidade e o moinho. E percebi por que seu pai e sua avó queriam que eu me casasse com Emilia, não com a senhorita.

Ela andava de um lado a outro, brava e, ele sabia, magoada.

— Então decidiu que mostraria a eles, não é? Garantiria que aquela velha briga terminasse a favor de sua família. Case-se comigo e aquela terra seria sua.

— Não, seria *nossa*. Seria um fim adequado ao assunto todo, não acha? Nenhuma família ganha, e nenhuma família perde. Sua avó diz que quer paz.

— Acho que o senhor viu uma oportunidade de virar a mesa com ela. Com meu pai. Acho que gostou da ideia de vencê-los no próprio jogo deles.

— Já que isso enfraquecia o plano cuidadoso dele de garantir que aquela terra permanecesse eternamente fora das mãos da minha família, definitivamente gostei de saber disso.

— O que quer dizer com plano cuidadoso?

— Por que acha que ele deixou para a senhorita aquela propriedade, Clara? Tem que haver outras terras não complicadas que teriam sido boas para a senhorita. Ele acreditou que nunca se casaria. Contou com isso. Theo poderia vendê-la, talvez até para mim, se um dia ele se visse com problemas financeiros. A senhorita nunca o faria porque seria sua fonte de independência.

Ela queria discordar; ele viu isso em seu olhar fulminante e sua postura rígida. Adam contava com o fato de ela ser muito inteligente para não entender como o plano tinha sido perfeito.

Ela olhou para baixo na escrivaninha e para os papéis.

— Estava aqui fazendo seus planos de como arruinar o bom nome dele como ele fez com o seu pai? — Clara ainda soava brava, mas pelo menos não parecia mais prestes a atirar nele.

— Minha última carta falava sobre redecorar Dresbarrow, se quer a resposta sincera.

O pior de sua fúria a abandonou como um espectro sombrio voando para fora de seu corpo.

— Diga ao administrador para não usar muito azul. Muitas pessoas usam azul. — Parecendo cansada agora, ela foi até a porta. — Vou embora agora. Minha carruagem está esperando.

Ele foi até lá e pressionou a mão contra a porta para ela não conseguir abri-la.

— Está aqui agora. Não posso deixá-la ir se não prometer voltar amanhã.

Ela ficou ali, sua mão no ferrolho, suas costas a menos centímetros do corpo dele. Adam se embriagou em seu perfume e proximidade como um homem privado por anos.

— Não posso deixá-la ir, Clara, porque temo que, se o fizer, nunca mais vou vê-la sozinho.

Ela se virou.

— O senhor é mais corajoso do que eu, se quer essa conversa agora.

— Não muito corajoso. — Nada corajoso. Desesperado. — Vou mandar sua carruagem embora. Não se mexa. Não saia.

Ele mandou o recado ao cocheiro dela. Quando voltou ao escritório, ela estava sentada em um banco da janela que dava para o jardim. Tinha tirado sua boina preta, e o sol da tarde encontrou aquelas súbitas mechas acobreadas em seu cabelo. Ela não parecia ansiosa para vê-lo de novo.

— Tem xerez aqui?

— Posso pedir para comprarem, ou tenho conhaque à mão.

— Suponho que conhaque vá funcionar.

Ele abriu o armário em que o guardava e serviu dois copos. Ela provou um pouco, pensou, depois deu de ombros.

— Vai funcionar.

— A senhorita estava fazendo visitas hoje — ele disse.

— O que o faz pensar isso?

— Está usando preto.

Ela olhou para o vestido.

— Visitei meu advogado. Foi assim que descobri sobre a terra. Enquanto penso sobre o que disse, sobre o plano de meu pai, acho que lhe dá mais crédito por uma trama nefasta assim do que lhe é justo. Minha avó mudou de ideia, sabe. Quando concluiu que o senhor preferia a mim à Emilia, ela decidiu que também serviria.

Ele colocou o copo na mesa e foi até ela, e se ajoelhou em uma perna à sua frente. Queria dizer que estava errado e jurar que nunca pensou sobre a terra, os pais ou qualquer coisa que ela estava preocupada, além de seus sentimentos sinceros. *Eu a vi e decidi me casar com a senhorita.* Não era totalmente verdade.

— Sua avó decidiu isso porque aquela velha briga e a terra eram o menor problema. Ela sabia que eu tinha causas mais recentes para querer acertar as contas com sua família. Motivos mais sérios. Não vou mentir e dizer que meu interesse na senhorita sempre foi separado disso, Clara. Eu a desejei desde o início pela mulher que é, mas também vi imediatamente o quanto poderia me beneficiar com seu conhecimento enquanto eu buscava descobrir a verdade.

— E o beneficiou?

— Em pequenas formas, primeiro. Depois, não me importei mais com isso.

Ela analisou o rosto dele, seus olhos, procurando sinais de mentira, ele presumiu. Adam contava com o conhecimento dela sobre ele, como ela disse.

Ele arriscou tocar a mão dela. Quando ela não resistiu, ele pegou sua mão.

— Em Drewsbarrow, a senhorita perguntou se eu conseguiria esquecer. Se poderia acabar com isso. Pela senhorita, eu posso, e vou.

A mão dela se virou com a palma para cima, para que ela segurasse a dele.

— Eu disse que precisa me contar tudo. Não acho que o senhor queira.

— Se vou acabar com isso, talvez a senhorita também devesse. Os detalhes importarão quando colocarmos tudo isso no passado?

Ela sorriu tristemente e apertou a mão dele.

— O que estava lendo quando o encontrei naquele cômodo naquela manhã? O que descobriu sobre nossos pais? Acho que nós dois precisamos descobrir o que há entre nós, se vamos realmente acabar com isso.

Ele hesitou. Considerou discutir. Em vez disso, levantou-se, foi até a escrivaninha e voltou com uma carta para ela.

— Foi do falecido Duque de Brentworth.

Ela a leu. Seu olhar voltou para o topo e ela a leu de novo, lentamente. Quando terminou, lágrimas brilhavam em seus olhos.

Vinte e Cinco

Oh, papai. Ela mal conseguia acreditar no que Brentworth revelou, que seu pai tinha ido tão longe para arruinar um homem... Ele poderia ter segurado aquela arma que tirou a vida do falecido duque.

Esse não era o homem que ela conhecia. Não era o pai que a ensinou a cavalgar e passava horas com ela depois que sua mãe morreu. Não era o homem que lhe permitiu se tornar a mulher que estava destinada a ser. Aquele homem era generoso, carinhoso e bom, não essa pessoa vingativa e cruel que precisava ganhar tanto que causou a morte de um homem.

O sofrimento a inundou, tão primitivo quanto quando seu pai morreu. Inundou seu coração, só que era pior desta vez porque ela nem tinha o refúgio das lembranças nas quais poderia confiar. Fechou os olhos até aquela onda de sentimento se esvair.

Deixou a carta cair no colo, brilhando branca contra seu vestido preto.

— Por isso estava tão sério e perdido naquela manhã. Estou pensando que devo implorar seu perdão em nome dele.

— Não teve nada a ver com a senhorita, ou comigo. Nada a ver conosco. Não diretamente, e não no futuro.

Ele parecia muito certo disso. Determinado. Colocou uma pequena pilha de papéis no canto de sua mesa.

— Disse que queria saber tudo. Já sabe o que importa, mas, se precisar de mais, há uma carta ali para minha mãe que explica tudo, incluindo algumas perguntas que permanecem. Pode ler se quiser, agora ou depois.

— Talvez eu leia. Depois. — Ela foi até ele. Ele se aproximou e ela o fez sentar ao seu lado. — Estava falando sério quando me escreveu que me amava, Adam?

— Sou insanamente apaixonado pela senhorita. Até escrevi um poema sobre a senhorita.

— Ficou bom?

Ele deu risada.

— Ficou terrível.

— Quero ler mesmo assim.

— Vai fazê-la rir.

— Mais provável que me faça chorar. Ninguém nunca escreveu um poema sobre mim.

— Tenho certeza de que há dúzias guardados em gavetas por Londres, sem seu conhecimento.

Ela o adorava por realmente acreditar nisso. Pegou a mão forte dele e a levou aos lábios.

— Descreveu-me gentilmente?

— Eu a descrevi de forma adoradora.

— Até minha boca?

— Há uma frase escandalosa sobre sua boca.

— Oh. É *esse* tipo de poema.

— Um poema muito carinhoso.

Ela se aproximou mais, então o rosto deles estava a um centímetro de distância.

— Não vai me beijar?

— Escreveu que não haveria beijos.

— Isso era para o encontro de amanhã.

— Ah, bom. — Ele passou os dedos no cabelo dela e segurou sua cabeça para um beijo completo. — Suba comigo, antes de eu fazer uso chocante do tapete com minha impaciência.

Ele falou de impaciência, mas não mostrou nenhuma. Nem ao levá-la para sua cama. Nem ao despi-la, e nem quando a deitou e a cobriu com seu corpo. Demorou-se a cada beijo e a cada carinho. Murmurou palavras de amor em seu ouvido enquanto lhe dava o prazer mais doce. Primeiro, em inglês, depois em francês, suas palavras davam voz às emoções que preenchiam o coração dela também, até o prazer e o amor serem um só, ambos mais fortes com o poder do outro.

A união deles se tornou uma intimidade preciosa, para não ser apressada, a primeira depois de reconhecer o amor entre eles. A visão dele, a sensação dele — ela sabia que se lembraria de tudo aquilo para sempre, desde a primeira pressão de sua completude à imagem dele abraçando-a em cima dela com o êxtase encharcado de amor no fim.

Ela o abraçou depois, com os braços e as pernas envolvendo-o. Não teria conseguido conter seu amor nem se quisesse. Livre agora, não mais conectados por perguntas, culpa ou preocupações, mexeu tanto com ela que chorou em silêncio de felicidade.

De madrugada, Clara saiu da cama enquanto Adam dormia. Colocou seu vestido e o fechou pela metade para que ficasse o mínimo coberta. Pegando o castiçal, desceu as escadas. Os servos tinham todos se recolhido, exceto o criado à porta, e ele dormia em seu posto. Ela foi até o escritório e sentou-se à escrivaninha de Adam. Colocou a vela perto dela e ergueu os papéis do canto.

Não precisava ler nada disso, mas ela queria. A carta à mãe dele estava no topo. Tinha quatro páginas. Nem uma única palavra tinha sido riscada. Pensou que ele teria escrito muitos rascunhos que mostrariam várias alterações, e aquela era a versão final.

Foi estranho ler suas palavras para a mãe que ela nunca conhecera. Ele se direcionava a ela com a informalidade de um filho, até intimidade. Seu amor por ela apareceu, mesmo que ele não tenha usado essa palavra. A cada parágrafo, ele contava a ela o que descobrira sobre os acontecimentos que levavam à morte de seu pai. Na quarta página, explicou as revelações que descobriu pelo homem enviado a Paris ao comando do Conde de Marwood.

A prova fora condenatória na carta de Brentworth e estava igualmente condenatória ali. Adam não tentou amenizar nada. As joias deles tinham sido enviadas à França. *Só uma pergunta permanece*, ele escreveu. *Ele as enviou, ou foi a senhora?*

Ele não pediu uma resposta. Não fez acusações. Aquela pergunta só estava ali e, antes, adicionou dois parágrafos com informações sobre a propriedade.

Soltou a última folha. Ele não tinha enviado. Ainda não tinha uma data. Poderia ter sido escrita há dias. Imaginou-o angustiado em enviá-la, tentando decidir se precisava saber ou até se queria.

Seu coração se partiu por ele. Tinha vindo da Inglaterra limpar o nome do pai. Mas foi horrível descobrir que só poderia fazê-lo se achasse que poderia trair sua mãe.

Enxugou os olhos das lágrimas que surgiam e colocou a carta de lado.

Uma página de anotações nomeada como *Hollsworth* a encarava. Incluía informação já encontrada na carta. Esperava que todo o resto estivesse naquela pilha também, mas ela folheou tudo, de qualquer forma.

Por último, encontrou um desenho. Dois, na verdade, mas do mesmo objeto. Um colar e uma coroa. Grandes e antigos, estavam desenhados nas páginas. Ela achou um conjunto lindo. Devia ser a joia que tinha desaparecido dos inventários da família e que Adam pensava que estavam na França.

Colocou o desenho mais perto da luz, depois ainda mais perto. Encarou-o por muito tempo. Levantou-se, afastou-se e olhou pela janela para a noite enquanto lutava contra uma profunda tristeza. Então se recompôs, voltou à escrivaninha e dobrou um dos desenhos. Retornou ao quarto.

O sonho tremia. Não, o corpo dele tremia. Ele abriu os olhos para a escuridão.

Clara empurrava seu ombro.

— Vai clarear em breve. Devo ir, Adam.

Ele envolveu a cintura dela com um braço e a puxou para ele. Clara caiu dando um gritinho e tentou se libertar. O tecido preto cobriu o rosto dele enquanto ela lutava com ele. Já estava vestida. Bom, isso era fácil de retificar. Ele procurou os colchetes de seu vestido.

Ela colocou a mão nas costas e deu um tapa na mão dele.

— Pare de ser safado.

— Não precisa ir. Quem vai se importar ou saber se ficar? Aquela governanta que me levou ao seu quarto na primeira noite?

Ela escapou de seu abraço, sentou-se na beirada da cama, depois virou para segurar seus braços, pressionando-os com seu peso.

— Parece que fui preso — ele disse. — Se ficar, vou deixá-la me amarrar adequadamente e fazer seu pior.

Um brilho de curiosidade passou pelos olhos dela, mas ela balançou a cabeça.

— Tenho coisas a fazer esta manhã.

— Mais coisas misteriosas?

— Muito misteriosas.

— Se um dia eu convencê-la a se casar comigo, vai ter que me contar sobre elas.

De repente séria, ela inclinou a cabeça.

— Vou? Parece-me uma obrigação.

— Vou lhe contar sobre qualquer coisa minha também, então é justo.

Ela olhou para o peito dele e se abaixou para dar um beijo.

— Está propondo de novo. Esses são os termos do acordo?

— Espero que sim.

— Prometeria que posso continuar usando minha casa?

Ela perguntou diretamente, como se tivesse uma lista em mente.

— Contanto que não leve amantes para lá. Ou para nenhum lugar, claro.

— Posso pelo menos receber metade da renda da propriedade, para usar como quiser?

Ela pressionava sua vantagem agora, mas ele não estava em condição de realmente negociar depois da noite anterior.

— Não preciso daquela renda.

— Posso continuar com meu círculo de amigas literárias? Aquelas sabichonas, como um dia me chamou?

— Nunca a privaria de suas amigas. — Poderia estar sendo generoso demais. Era Clara, afinal. — Contanto que elas não sejam revolucionárias nem criminosas.

Ela ergueu as sobrancelhas.

— Criminosas?

— Só estou eliminando o impossível, querida.

Ela decidiu deixar isso passar.

— E não importa o que mais descobrir, promete que acabou com essa questão que trouxe de volta com o senhor? Promete que nunca vai buscar vingança?

— Já disse que sim.

Ela soltou os braços dele e se endireitou.

— Então vou me casar com o senhor, Adam. — Ela riu baixinho. — Essas palavras quase me fizeram engasgar, mas parece que consegui falar. — Inclinou-se e o beijou. — Vou me casar porque o amo muito para não casar. Tanto que nunca ficarei feliz sem o senhor.

Ele a abraçou e a segurou perto de seu corpo. Permaneceram tanto assim que ela decidiu que devia ficar. De novo, ele tateou para encontrar os colchetes de sua roupa. De novo, ela deu um tapa nele e levantou-se.

— Deveria escrever para sua mãe e dizer para ela vir para casa, acho. Tenho certeza de que vai querê-la no casamento. Agora devo mesmo ir. Vou falar para o criado à porta encontrar uma carruagem de aluguel para mim.

Dois pensamentos passaram pela mente dele depois que ela foi embora, enquanto caía no sono novamente. Um era que escrever aquela carta para sua mãe seria muito mais fácil do que a outra, a qual ele nunca enviaria. O outro foi que, assim que se casassem, ele pretendia descobrir os afazeres misteriosos de Clara.

Vinte e Seis

Os Duques Decadentes estavam sentados em suas cadeiras de sempre no cômodo do piso superior do White's. Adam tinha acabado de contar aos amigos sobre seus planos nupciais.

— Vamos anunciar em quinze dias.

Brentworth o parabenizou graciosamente. Langford também, mas com menos entusiasmo. Ele olhou em volta.

— Suponho que isto acabe agora ou em breve. Os Duques Decadentes não mais existirão.

— Por quê? Ainda sou decadente, só que com uma mulher.

— Não será a mesma coisa. Não há nada decadente em ser mau com sua esposa. Se continuarmos, vamos ter que trocar nosso nome. — Ele refletiu. — Os Duques Obstinados. Os Duques Desesperados...

— Com o tempo, suponho que sejamos os Duques Domesticados — Brentworth zombou.

— Retire o que disse. Não suporto nem pensar nisso.

Brentworth riu.

— Os Duques Obedientes.

Langford cobriu as orelhas com as mãos.

— Recuso-me a ouvir.

— Poderia continuar sozinho e ser o Duque Depravado.

Langford se animou.

— Não é tão ruim.

Brentworth se virou para Adam.

— Já se encontrou com o irmão dela?

— Esta tarde. Ele ficou tão feliz que quase chorou. Acreditava que um duelo era inevitável e que só a aliança pelo casamento o salvaria.

— Se ele souber metade do que você sabe, ficará preocupado por um bom motivo.

— Clara disse que a avó também está exultante.

— Tenho certeza, já que provavelmente ela sabe tudo que você sabe — Langford concordou.

— Então decidiu deixar como estava, afinal — Brentworth disse. — Muito bem.

É, muito bem. Ele tinha enfrentado a escolha do diabo. Entendia melhor seu pai agora, e por que ele terminara daquele jeito.

— Vamos sair — chamou. — Está uma noite muito bonita para ficar aqui. Langford, pode ir na frente. Vamos visitar seus covis favoritos.

Langford ficou de pé imediatamente.

— Sigam-me, e vamos reivindicar nosso nome. Há uma festa muito interessante acontecendo esta noite que vocês dois vão achar uma revelação. Depois, vamos visitar uma nova casa de prazer que abriu perto do Covent Garden. Stratton, pode permanecer no salão de jogos, se quiser. A menos que, até se casar, acredite que possa visitar os cômodos mais interessantes. Há um em que uma mulher prende um homem e usa um chicote e uma pena para...

— Parece criativo, mas vou permanecer no salão.

Clara saiu de sua carruagem na Casa Gifford. Assim que o fez, a porta se abriu e Emilia correu para abraçá-la.

— Theo me contou. Todo mundo está muito animado e feliz. Ainda acho Stratton assustador, mas, se gosta dele, a notícia é maravilhosa.

— Eu gosto, sim, dele. Muito. — Clara deu o braço a Emilia e elas andaram juntas. — Talvez possa nos visitar, se quiser. Vovó não deve fazer um espetáculo sobre isso.

— Fala sério mesmo? Aqui em Londres?

— Em qualquer uma das propriedades dele. Você será sempre bem-vinda como parte de nossa família, Emilia. É importante, para mim, que saiba disso.

— Fico tão feliz. Minha única tristeza quando soube foi que não nos veríamos muito mais. Assim, nos veremos.

Dentro da casa, Clara foi ao cômodo matinal imediatamente. Emilia a seguiu.

— A Vovó já desceu?

— Ainda está no quarto — Emilia respondeu. — Ela me acompanhou ontem à noite ao teatro. Foi maravilhoso, já que muitas senhoras pararam para demonstrar respeito a ela. Não estou surpresa por ainda estar dormindo.

Clara imaginou sua avó exibindo-se no camarote da família no teatro. Claro que ela aproveitou toda aquela bajulação indicando seu lugar na sociedade.

— Vou subir para vê-la — Clara disse.

— Sabe que ela não gosta.

— Isso não pode esperar.

Emilia pensou que era melhor não ir junto e ficou na sala matinal. Clara subiu as escadas lentamente, sem ansiar por esse encontro. Não via sua avó desde que escreveu e lhe contou sobre o noivado com Stratton. Cinco cartas vieram em resposta, em rápida sucessão, parabenizando-a primeiro, e listando uma série de instruções nas outras.

Ela encarou a porta do quarto da viúva por um minuto inteiro antes de bater. Margaret abriu-a e foi para o quarto de vestir.

A viúva estava sentada em sua penteadeira, vestida e pronta. Olhou para sua visita, e sua expressão se iluminou.

— Bem-vinda, Duquesa. Estou feliz em vê-la, embora tenha demorado para vir. Sente, sente. Margaret, traga café para nós. Lady Clara e eu temos muito a conversar.

— Por favor, não, Margaret. Não vou demorar.

— Oh, bobagem, claro que vai ficar. Na verdade, mandei prepararem seu quarto. É melhor se mudar de volta até se casar.

Clara não discutiu. Queria que Margaret saísse, e isso forneceu motivo.

— Agosto será bom, eu acho — a viúva disse. — Idealmente, esperaríamos até o ano de luto acabar, mas acho que podemos esquecer isso. Ou até julho, se não for muito apressado. A maior parte da sociedade ainda está na cidade no começo de julho. Não preciso dizer que deve ter uma licença especial, mas duvido que Stratton faria de outra forma...

Sua avó continuou falando, mudando de um plano para outro. Clara passou o tempo encontrando a coragem de dizer o que tinha ido falar.

— A senhora provavelmente está aliviada — ela finalmente interrompeu.

— Satisfeita, certamente.

— Não, *aliviada*. Estava tão preocupada que Stratton machucasse Theo. Lembra? Foi seu motivo para tentar formar uma aliança através do casamento. Para que ele não encontrasse motivo para desafiar Theo.

— Tenho certeza de que não foi bem o que eu disse.

— Disse exatamente assim. E Theo também. A senhora insinuou que tinha a ver com aquela velha briga sobre a propriedade. Pensei que era bizarro a senhora acreditar que ele mataria um homem por uma desavença antiga. E a senhora disse que eu não sabia tudo.

— Eu disse isso? Não me lembro. Nem consigo me lembrar por que o faria. Agora, sobre seu vestido de casamento...

— A senhora sabe por que ele voltou. Por que ele lutou aqueles duelos. O que ele pretendia descobrir. Por isso estava com medo.

— Estou certa de que não sei o que você...

— Ele descobriu o que a senhora temia, Vovó. Sobre meu pai reviver as acusações e até ter enviado um homem para investigar. Ele diz que sabe de tudo.

A viúva se ocupou com os frascos e as caixinhas em sua escrivaninha, mantendo a expressão firme e sua compostura forte.

— Só que ele está enganado — Clara disse. — Não sabe realmente de tudo, mesmo agora. Mas acho que eu sei. — Ela se levantou, foi até a avó, e colocou uma folha de papel na mesa diante dela. — E a senhora também.

Sua avó olhou para o papel. Ela ficou vermelha. Pegou-o e o chacoalhou.

— Que disparate é este?

— É um desenho de joia.

— Estou vendo isso.

— Esse conjunto pertencia à família de Stratton. Só que eu o vi aqui quando era bem jovem. Bem aqui, neste mesmo quarto. Estava na gaveta com suas maquiagens. Eu até a coloquei. Depois a encarei no espelho enquanto a senhora me chicoteava. Lembra? Nunca me esqueci.

O braço de sua avó caiu. O desenho voou lentamente de sua mão, chegando ao chão. Ela virou o corpo e encarou Clara. Parecia com medo.

O coração de Clara se apertou por ela. Aquela mulher era normalmente uma megera intrometida, mas era sua família também.

— Eu a amo, Vovó, mas não o suficiente para fingir ignorância sobre isso. Um homem se matou por causa desta farsa. O homem que amo acredita que um de seus pais cometeu traição. Então devo fazer a pergunta à senhora. Como a joia que vi em sua posse encontrou o caminho para a França para ajudar a pagar o último exército de Napoleão?

Vinte e Sete

Adam entrou cavalgando pela Casa Gifford e entregou seu cavalo para um cavalariço que aguardava. Para sua surpresa, Brentworth entrou logo atrás.

— Espero que não tenha se esquecido de trazer a licença especial — Brentworth disse depois de desmontar.

— Ainda não tenho licença.

— Não pode se casar sem uma.

— Não vou me casar hoje.

— Que estranho. Recebi uma carta ontem da viúva exigindo minha participação hoje para ser *testemunha*. Suas exatas palavras.

— Já que estou aqui também por exigência dela, vamos entrar e ver qual extravagância nos chamou até aqui.

Eles foram levados à sala matinal. A viúva estava sentada, resplandecente em preto. Seu neto também, parecendo entediado. Clara também aguardava, junto com uma mulher mais velha.

— O que Lady Farnsworth está fazendo aqui? — Brentworth murmurou para Adam.

— Talvez também seja testemunha. Seria muito típico da condessa viúva encontrar uma forma de planejar um casamento sem o meu consentimento.

Depois de cumprimentar Adam e Brentworth, a viúva se virou para Clara.

— Está bem satisfeita agora?

— Estou.

Franzindo o rosto, a viúva olhou para sua companhia.

— Não deveria começar, Condessa? — Lady Farnsworth perguntou.

A viúva olhou desafiadoramente para ela, depois se recompôs. Olhou para Adam, ou melhor, para sua cabeça, não seus olhos.

— Pedi que viesse aqui, Duque, para explicar alguns assuntos de família ao senhor. Por que minha neta insistiu que também viesse, Brentworth, é além do meu entendimento. Quanto à Lady Farnsworth, é totalmente compreensível para mim.

— Ela queria testemunhas para que ninguém acreditasse se você falar que Stratton mentiu sobre o que está prestes a dizer — Lady Farnsworth intrometeu-se. — Caso decida reformular mais tarde algo que irá dizer agora.

— Por favor, Lady Farnsworth — Clara sussurrou. — Vamos permitir que minha avó faça isso do jeito dela.

— Desse jeito vai levar duas horas — Lady Farnsworth murmurou.

— Nada disso — a viúva disse. — Não tenho desejo de prolongar isso. Vou direto ao ponto. Stratton, nenhum de seus pais enviou aquela joia para a França. Eu enviei. Não para apoiar Córsega, garanto-lhe. No entanto, não foram eles, fui eu.

Adam esperava que sua expressão permanecesse neutra, mas suspeitava que não estivesse. Tal admissão pública limpava o nome de seu pai e respondia o resto da questão em uma frase.

Clara se levantou e foi para o lado dele. Ela sorriu gentilmente para ele, feliz por seu alívio e surpresa.

— Se não foi para apoiar aquele exército, foi para quê? — Brentworth perguntou. — Se não explicar, o mundo vai crucificá-la independente do motivo verdadeiro.

— Ela presume que sua palavra será suficiente — Lady Farnsworth disse. — Não é, Hannah?

Se olhares pudessem matar, as espadas no olhar fulminante da viúva cortariam Lady Farnsworth. Então ela fechou os olhos, como se procurasse se restabelecer.

— O verdadeiro motivo é vergonhoso. Devo pedir que meus netos o escutem com generosidade no coração. — Ela olhou para o conde, não para Clara. Theo não mais parecia entediado, mas preocupado. — Quando eu era muito mais jovem, criei um afeto por um jovem. Um francês. Isso foi antes de todos os problemas aqui. Eu o conheci quando estava visitando aquele país, e me apaixonei.

— Mas a senhora só foi lá com o Vovô, então... — Theo parou de falar. Sua expressão estava em choque.

— Obrigada, Theo, por dizer o que eu esperava que não precisasse ser dito. — Ela pigarreou. — Claro que aquele amor foi condenado. Voltei para cá, e a vida continuou. Aquele jovem sobreviveu à revolução na França o máximo que pôde, mas, no fim, claro, isso provou ser impossível. Quando o corsicano tomou o poder, ele foi um dos que foram banidos por se opor ao imperador e foi enviado à prisão.

— A senhora parece saber muito do que aconteceu com ele — Theo disse, desconfiado.

— Que sorte temos de tê-lo aqui, meu querido, para fornecer declarações do óbvio. — Ela suspirou com pouca paciência. — Como o amor não durou, mantive a lembrança dele em meu coração. Então, após a derrota de Napoleão, busquei soltá-lo da prisão ao subornar certos oficiais do governo em Paris. As joias foram enviadas com o entendimento de que comprariam a liberdade dele. Infelizmente, fui traída, e elas foram usadas para outros propósitos.

— É compreensível que a senhora não tenha admitido isso quando os questionamentos começaram — Adam se pronunciou.

Algo como gratidão suavizou a expressão da viúva. Ela olhou para ele com lágrimas nos olhos. Essa explicação a tinha humilhado. Tinha diminuído, e ela sentia isso claramente.

— Não entendo, no entanto, como a senhora tomou posse do colar e da coroa — ele disse. — Tenho quase certeza de que são de propriedade da minha família.

— Sua mãe me deu. Ela os usou uma vez, e eu os admirei, e ela me deu de presente.

Lady Farnsworth se inclinou para a frente, na direção da viúva, e estreitou os olhos.

— Conte a ele por que, ou eu vou. Alguns de nós já sabem essa parte, afinal de contas.

— Não tenho ideia do que quer dizer, *Dorothy*.

— Não foi um presente, foi um tributo, *Hannah* — Lady Farnsworth rebateu. — Ela lhe deu de presente para que você parasse com a crueldade. Para que ela não fosse cortada de todos os lados, e ignorada, e pudesse ser recebida como a duquesa que era. Deu a você para que tirasse a corda do pescoço dela.

A expressão da viúva endureceu. Ela não olhou para Adam ou mais ninguém.

— Acabamos? — Brentworth perguntou. — Já ouvi o suficiente, caso algumas perguntas surjam no futuro. Vou embora agora. — Ele cumprimentou as damas.

— Vou acompanhar o senhor — Lady Farnsworth disse. — Ouso dizer que Stratton ficará grato por nossa ausência. — Sem dúvida, ele tem muito o que dizer em particular. Sei que eu teria, se fosse ele.

A porta se fechou para eles dois.

— Tem algo que queira dizer, Adam? — Clara questionou baixinho.

A viúva ainda estava sentada ereta e rígida. Seu rosto não mostrava expressão. Tal mulher sabia o custo do que tinha acabado de fazer. Agora, ela que seria cortada de todos os lados. Seu poder tinha acabado.

— Não tenho nada que precise dizer.

— Bom, eu tenho — Theo começou. — Papai sabia disso? Ele enviou aquele homem à França que disse que foi tudo planejado por Stratton. Ele mentiu sobre isso?

O rosto da viúva se enrugou. Ela fechou os olhos.

— Acho que nunca vamos saber. Se o fez, foi para proteger a mãe dele, Marwood. Não sei se você ou eu teríamos feito diferente — Adam disse.

Clara pegou a mão dele e a apertou.

— Vou me retirar agora, se não se importam — a viúva declarou, levantando-se. — Acho que, no outono, vou me retirar para a casa da viúva. Há anos venho pensando que posso gostar de lá.

Adam e Theo ficaram em pé até ela sair.

— Por favor, sente-se, Theo — Clara pediu. — Tenho mais coisa para lhe explicar. Vovó já sabe o que vou dizer.

— Tem *mais*? — Theo se jogou na cadeira com desânimo.

— Infelizmente, sim. Haverá falatório, claro. E, com os falatórios, algumas coisas vão sair errado. As amigas dela vão tentar mudar para soar menos mal. Haverá ambiguidades.

— Garanto-lhe que estou bem consciente do escândalo que vamos enfrentar.

— Essa é a menor de suas preocupações. Realmente, não posso deixar que haja mais questionamentos sobre a família de Adam. Nenhum. Então a história dessa farsa infeliz será publicada. A história exata. Todo mundo saberá que é exata porque, se não for, Vovó será processada por difamação. O que não acontecerá.

Theo ficou de novo chocado.

— Em que folhetim de fofoca planeja propagar?

— Não é um folhetim de fofoca. É um jornal muito respeitável. Um que vai me permitir ver o texto para garantir que está correto. Um que vai tratar Vovó da forma mais gentil possível. Vai enfatizar como seus motivos iniciais em enviar as joias à França foram nobres e generosos.

— Vai matá-la. Ela acabou de dizer que está se retirando da sociedade. Não é o suficiente? E quanto ao nome do nosso pai e sua memória?

— Não posso deixar que insultem meu marido, Theo. Não vou arriscar que chegue de novo o dia em que ele seja insultado e haja um duelo. E isso vai acontecer, você sabe e eu sei, a menos que seja completamente e finalmente terminado porque a verdadeira história é claramente conhecida por todos.

— Ela ficará acabada. Espero que saiba disso — Theo soltou.

— *Ela* já sabe disso, Theo. Soube disso até quanto explicava a verdade para mim.

Theo se jogou de novo na cadeira. Depois, distraído e sem parecer mais um menino, se levantou de repente e saiu do cômodo.

Adam levou a mão de Clara à boca e a beijou. Ele a levantou e a colocou sentada em seu colo.

— Obrigado, querida. Não estou surpreso por ser corajosa o suficiente para fazer isso, mas ainda estou abismado, e muito grato.

— Não é difícil ser grato pelo senhor. Quanto à minha família, sempre é melhor se a verdade ganhar, eu penso.

— Como ela admitiu tudo isso para a senhorita?

Ela acariciou os lábios dele com delicadeza.

— Se eu lhe dissesse que a consciência dela não lhe permitiu ficar mais em silêncio, e que ela queria retirar a sombra do nome do seu pai, acreditaria em mim?

— Acreditaria em qualquer coisa que me dissesse. — Ele a beijou, e a luz e a gratidão do coração dele o lavaram livremente. E o amor. Mais o amor. — Qual é esse jornal respeitável para o qual vai fornecer a história? Não conheço nenhum que vá lhe permitir controlar o texto como descreveu a Theo.

Ela jogou os braços em volta do pescoço dele. Beijou-o profundamente. Avidamente. Eroticamente. Ele parou de se importar com as revelações do dia ou qualquer coisa exceto tê-la nua em seus braços, ao seu lado, abaixo dele... Com ele.

Ela olhou nos olhos dele e sorriu misteriosamente.

— Ah, sim, o jornal. Explicar isso vai demorar um pouco.

— Depois, então. — Ele a beijou, saboreando a claridade quente em sua alma que era novidade depois de cinco anos nas sombras. — Agora, só me deixe segurá-la e amá-la. Haverá tempo para explicações depois.

Fique de olho no próximo livro da série Decadent Dukes Society:

A DEVIL OF A DUKE

O Duque de Langford encontra seu par na encantadora e engenhosa Amanda Waverly, que pode ou não estar por trás de uma série de roubos de joias na Londres regencial.

Entre em nosso site e viaje no nosso mundo literário.
Lá você vai encontrar todos os nossos
títulos, autores, lançamentos e novidades.
Acesse www.editoracharme.com.br

Você pode adquirir os nossos livros na loja virtual:
loja.editoracharme.com.br

Além do site, você pode nos encontrar em nossas redes sociais.

  https://www.facebook.com/editoracharme

  https://twitter.com/editoracharme

  http://instagram.com/editoracharme